KLUIS VEERTIEN

FRED VAN DEN BERGH
KLUIS VEERTIEN

THRILLER

WWW.LANNOO.COM

Registreer u op onze website en we sturen u regelmatig een nieuwsbrief met informatie over nieuwe boeken en met interessante, exclusieve aanbiedingen.

Tekst: Fred Van den Bergh
Omslagontwerp: Jef Boes
Vormgeving: Studio Lannoo en Mediactief

Als u opmerkingen of vragen hebt, dan kunt u contact opnemen met onze redactie:
redactielifestyle@lannoo.com

D/2012/45/25 - NUR 332
ISBN: 978 90 209 1126 8

1

Het Esso-tankstation aan de Dendermondse Steenweg in Willebroek lag er verlaten bij. Eén auto stond er, meer niet. Het was ongewoon koud voor begin oktober en er waren voor de hele dag buien met smeltende sneeuw voorspeld. De verkeerslichten op honderd meter van het tankstation stonden op rood. Het eerste en enige voertuig dat de verkeerslichten naderde, was een politiecombi. Een politieman klikte de sirene aan toen het licht net op groen sprong. Pieter Servaes zette zijn knipperlichten op en reed vanaf het andere rijvak het tankstation binnen. Op hetzelfde moment vertrok de metaalgrijze BMW X3, die tot op dat moment de enige bezoeker was geweest, met overdreven geraas en gierende banden richting Temse. Pieter stelde zich voor hoe op een dag een moegetergde buur van het tankstation zijn geweer op zo'n wegpiraat zou richten en hoe de kogel de chauffeur pal tussen de ogen zou raken. Zijn verdiende loon. Servaes kon de man achter het stuur nog nipt onderscheiden. Donker haar, grijze regenjas met opgetrokken kraag en een volstrekt overbodige zonnebril. Wat had die gast hier te zoeken? Maakte hij zich misschien uit de voeten voor de naderende politiewagen? Een maffioso die de A12 even had verlaten om te tanken, dacht Servaes grinnikend. Toen hij de dop van zijn benzinetank losschroefde, zag hij een portefeuille op de grond liggen.

Het overkomt iedereen weleens, zo'n moment van onoplettendheid. Je haalt je tankkaart tevoorschijn en legt je portefeuille achteloos op het richeltje van de betaalautomaat. Je tankt. Dan gebeurt er iets waardoor je aandacht verslapt. Een auto die vlakbij stopt, voorbijrijdend verkeer of de prijzen van de diesel op het uithangbord... Je schroeft nonchalant de vuldop dicht en aan je portefeuille denk je niet meer.

Het was een glanzende, zwarte portefeuille, ongetwijfeld gemaakt van de huid van een met uitsterven bedreigd reptiel. Hij oogde heel duur, bijna als een collector's item. Hij merkte het discrete zilveren Gucci-logo op, tuitte zijn lippen en floot twee noten. Servaes hing de vulslang weer in de houder en keek rond. Er was niemand in de buurt toen hij de portefeuille opraapte.

Het tankstation was onbemand. Je kon er tanken met betaalkaarten of biljetten. Een camera was gericht op de vulstations; een andere op de toegangsdeur tot het gebouw. Servaes vroeg zich af waarom hier camerabewaking was. Om dieven af te schrikken die het op de biljettenautomaat gemunt hebben? Werden de videobeelden ergens bekeken en opgeslagen? Iemand van het bewakingspersoneel zou op de beelden zien hoe een man een portefeuille had opgeraapt en wat bedremmeld in het rond stond te kijken. Zou hij de portefeuille in de brievenbus steken? Zou de bediende die hem daar zou vinden wel zo eerlijk zijn om contact op te nemen met de eigenaar? Moest hij als goede burger en eerlijke vinder niet zelf naar het politiebureau rijden? Op deze saaie en natte zondagmorgen zag hij dat eigenlijk niet zitten. Servaes stak de portefeuille in zijn zak. Hij stapte in en startte de auto. Hij zou het dure ding zelf wel terugbezorgen, als de eigenaar niet te ver weg woonde. Gehaast was hij niet – iets beters had hij vandaag toch niet te doen.

Was het uit pure nieuwsgierigheid? Servaes stopte in elk geval honderd meter voorbij het benzinestation en reed de lege parking op van een Selexion-winkel. Van hieruit kon hij de weg overzien. De eigenaar van de BMW kon immers elk ogenblik merken dat hij zijn portefeuille miste en terugkeren naar het tankstation. In andermans zaken snuffelen was ongepast. Maar dit zou voor hem weleens het spannendste moment van de dag kunnen worden. Hij voelde zich als een schooljongen die spiekt tijdens een examen. Servaes klapte de portefeuille open. Aan de binnenkant zat een tweede knop met Gucci-logo. Hij keek eerst in de geldflap en haalde het geld tevoorschijn. Drie kraakverse biljetten met oplopende nominaties: honderd, tweehonderd en vijfhonderd euro. Hoogst ongewoon, dacht Servaes. Alsof de man telkens één biljet van stapeltjes papiergeld had geplukt en die in zijn portefeuille had gestopt. Alleen ontbraken hier de lagere nominaties in de reeks. Er zaten geen betaalkaarten in de daartoe voorziene compartimenten. Mogelijk had de man zijn betaalkaart gebruikt om te tanken, en die na afloop in zijn zak gestoken. Servaes stopte het geld terug en doorzocht de andere compartimenten. Hij vond een elektronische identiteitskaart, een rijbewijs, een reguliere SIS-kaart en een kaart van de Swiss-Lifehospitalisatieverzekering. Allemaal documenten die de modale vooruitziende burger op zak heeft. Twee dingen echter trokken zijn aandacht. De identiteitskaart, hoewel van het recente type, zag er eerder beduimeld uit, en de foto leek in de verste verte niet op die van het rijbewijs. Maar dat was bij hem ook het geval. De pasfoto op zijn eigen rijbewijs was gemaakt op zijn achttiende verjaardag en sindsdien nooit vervangen, zelfs niet nadat een vriendelijke rijkswachter bij een wegcontrole ooit een afkeurend vingertje had opgestoken.

De eigenaar van de portefeuille heette Fahid al-Mughassil en was volgens de identiteitskaart een genaturaliseerde Belg, al leek de man op de foto niet erg op iemand van Arabische herkomst. Volgens de identiteitskaart was hij geboren op 27 augustus 1975. De handtekening was een onleesbare krabbel. Een adres stond op dit soort identiteitskaarten nergens vermeld, maar Servaes vond ook een document dat was meegeleverd bij afgifte. Met dezelfde foto als op de kaart en afgeleverd in Antwerpen. De houder van de kaart woonde in de Sint-Laureisstraat 28. Als geboorteplaats stond Yanbu' al Bahr vermeld, een plaats waar Servaes nog nooit van had gehoord. Het volgende dat hij tevoorschijn haalde was een half bierkaartje met reclame voor Hoegaarden. Vreemd toch? Een moslim drinkt geen alcohol, zeker niet in het openbaar. Maar er bestonden natuurlijk ook Arabieren die geen moslims waren. Het was een halve zeshoek waarop hij de tekst '... ben Blont' nog kon onderscheiden. Op de achterkant stond in rode letters een datum, een uur en 'Centraal Station Antwerpen kluis 14'. Servaes dacht onwillekeurig meteen dat deze afspraak over drie dagen zou plaatsvinden, de eerstvolgende woensdag dus. Voorts vond hij niets dat naar de persoonlijke sfeer verwees. Geen foto's, naamkaartjes of andere spullen die de portefeuilles van de gewone burger meestal nodeloos doen opzwellen.

Wel vond Servaes diep in een van de vakken een strookje papier dat uit een agenda leek gescheurd. Het was het blaadje van twaalf oktober van vorig jaar. Er stond een reeks cijfers op, met potlood geschreven in een heel klein formaat. Servaes begon te tellen. Vierentwintig cijfers, op het eerste gezicht willekeurig neergeschreven. Was het een soort code? Hij kon niets zinnigs opmaken uit de raadselachtige combinatie. Voer voor specialisten. Dat maakte zijn vondst wel wat spannend en geheimzinnig.

Dat is ook toevallig, dacht Servaes. Hij woonde in dezelfde stad in een flat aan de Sint-Laureinskaai op 't Eilandje. Of hoe een heilige een link kan vormen tussen twee volstrekt onbekenden... Het ging hier toch over dezelfde heilige man? Sint-Laurentius van Rome is de patroonheilige van de boekhouders. Dat had Servaes opgezocht op het internet toen hij pas verhuisd was. Hij wist zelfs nog hoe de martelaar aan zijn eind was gekomen: de heilige diaken was op een ijzeren rooster vastgebonden, waaronder een vuurtje werd aangestoken, zodat hij langzaam werd gebraden. Naar verluidt zou Laurentius zich op een bepaald moment tot zijn beulen gericht hebben met de woorden: 'Keert u me maar om, want deze kant is gaar.' Servaes had aan deze anekdote op Wikipedia een nare droom overgehouden.

Toen de BMW na een kwartier nog steeds niet was opgedaagd, programmeerde Servaes de Sint-Laureisstraat in Antwerpen in zijn ingebouwde gps. Hij had geen idee waar die straat zich bevond. Omdat hij voor de rest van de dag toch geen plannen had, besloot hij de portefeuille persoonlijk te gaan afgeven of, als er niemand thuis was, het ding dan maar in de brievenbus te steken. Hij kon zich inbeelden hoe iemand zich moest voelen zonder zijn papieren. Stel dat die code belangrijk was voor de man. Een reeks van vierentwintig cijfers kan niemand lang onthouden, tenzij hij autistisch is, zoals het personage uit *Rain Man*.

Op de A12 staan bij elk kruispunt flitspalen. In Aartselaar ontsnapte Servaes op een haar na aan een aanrijding. Het licht sprong op oranje en hij trapte op zijn rem. De auto met Nederlandse nummerplaat achter de zijne had zijn reactie verkeerd ingeschat en kwam met gierende banden tot stilstand op luttele centimeters van de achterbumper van zijn Opel Vectra. Servaes had het zien gebeuren in zijn achteruitkijkspiegel. Toen het gieren stopte, zagen zijn knokkels wit en bonsde zijn hart in zijn keel. Hij vermeed in de spiegel te kijken. De Hollander bleef gelukkig in zijn auto zitten.

De Sint-Laureisstraat bevond zich in Antwerpen-Zuid. Het was een van de twee straten die evenwijdig lopen met de imposante Alcatelkantoorgebouwen. Vergane glorie. Het gebouw was gestript tot op het naakte beton. De linkerkant van de straat was herschapen in een gigantische bouwplaats. Uit de pompen op de stoep vloeiden stromen roestbruin water die de goten voor lange tijd zouden kleuren. Alleen de toren was tot hiertoe gespaard gebleven. Servaes moest een ommetje maken, want in de straat gold eenrichtingsverkeer. Hij parkeerde om de hoek in de Paleisstraat, recht tegenover het politiekantoor, wachtte voor het rode licht en liep dan de Sint-Laureisstraat in.

Hij kruiste een groepje van vier druk gesticulerende mannen in witte djellaba's op het trottoir aan de overkant van de straat. Op weg naar het gebedsuur in een moskee in de buurt, dacht Servaes. Het huis met nummer 28 was duidelijk al een hele tijd onbewoond.

De gevel in rode baksteen paste niet in de rij huizen aan weerskanten, die allemaal minstens een eeuw oud waren. De benedenverdieping had een reeks kleine ramen. Servaes moest op de tippen van zijn tenen staan om door het vuile glas te kunnen kijken. Hij ontwaarde een grote open ruimte, volgestouwd met auto's. Naast het gebouw gaf een rolpoort toegang tot de parkeergarage. De verdieping boven de garage had twee ramen, die ondoorzichtig waren geworden door het stof van de werken aan de overkant. Het pand was ooit gebruikt als woning, want hij zag er nog rode overgordijnen hangen. Naast de deur was een bel, maar het stripje met de naam van de bewoner was verwijderd. Het had geen zin om aan te bellen. Servaes bekeek het document opnieuw. Hij had zich toch niet van nummer vergist? Nee, er was geen twijfel mogelijk. Er stond '28'. Servaes bekeek de huizen links en rechts. Die werden gerenoveerd, zoveel was duidelijk. Waarschijnlijk door een slimme makelaar die hier mogelijkheden zag om zijn bankrekening aan te dikken. De nakende komst van de stadsambtenaren naar het voormalige Alcatelgebouw en het nieuwe gerechtshof met de 'omgekeerde frietzakken' op het dak moesten de buurt opwaarderen. Hij besloot aan te bellen bij het eerste huis dat er bewoond uitzag. Voor de gevel stonden wel vijf of zes brutaal verkrachte kinderfietsjes. De bel deed het. Na een halve minuut was er gestommel te horen achter de voordeur. Een vrouw met blond haar en een slonzig uiterlijk opende de deur op een kier. Ze droeg een slapende baby op haar arm. In haar kielzog was een bende rumoerige kinderen gevolgd.

'Naar binnen, allemaal.'

Haar stem daverde door het huis. De kinderen, allemaal jongetjes, gehoorzaamden en stoven de gang uit.

'Ja? Ge zijt toch geen getuige van Jehova? Ah, neen, die zijn altijd met twee. Ze zijn weer eens op ronde in de buurt.'

De vrouw deed een poging om beschaafd te spreken, met ongewild komisch effect.

'Zijt u van de politie?'

'Helemaal niet. Neem me niet kwalijk dat ik u stoor, mevrouw. Ik wou enkel een kleine inlichting. Het huis hiernaast met nummer 28, is dat al lang onbewoond? Kent u soms de eigenaar van het pand?'

'Het appartement boven de garage? Ja, dat staat al meer dan een jaar leeg. Te verkrotten. Een echte schande. Een rijke stinkerd heeft hier alle lege huizen opgekocht. Zeker de helft van de straat. Hij heeft zelfs een bod gedaan op dat van ons, maar toen is mijn man serieus kwaad geworden.'

'Woonde er dan vroeger iemand?'

'Ja, een vrijgezel, een oudere man. Maar die is verhuisd. Het schijnt dat hij vijfhonderd euro huur in de maand betaalde. Toen was het nog eigendom van de garage.'

Haar man verscheen naast haar in de deuropening. Een magere kerel met lang haar en een brilletje met piepkleine glazen. Hij droeg een wijde pofbroek, dichtgebonden aan de enkels en een loshangend hemd met opzichtige kleuren. Hij leek zo weggewandeld van de weide van Woodstock en keek kwaad naar de man die voor zijn voordeur stond. Servaes wist genoeg.

'Bedankt voor uw tijd, mevrouw. Dag, meneer.'

Hij keerde op zijn stappen terug en wierp nog een blik op de brievenbus van nummer 28. Een pak verbleekte reclamefolders puilde uit de sleuf. De reclamebezorgers hadden niets onverlet gelaten om hun materiaal te dumpen. Weg is weg.

Servaes ging de hoek om naar het politiebureau in de Paleisstraat. Voor de deur aarzelde hij. Zou het niet beter zijn de portefeuille gewoon af te geven of in de bus te deponeren? Iets deed hem twijfelen. Misschien zou de man in moeilijkheden raken omdat hij een vals adres had opgegeven. Waarom was dat de politie eigenlijk nooit opgevallen? Er waren toch wijkagenten die een oogje in het zeil hielden? Servaes kon niet meteen een onschuldige verklaring verzinnen. De politie zou überhaupt tijd nodig hebben om de man op te sporen. Wie zegt dat ze de inspanning zouden opbrengen om de eigenaar op te sporen? Al dat gedoe voor een verloren portefeuille? Niet overdrijven, hè. Nee, het beste zou zijn dat hij zelf naar de afspraak ging die op het halve bierkaartje stond. Hij zou de man herkennen, tenzij de foto ook vals was. Misschien zou de man hem zelfs een beloning aanbieden, maar die zou hij beleefd maar kordaat weigeren.

Servaes reed naar huis. Het voorval bleef de rest van de dag door zijn hoofd spoken. 's Avonds kon hij zijn gedachten niet bij *Flyboys* houden, een film op de televisie over piloten tijdens de Eerste Wereldoorlog. Voor hij, na een meer dan royaal glas calvados, zijn bed indook, overliep hij in gedachten de gebeurtenissen van de dag. Maar vooraleer zijn fantasie er een vervolg aan kon breien, viel hij in slaap.

2

Commissaris Eddie Delfosse was nu twee maanden met pensioen. Op zijn zestigste had hij het, na een onverkwikkelijke laatste zaak, definitief voor bekeken gehouden. De commissaris was daartoe onder lichte maar persistente druk gezet. Hij kreeg te horen dat hij een pak moeilijkheden kon vermijden als hij nu van het toneel verdween. De weinig subtiele dwang van zijn oversten viel bij hem niet in goede aarde, want geen van hun verwijten kon hard gemaakt worden. Zijn eigenzinnige manier van werken was berucht op de Oudaan, maar als er daar iemand resultaten boekte, was het wel de onorthodoxe Eddie Delfosse. Hij was blij dat het nu afgelopen was met verhakkelde lichamen, lijken in verregaande staat van ontbinding, vuilniszakken met afgesneden ledematen, slachtoffers van familiedrama's of onhandige zelfmoorden. De commissaris had altijd meer gehouden van afgestorvenen met een keurig gaatje in het lijf of discrete sporen van wurging om de hals – zaken waarbij hij zijn speurtalent kon gebruiken en geen hapklare brokjes waarbij de meeste inspanning ging naar formulieren invullen.

Mark Goossens, sinds een aantal jaren zijn vaste adjunct, had verbaasd opgekeken toen hij op een morgen met het nieuws van zijn vertrek was komen aanzetten. De commissaris vertelde het langs zijn neus weg, alsof het een fait divers was. Hij was geen huismus en Goossens kon zich niet voorstellen wat zijn baas met al die vrije tijd zou uitrichten. Hij kreeg medelijden met Eleonore, de vrouw van de commissaris. Het bestaan van dat arme mens was in zijn ogen alleen maar leefbaar geweest omdat Delfosse meestal aan het werk was. De commissaris had al veel adjuncten versleten. Goossens was de eerste en de enige die het langer dan een jaar had volgehouden. Hij had al snel een flinke eeltlaag moeten kweken, want een baas als Delfosse werd in het korps beschouwd als een straf en een gegarandeerd verhoogde kans op een depressie. Nadat Goossens wekenlang een dagelijkse barrage van vernederingen en toespelingen had moeten ondergaan, had de commissaris gaandeweg een stilzwijgende vorm van appreciatie ontwikkeld voor zijn jongere collega.

'Heeft dit misschien iets te maken met de affaire-Van Hogendorp?' had Goossens voorzichtig durven vragen.

'Goossens, bemoei je met je eigen zaken. Ik vraag jou toch ook niet of je vannacht van bil bent gegaan', was Delfosses repliek geweest. Goossens had wijselijk niet aangedrongen.

De moord op miljardair Van Hogendorp was in de media ruim aan bod gekomen. Een vette kluif voor de kranten en de schandaalblaadjes. Goossens wist als geen ander dat de commissaris in die zaak zwaar in de fout was gegaan. Toch waren er maar weinig details van de affaire doorgedrongen tot het niveau van de adjunct. Officieel was Delfosse nooit bij de zaak betrokken geweest. De onderzoeksrechter had hem in het beginstadium van het onderzoek immers al van de zaak gehaald, op bevel van hogere machten die een schandaal wilden vermijden. Dat was de korte uitleg van de magistraat geweest. De moordenaar van Van Hogendorp was op zijn beurt in verdachte omstandigheden om het leven gekomen en de dader was nooit gevonden. Om een of andere duistere reden was de affaire kort daarna uit de belangstelling verdwenen. Goossens vermoedde dat dezelfde hogere machten de hand hadden gehad in de doofpotoperatie. Als het over geld ging, was dat tegenwoordig in dit apenland de normale gang van zaken.

Delfosse had op de een of andere manier een flinke duit overgehouden aan de zaak, dat was zeker. Zijn opdrachtgever was onwaarschijnlijk gul geweest. De commissaris had altijd beweerd dat hij tot zijn tachtigste zou moeten werken om zijn oude dag veilig te stellen. Maar de bedragen die naar aanleiding van zijn laatste moordzaak op zijn bankrekeningen waren beland, hadden hem op andere ideeën gebracht. Hij was in stilte vertrokken, zonder poespas. Goossens had hem zien wegsluipen, een uur vroeger dan gewoonlijk, met onder zijn arm een kleine doos met zijn persoonlijke spullen. Zijn fles cognac was daar zeker bij. De belabberde truien die hij thuis niet meer mocht dragen van Eleonore maar waarvan hij geen afscheid had kunnen nemen, waren in de afvalemmer terechtgekomen. Dat had zeker pijn gedaan. In een laatste opwelling had hij zijn toetsenbord omgedraaid om er met een harde tik de geaccumuleerde broodkruimels uit te schudden; getuigen van duizenden middagpauzes die de commissaris al werkend had doorgebracht, zonder te proeven wat hij aan het eten was. Het laatste uur had Delfosse maar wat uit het raam zitten staren. Zijn boterhammen waren dit keer onaangeroerd gebleven.

'Ik laat nog wel van mij horen', had Delfosse gelogen. Dat was de enige zin geweest die de commissaris die laatste dag had uitgesproken. Goossens wist dat zijn baas het niet meende. Toch was hij aangeslagen: van Delfosse had hij veel geleerd. Alle buien en kuren van zijn meerdere had hij op de koop toe genomen – met veel tandengeknars, maar dat was nu eenmaal de prijs.

Na twee maanden had Delfosse een nieuwe routine ontwikkeld. Hij kwam rond negen uur uit zijn bed, iets waar hij al lang naar verlangd had en dat hij al jaren had aangekondigd. Eleonore had zich daarbij neergelegd, zij het onder protest, want zij was een vroege vogel. Zijn kattenwasje in de badkamer duurde exact tien minuten, behalve op zaterdag, want dan was er de verplichte scheerbeurt. Niet echt iets met zeep en mesjes, want de commissaris had zich tot grote ergernis van Eleonore een trimmer aangeschaft om zijn baardgroei van een week af te scheren. Hij vond dat hij recht had op een aangename oude dag en een wekelijkse ambachtelijke scheerbeurt hoorde daar niet bij. Het ontbijt stond klaar als hij de trap afzwijmelde en zijn omgeving blootstelde aan zijn eeuwige ochtendhumeur. Hij miste de krant naast zijn kop koffie. Eleonore had hun abonnement opgezegd om hem te verplichten elke dag naar de krantenwinkel te lopen, kwestie van in beweging te blijven. Hij verorberde drie boterhammen. Die moesten allemaal een bepaalde grootte hebben; de kleine sneetjes liet hij links liggen. Dat was een afwijking die hij nooit afgeleerd had, ondanks heldhaftige inspanningen van zijn ouders. Hij at altijd een boterham met ham en eentje met jonge kaas, in die volgorde. De derde had een slaatje als beleg, dik uitgesmeerd. Delfosse was gek op slaatjes in vlootjes. Als Eleonore er eens niet was, wat zelden gebeurde, zondigde hij met geniepige lust tegen de huisregel en lepelde met zijn vinger nog een extra portie uit het vlootje. Hij hoopte dat Eleonore daar niets van merkte, maar dat kon weleens zwaar tegenvallen. Vrouwen hebben voor dit soort geniepigheden een extra zintuig.

Na het ontbijt vertrok Delfosse, door weer en wind, naar de krantenwinkel. Die lag op anderhalve kilometer van zijn huis, zoals hij meermaals had afgelezen aan de dagkilometerstand van zijn auto, als hij tegen de wens van zijn vrouw en zijn huisarts stiekem naar de winkel was gereden in plaats van te lopen. In een wandeltempo van vier kilometer per uur nam dat heen en weer vijfenveertig minuten in beslag. Met vijf minuten oponthoud in de winkel, waar Delfosse eerst alle krantentitels bekeek, was hij rond halfelf weer thuis met de *Gazet Van Antwerpen*. In het begin kocht hij *De Standaard*, maar de lokale krant berichtte uitgebreider over misdaden. Op dinsdag en donderdag kocht hij de weekbladen. *Humo* voor zichzelf en *Libelle* voor Eleonore. Thuis volgde dan het ritueel met de krant: eerst snel de pagina's doorbladeren, de koppen van de artikels lezen en dan de hele krant vanaf de eerste bladzijde uitvlooien. Op de sportbladzijden na, want die interesseerden hem geen zier. Als Eleonore in de buurt was, gaf hij ongevraagd commentaar. Was ze er niet, dan bromde hij af en toe maar wat. Om halftwaalf bracht zijn echtgenote zijn aperitiefje. Altijd in hetzelfde kristallen glas, op een zilveren schoteltje met een servetje. Eleonore hanteerde een maatbekertje om de drankzucht van haar echtgenoot binnen de perken te houden. Delfosse had de strafmaat al een paar keer in de vuilzak gedropt, maar het onding verscheen telkens als bij mirakel weer op het bijzettafeltje. Er werd niet over gepraat en intussen had Delfosse zijn weerstand dan maar opgegeven. Een fles Glenfiddich was voldoende voor vijf dagen. Sinds de limieten op hun huishoudbudget opgeheven waren, kocht Eleonore het duurdere spul. In zijn kantoor aan de Oudaan had de commissaris altijd goedkope wodka gedronken. In de kroeg bestelde hij altijd Leffe Tripel. Een café dat geen Leffe schonk, was zijn aandacht onwaardig. Hij had ergens gelezen dat witte sterkedrank gezonder is. Maar met zijn jarenlang opgefokte lever moest whisky ook kunnen. Duur betekent kwaliteit en je kunt maar beter in stijl doodgaan – of is dat een houding die alleen rijke mensen met succes kunnen aannemen?

Na het middageten deed Delfosse steevast een tukje in de zetel. Dat duurde een half uur tot drie kwartier. Dan begon de ellende: hij had niets meer omhanden. De verveling sloeg genadeloos toe. De oud-commissaris had geen hobby's. Nooit gehad. Eleonore had een dure laptop voor hem gekocht toen hij met pensioen ging, een ASUS G50V met alle toeters en bellen, zodat hij het contact met de planeet niet zou verliezen. De installateur van Telenet was aan een beknopte cursus internet begonnen, maar na vijf minuten had Delfosse de man manu militari aan de deur gezet. De laptop stond intussen al wekenlang onaangeroerd op het met leder beklede bovenblad van zijn Engelse bureau met messing beslag en bladgoudversieringen. De oorspronkelijke bekleding, die met vet geïmpregneerd was omdat de commissaris ook thuis de gewoonte had te eten terwijl hij werkte, had Eleonore laten weghalen. Aan zijn nieuwe, zwartlederen draaistoel was hij nog altijd niet gewend.

'Koop een fiets en ga wat rondtoeren, dan blijven je oude knoken in beweging.'

'Een fiets? En mij laten omverrijden, zeker. Trouwens, die knoken van jou zijn even oud als die van mij.'

'Neem dan de bus, ga eens de stad in. Er is zo veel te zien en te doen. Of ga kaarten en biljarten in het seniorenlokaal.'

'Wat? Die geriatrische wachtzaal? Wil je dat ik tussen die ouwe zakken ga zitten? Die gasten doen niets anders dan de godganse dag klagen over hun kwalen en zeveren.'

Eleonore zag de toekomst somber in. Op reis gaan wilde hij niet, en zijn vrienden kon je op twee vingers tellen. In een restaurant gaan eten met haar man was een regelrechte nachtmerrie. In het theater viel hij in slaap en als de film hem niet beviel, vertrok hij na een kwartier. Delfosse had eens gehoord dat je binnen één kwartier na de start van de film je geld kon terugeisen, maar dat viel in de praktijk dik tegen.

Eleonore zou het geld waar hij helemaal aan het einde van zijn carrière zijn pensioen mee had aangevuld zelf moeten uitgeven. Haar echtgenoot bleef even zuinig als vroeger. Hij had niet het benul, laat staan de behoefte, om zijn leven aan de nieuwe bankrekening aan te passen. Grote sier maken was niet zijn ding. Toen Eleonore hun vijftien jaar oude Toyota was gaan vervangen, had Delfosse hardnekkig geweigerd haar te vergezellen. Hun spiksplinternieuwe beige Renault Scenic had twee weken in de garage gestaan voor hij er zijn eerste rit mee had gemaakt.

3

Fahid al-Mughassil reed in zijn BMW X3 naar parkeergarage 'Grote Markt' aan de Jordaenskaai. Hij nam een ticket uit de automaat en legde het bonnetje op het dashboard. Er was dicht bij de ingang een gereserveerde plek vrij, maar hij besloot een plaatsje achterin te zoeken. De gebruikelijke meute Hollandse dagjesmensen was nog niet uitgezwermd over de stad en er was dus nog ruimte zat. Hij zette de motor stil en haalde de contactsleutel uit het slot. Een eind verderop verliet een Audi A3 voorzichtig zijn nauwe parkeerplaats. Fahid al-Mughassil wachtte een ogenblik tot de auto uit het zicht verdwenen was en plukte het ticket van het dashboard. Hij griste zijn jas van de passagierszetel en tastte naar zijn portefeuille. Hij voelde niets.

Fahid al-Mughassil werd lijkbleek. Hij sloot zijn ogen en ademde diep in en uit. Langzaam ebde zijn paniek weg. Hij stapte uit de auto en liep naar de passagierskant. Misschien was de portefeuille uit zijn jas gevallen. De man opende het portier en bukte zich om de vloer en de ruimte tussen de zetels te onderzoeken. Niets. Hij doorzocht de zakken van de jas, opnieuw zonder resultaat. Waar en wanneer had hij het ding de laatste keer in handen gehad? Lang hoefde hij niet na te denken. Bij het tankstation. Fahid al-Mughassil kreeg het nu koud. Hij vond het moeilijk om zich te beheersen. Een dergelijke stommiteit kon hij toch niet uitgehaald hebben? Zijn enige echte identiteitskaart verliezen op een openbare plaats – het was ondenkbaar. Hij bedwong de neiging om stante pede terug te rijden naar het tankstation. Zelfs op een zondagmorgen op dit uur zou daar om de vijf of tien minuten worden getankt. De portefeuille zou al lang opgeraapt zijn. Wat zou de vinder ermee doen? Er waren verschillende mogelijkheden.

Een. De vinder stal het geld en dumpte de portefeuille ergens in de struiken. Hij had de camera's niet opgemerkt.

Twee. De vinder nam ongezien het geld en stak de portefeuille daarna in de brievenbus van het tankstation. De man had de bewakingscamera's opgemerkt.

Drie. De vinder reed naar het dichtstbijzijnde politiekantoor en overhandigde, als een goede burger, de portefeuille aan de agent van dienst.

Vier. De vinder kende de gemeente niet en dus ook niet het adres van het lokale politiekantoor, zocht in de portefeuille naar het adres en besloot hem in de bus van de eigenaar te deponeren of persoonlijk af te geven. Met of zonder het geld.

Vijf. De vinder stak het geld en de portefeuille op zak en deed verder niets. Van de camera's trok hij zich geen bal aan.

Zes. De vinder hoopte op een beloning en kwam opdagen op de plaats en het uur van de afspraak op het bierkaartje. Niet helemaal uit te sluiten, want de portefeuille was een gloednieuw, prijzig designeritem.

Zeven. Nog een andere mogelijkheid die hem niet meteen duidelijk voor de geest kwam.

De man of vrouw die hem gevonden had, kon in elk geval niet zomaar even bellen. Er zat geen verwijzing naar een telefoonnummer in de portefeuille. Uit veiligheidsoverwegingen, want niets is eenvoudiger traceerbaar dan mobiel telefoonverkeer.

'Yallah, Yallah. Fuck the money.'

Wat zou de vinder doen? Zijn analyse van de opties bracht Fahid al-Mughassil geen soelaas. Hij vloekte in korte Arabische krachttermen waarin de naam van Allah niet letterlijk werd uitgesproken. Hij ging weer in de auto zitten en begon koortsachtig na te denken. Terugrijden had weinig of helemaal geen zin. Of toch? In het meest onwaarschijnlijke scenario lag de portefeuille er misschien toch nog. Ergens in een hoekje waar hij een tijdje onopgemerkt kon blijven liggen. Hij kon de omgeving van het tankstel dat hij had gebruikt afzoeken zonder onnodige aandacht te trekken. Had het tankstation geen intercomsysteem om problemen te melden? Een telefoonnummer kon hij op het internet opsnorren. Bellen naar de lokale politie was niet ondoenbaar. Hij kon geen naam of adres prijsgeven, maar met enige creativiteit kon hij wel te weten komen of iemand daar een portefeuille had afgegeven of in de bus gestoken. Maar hij zou zich daarna toch op de een of andere manier moeten identificeren om de verloren portefeuille terug te krijgen, en dat kon hij zich niet veroorloven.

Naar het appartement in de Sint-Laureisstraat rijden hield risico's in. De vinder zou voor een onbewoond huis staan en zich afvragen wat hij moest doen. Fahid al-Mughassil deed een poging om zich te verplaatsen in de geest van de brave sukkel die de inspanning had opgebracht om daarheen te rijden. Het ding toch maar in de bus steken? Of gewoon afgeven aan de buurman? Als de man wist of gezien had dat er een politiekantoor om de hoek was, zou hij de portefeuille daar misschien afgeven. Fahid al-Mughassil had zelfs geen sleutel en hij zag zichzelf niet meteen met een ijzerdraad in de brievenbus koteren.

'Fuck the damn letterbox.'

Toen de Arabier de auto afsloot, had hij het lijstje met opties teruggeschroefd tot twee mogelijkheden.

Een. De portefeuille is gedumpt nadat de oneerlijke vinder het geld in zijn zak heeft gestoken.

Twee. De persoon, man of vrouw, komt naar de afspraak in het Centraal Station. Het is een eerlijke vinder die voldoening schept in een goede daad, zelfs ten voordele van een allochtone medeburger.

Het was een gok, maar Fahid was niet geworden wie hij was door risico's te schuwen.

Fahid al-Mughassil was een magere man met een neus die op een snavel leek. Hij had gemillimeterd zwart haar, zware wenkbrauwen en dunne lippen. Een uiterlijk dat vrouwen niet meteen aantrekt. Maar als ze, na veel geduld van zijn kant, eenmaal geproefd hadden van zijn seksuele kunstjes, waren ze stuk voor stuk in zijn ban. In ingewikkelde relaties was Fahid al-Mughassil niet geïnteresseerd. Eén nacht in een hotelkamer en hij was foetsie. Dan mochten de dames de hemel prijzen dat ze relatief ongehavend uit het avontuur waren gekomen. Ooit zou hij verder gaan, maar hij had het ware offer nog niet ontmoet. Geen betere strategie dan geduld oefenen, veel geduld, waar het zijn uitverkorene betrof...

Fahid al-Mughassil liep de lobby van Hotel Antigone binnen. Het hotel lag op loopafstand van de parkeergarage. Zoals gewoonlijk was er bij de receptie geen bediende te bespeuren. Zelfs de hond lag niet op zijn stoel. Hij nam altijd de trap naar zijn kamer, met drie treden tegelijk, want hij wilde fit blijven. In zijn vak was dat een noodzaak. De Arabier had er de smoor in. De rest van deze verdoemde dag en wellicht nog veel langer zou het voorval door zijn hoofd blijven spoken. Hij ging op de rand van het bed zitten, met zijn hoofd in zijn handen. Plots veerde hij recht. De bewakingscamera's! Waarom had hij daar niet eerder aan gedacht? Als iemand zijn portefeuille had opgeraapt, moest hij herkenbaar zijn op de videobeelden. Beter nog: een leesbare nummerplaat op de auto van de vinder zou hem regelrecht naar zijn portefeuille leiden. Hij wist dat de beveiliging van tankstations uitbesteed wordt aan gespecialiseerde firma's. De beelden worden overgeseind naar een centrale controlekamer, die permanent bemand is. In theorie althans. Dit was voor hem een mogelijke uitweg uit de impasse. Hij begon na te denken hoe hij te werk zou gaan, eerst om de locatie van de firma te vinden en dan om de beelden te kunnen bekijken. Er was een minieme kans dat de bewakers zelf iets zouden ondernemen, maar dat was wellicht te inspannend op een zondag.

Fahid al-Mughassil haalde een matje onder zijn bed vandaan. Hij rolde het uit, legde het in de richting van Mekka en ging op zijn knieën zitten. Maar dan bedacht hij zich, stond op en gaf het matje een schop. Hij wreef met zijn handpalmen over zijn voorhoofd. Hij zweette gewoonlijk niet zo fel, maar dit keer voelde zijn huid klam aan.

4

'EDDIE, MIJN VRIEND, hoe gaat het?'

Eddie Delfosse en Pieter Servaes waren oude jeugdvrienden. Ze hadden samen aan het Koninklijk Atheneum van Mechelen gestudeerd. Pieter aan de afdeling Latijn-Wetenschappen, die een uur scheikunde meer te bieden had, en Eddie in de klassieke richting, Latijn-Grieks. Hun jaren in Pitzemburg aan 'den Botanique' waren fantastisch geweest, vol fijne herinneringen. Gouden jaren, onbezorgd en magisch tegelijk. Hun puisterige tocht door de puberteit. De deur van hun kamer op slot en dan maar klaarkomen, met een beduimeld plaatje in één hand en een gewillig piemeltje in de andere. Na de middelbare studies waren ze elkaar uit het oog verloren. Servaes ging op kamers in Gent, terwijl Delfosse, die zijn studietijd voor bekeken hield, ging solliciteren voor een baantje bij de politie in Antwerpen. Ze vonden, elk in de stad van zijn keuze, de vrouw van hun leven. Bijna een kwarteeuw ging voorbij zonder dat ze contact hadden. Dat is in dit leven een gewone gang van zaken.

Tot Eveline, de vrouw van Pieter, vrij plots stierf aan een zeer agressieve hersentumor. Ze was vijfenveertig en de aftakeling had niet meer dan zes maanden in beslag genomen. Toen had hij het adres van Delfosse opgezocht en een doodsbrief gestuurd. De begrafenis en de koffietafel achteraf brachten hen weer samen. Eleonore had zich in die traumatische periode over de gebroken man ontfermd, en dat zou Servaes nooit vergeten.

Een jaar later was hij van Gent verhuisd naar Antwerpen, waar hij een kaderfunctie had opgenomen bij een multinational. Zo had het drama in zijn leven nieuw leven geblazen in hun vriendschap, dat zich uitte in een maandelijkse bijeenkomst, afwisselend in de Bar du Port aan de Napoleonkaai en in het Retro Café op

Linkeroever. Altijd op de tweede maandag van de maand, en er moest al een ernstige reden zijn voor ze verstek lieten gaan.

'*So and so*', antwoordde Delfosse in zijn pidgin-Engels. '*I am in sack and ash*', voegde hij er meesmuilend aan toe.

'Tja, pensioen... Je vraagt je waarschijnlijk af waarom ik bel, Eddie. Het is alvast niet om de rondjes van volgende maandag af te zeggen.'

'Het is je geraden, ouwe rakker, je kent de straf voor het grote verzuim.'

'Ik weet het, ik weet het, het zal mij geen tweede keer overkomen.'

De strafmaat was vanaf het prilste begin afgesproken: degene die verstek liet gaan, betaalde alle consumpties voor de rest van het jaar. Dat kon flink oplopen als het misdrijf in de lente werd gepleegd.

'Eddie, ik heb iets raars aan de hand. Het is te lang om aan de telefoon uit te leggen. Kunnen we morgen in Den Bengel afspreken?'

'Je zit toch niet in de penarie, Peter? Positief geblazen of door het rode licht gereden? Iets om je strafblad aan te dikken?'

'Nee, Eddie, je weet dat ik een modelburger ben. Dat is trouwens het enige wat jij onverteerbaar vindt aan mijn persoon...'

'Goed, ik zal er zijn. Eerlijk gezegd, ik ben me stierlijk aan het vervelen en elke afleiding is welkom. Den Bengel, dus, om zeven uur? Maar dat betekent niet dat de afspraak van volgende maandag vervalt, als je dat maar weet.'

'Ik zou niet durven. Tot morgen? Groetjes aan Eleonore.'

'Tot morgen. Dag, Pieter.'

Iets opgewekter legde Delfosse de hoorn neer.

'Was dat Pieter?' vroeg Eleonore, die de laatste zin van het gesprek had opgevangen.

'Hij wil me spreken, maar niet via de telefoon. Merkwaardig. We hebben afgesproken morgen in Den Bengel.'

'Dit is toch geen excuus om elke week op de zuip te gaan, Delfosse? Je lever heeft het niet onder de markt sinds je met pensioen bent.'

'Nee, nee. Maak je maar niet druk over mijn organen.'

'Trouwens, wat jouw dierbare organen betreft: heb je al eens met de dokter gesproken? Over Viagra, bedoel ik. Je durft niet, hé. Daarvoor is commissaris Delfosse veel te beschaamd. Zal ik het onderwerp dan maar eens bij hem op tafel gaan leggen?'

Delfosse antwoordde niet, kreeg een kleur en draaide zich om. Hij liet zich in zijn zetel zakken en zapte afwezig langs alle zesendertig tv-kanalen.

De volgende dag nam de ex-commissaris lijn 36 richting stadscentrum. De bus was leeg, op vijf mensen na. Aan de halte Konijnenpijp stapte een jong, zwart koppeltje op de bus. Ze maakten de vergissing recht tegenover Delfosse te gaan zitten. Tot overmaat van ramp had de jongen een mp3-speler tevoorschijn gehaald. Hij zat te headbangen, eigenaardig genoeg op de tonen van een oude hit van Madonna. Het meisje wiebelde met haar lijfje.

'Kan het niet wat stiller aan de overkant?' protesteerde Delfosse.

De zwarte knaap bekeek Delfosse alsof hij het ergste stuk vuil was dat hij vandaag zou zien. Als reactie zette hij de muziek nog wat luider.

'Zo goed, ouwe zak?'

Het meisje lachte om zijn grove onbeschaamdheid. Delfosse liep rood aan. Liefst wilde hij de jongen een klap verkopen, maar hij beet op zijn tanden tot hij tranen in de ogen kreeg. Een oudere dame die het zag gebeuren, schudde haar hoofd. Delfosse stond op, liep naar de uitgang van de bus en viel bijna omver toen de bus een scherpe bocht maakte. Het overdreven geginnegap van het koppeltje echode nog in zijn hoofd toen hij alweer op de stoep stond en de bus vertrokken was.

Delfosse legde het laatste stuk naar de Grote Markt te voet af. De winkels op de Meir waren dicht; de uitbaters waren hun ontvangsten van die dag aan het tellen. Aan de voet van de kathedraal stond een straatmuzikant viool te spelen. Hij had één enkel spichtig meisje als publiek. Ze klapte na afloop enthousiast in de handen. In de vioolkist aan zijn voeten lagen enkele koperen muntjes.

De deur van café Den Bengel stond wijd open, ondanks de kilte en de fijne motregen. Toen hij naar binnen wilde gaan, aarzelde hij bij het zien van het tafereel aan de bar. Aan de toog zat een diep gedecolleteerde del in een minirok en netkousen op een kruk. Rond haar mollige figuur waren vier beschonken mannen door elkaar aan het praten.

'Vertel ze nu toch, man.'

De mop was serieus aangebrand want de vrouw sloeg een hand voor haar mond en gierde het uit.

'Geen twee keer op één dag', zei Delfosse hardop en zette een stap terug. Zijn binnensmondse verwensingen aan het adres van het luidruchtige gezelschap waren niet van de poes. Hij besloot dan maar buiten op Servaes te wachten.

Klokslag zeven uur zag hij zijn vriend opdagen uit de richting Suikerrui. Pieter was met de auto gekomen en had naar gewoonte op de Scheldekaaien geparkeerd. Hij bleef even staan om naar een natgespoten jongeman te kijken die op het standbeeld van de Brabofontein was geklommen om zich uitgebreid te laten fotograferen. De twee vrouwelijke agenten die op de Grote Markt patrouilleerden, deden alsof ze niets gezien hadden.

'Dag, Eddie, gaan we niet naar binnen?'

De mannen schudden elkaar de hand.

'Nee, veel te rumoerig. We gaan naar de overkant op de hoek. Daar is een verwarmd terras. En een grappige ober.'

Delfosse had het graag warm. Zijn donsdeken bleef het hele jaar op zijn bed liggen. Zowel thuis als vroeger op het werk stond de verwarming altijd op een verstikkend hoge stand, wat hem het etiket 'ecologische barbaar' had opgeleverd.

Delfosse en Servaes namen plaats in rotanzeteltjes aan een tafeltje in de hoek. Veel klanten waren er op dat tijdstip niet in de taverne. Om zeven uur is er altijd een dip in het cafébezoek en het weer hielp niet: de druilerigheid van gisteren had de nacht overleefd.

Maar goed, er waren dus geen andere oren in de omgeving. Delfosse verplaatste zijn zetel zodanig dat hij pal in het straalbereik zat van de gasbrander tegen de muur.

'Wa' zal't zèn vör d'ïeren?'

De ober, een man met een snor, een strikje en een witte schort, sprak een fonetisch moeilijk neer te schrijven dialect.

'Een Leffe Tripel en een Hoegaarden. En nootjes, maar niet van die goedkope brol die is overgebleven van de vorige klant', zei de commissaris.

'Voor goede klanten is er ook kaas. Mag niet van de patron, maar hij is niet opgedaagd vandaag', zei de ober samenzweerderig.

Een gelegenheid om zijn baas een kloot af te draaien wilde hij voor geen geld missen.

'Kaas is prima. Drink ook maar iets op mijn kosten.'

Delfosse wreef zich in de handen toen de ober met de bestelling vertrok.

'Pieter, vertel mij alles. Ik ben benieuwd.'

Servaes schraapte zijn keel alsof hij een voordracht ging houden.

'Ik heb gisteren een portefeuille gevonden. In een tankstation in Willebroek.'

'Schokkend nieuws, Pieter. Moest ik daarvoor dat rotweer trotseren?'

Er klonk echte ontgoocheling in zijn stem.

'Wacht, wacht. Je weet nog niet alles.'

Servaes haalde de portefeuille tevoorschijn en gaf hem aan Delfosse.

'Zeg maar eens wat je hiervan denkt, commissaris. Zoek de zeven verrassingen.'

Delfosse nam het ding aan met twee vingers, een reflex van vroeger, om niet te veel vingerafdrukken achter te laten op het leer. Het eerste wat hij deed was aan de portefeuille ruiken.

'Duur spul.'

'Hij is nog zoals ik hem gevonden heb, Eddie, met alles er nog in', moedigde Servaes aan.

Ze werden onderbroken door de ober.

'Haha, met liefde geschonken', zei Delfosse.

Hij smakte met zijn lippen. De ober had in hem een vriend voor het leven gevonden. Hij verklapte maar niet dat een Italiaan achter de toog de tapkraan bediend had. Toen hij weer buiten gehoorafstand was, vroeg de commissaris: 'Waarom heb je hem niet aan de politie afgeleverd? Jij bent toch een eerlijke vinder?'

'Kijk nu toch eerst, Eddie', zei Servaes ongeduldig.

'Al goed, al goed.'

Hij begon aan het onderzoek. Eerst de geldflap.

'Rare combinatie. Het biljet van vijftig ontbreekt in de reeks.'

Dat was de speurder aan het werk. Twee seconden verder en al iets ongewoons opgemerkt.

'Dacht ik ook. Maar kijk toch verder.'

'Geen enkele betaalkaart. Ook vreemd.'

Delfosse bestudeerde aandachtig de identiteitskaart.

'Voelt echt, maar ik ben niet helemaal overtuigd. De nieuwe kaarten zijn pas verspreid en toch lijkt deze al heel wat meegemaakt te hebben.'

'Leer mij iets nieuws, Eddie. Dat kan een amateur ook zien.'

'Wat heb je toch, Servaes? Je geduld aan het verliezen? Als je het allemaal weet, waarom heb je mij dan nog nodig?' sneerde de commissaris.

'Sorry, sorry. Maar ik wil een bevestiging van mijn vermoedens. Doe maar rustig.'

'Wist je dat België het gemakkelijkste land is om aan valse identiteitskaarten te komen?'

Delfosse nam een gulzige slok en likte het schuim van zijn bovenlip. Het glas was half leeg.

'Ah, dat smaakt. Heb je geen dorst, Pieter?'

Een beetje plagerij hing altijd in de lucht als je met Delfosse op stap ging. Servaes begreep de hint en proefde zuinig van zijn Hoegaarden. Een ouder koppel had plaatsgenomen aan een tafeltje in hun nabijheid. Ze spraken Engels en bestudeerden uitgebreid de menukaart, zoals het hoort op het vasteland. De ober verscheen en prees de verse scampi aan. Het koppel leek enthousiast over de suggestie.

'Any wine, sir?'

'A bottle of Sjeblies, please', pochte de Engelsman met zijn kennis van de Franse wijnen. Zijn partner knikte goedkeurend.

'Chablis? A very good choice, sir, if I may say so.'

De ober kende tien standaardzinnen in perfect Engels, waarop hij flink geoefend had. Dit was er een van. Volgens hem smaakte Chablis naar roest en hij zou die wijnsoort nooit kiezen. Toen hij zich omdraaide om met de bestelling te verdwijnen, knipoogde hij naar Delfosse en Servaes.

Delfosse hield het strookje papier voor zijn neus. 'Wat hebben we hier?'

Hij draaide het papiertje om.

'Niets op de achterkant.'

Hij staarde naar de reeks cijfers.

'Hmmm. Niet direct iets uit op te maken.'

'Ik denk dat het een code is, Eddie, een *for your eyes only*-toestand.'

Delfosse nam een bierkaartje.

'Heb je iets om te schrijven?'

Servaes haalde een goudkleurige balpen uit zijn binnenzak. De commissaris schreef de reeks over, terwijl hij de cijfers één voor één hardop herhaalde.

'Iets voor Eleonore, die doet niets liever dan raadseltjes oplossen.'

Servaes wist ervan. Bij Delfosse thuis hingen aan de muur naast de keukentafel schappen volgestapeld met woordenboeken, puzzelmagazines, noem maar op.

'Hier zal ze een hele kluif aan hebben, Eddie. Hier lijkt mij een professionele aanpak op zijn plaats.'

'Onderschat het meisje niet, Pieter, ze is slimmer dan je denkt. Helaas.'

'Als ze zo slim was als jij volhoudt, had ze je al jaren geleden gedumpt.'

Delfosse stuurde hem een giftige blik toe. Hij haalde het halve bierkaartje uit de portefeuille en las de tekst op de achterzijde. Het grapje op de voorzijde over het domme blondje dat niet kan spellen, ontging hem.

'Kijk, een datum en een uur. Duidelijk een afspraak.'

Servaes begon ongeduldig met zijn been te wiebelen.

'Er is ook nog een kaartje uit een automaat, een ticket voor een kluis in het Centraal Station. Meer dan een week oud. Kluis 14. Wie bewaart zijn koffer nu zo lang in een kluis?'

'Wie zegt dat er reisspullen in zitten? Het kan evengoed wat anders zijn.'

'Wat dan?'

'Drugs of gestolen goederen en zo. Weet ik veel.'

'Het ontbreekt je niet aan fantasie, Pieter.'

'Even ernstig nu, wat denk je ervan? Laat de speurder nu eens spreken.'

Delfosse dacht even na voor hij met een mening voor de dag kwam.

'Ik vind geen enkel persoonlijk item in de portefeuille. Dat zegt iets over de man, Pieter. Hier klopt iets niet. Die Fahid... dinges is een Arabier met een opdracht. *There is something rotten in Denmark*. Ik kan het ruiken.'

'*In the state of Denmark*', verbeterde Servaes onwillekeurig.

'Fuck you, Goossens', zei Delfosse in een reflex. 'Sorry, Pieter, je begint zowaar op mijn oud-adjunct te lijken. Die had ook altijd opmerkingen over mijn taalgebruik.'

'Weet je wat ik voorstel, Eddie?'

'Laat me raden, Servaes. Jij staat volgende woensdag naast de kluis, met mij in de buurt.'

'Yep.'

Het Engelssprekende koppel keek toe hoe Delfosse alles op een hoopje legde. Waren dat twee dieven op leeftijd die hun buit inspecteerden? In een openbare gelegenheid op de koop toe? De man die zijn jas aangehouden had, zag er in elk geval verdacht uit. De commissaris stak twee vingers op toen de ober met een fles wijn in een koeler verscheen.

De portefeuille werd aan alle kanten betast en beknepen. Delfosse hield het ding tegen zijn oor. Hij friemelde aan een van de flappen.

'Hier zit iets ingenaaid, denk ik.'

De mond van Servaes viel open.

'Kijk, zie je deze naad? Van mindere kwaliteit dan de andere.'

'Jezus Christus, Eddie, dat was me niet opgevallen.'

'Je hebt amateurs en professionelen en jij zit in de eerste categorie. Dat is geen belediging, Pieter, maar een feit. Opdrinken, man, ik heb er dorst van gekregen.'

'Zullen we?'

'Hier?'

'Waarom niet?'

Delfosse haalde een piepklein zakmesje tevoorschijn. Hij plooide het open en Pieter zag een mesje zitten, een nagelvijltje en een minischaartje.

'We kunnen dat ding zo niet teruggeven. De eigenaar gaat merken dat eraan geprutst is.'

'Niet noodzakelijk. Eleonore heeft nog meer talenten. Een doctoraat in snit en naad', grapte Delfosse.

Het nam wel wat tijd in beslag om de fijne draadjes los te tornen. Intussen hield Servaes het biljet van vijfhonderd euro tegen het licht. Voor de Engelsman, die alles uit een ooghoek had gevolgd, was de maat vol. Hij verwachtte elk ogenblik beroofd te worden. Hij stond op en verhuisde, met de wijnkoeler in de hand, naar een tafeltje dichter bij de uitgang. Zijn vrouw liep hem achterna met hun volgeschonken glazen, zette ze neer en ging dan hun jassen uit de vestiaire halen en over de rugleuningen van hun stoelen hangen.

'Die zijn er niet meer gerust op', grinnikte Delfosse.

De commissaris schoof de draadjes op een hoopje en plooide een bierkaartje middendoor. Hij legde de draadjes erop, drukte de helften van het kaartje eromheen en stopte het in het borstzakje van zijn hemd.

'Voor het labo, je weet maar nooit', zei hij.

Servaes floot vol bewondering.

'Eens een speurder, altijd een speurder.'

Delfosse keek in de opening.

'Oh, oh', mompelde hij.

'Wat zit erin?' wou Servaes weten.

'Een blote foto van zijn lief', plaagde zijn vriend.

Delfosse haalde een doorschijnend plastic zakje tevoorschijn. Het was driedubbel dichtgevouwen en met twee nietjes afgesloten. Het zakje bevatte een kleine hoeveelheid wit poeder. Hij nam het tussen duim en wijsvinger en legde het zakje op de tafel.

'Jij moet weten wat dat is, Servaes, dat is jouw vak.'

'Jezus, Eddie, er bestaan duizenden producten die eruitzien als witte poeders. Ik zit hier niet in mijn laboratorium.'

De chemicus op rust bekeek het witte spul.

'Niet amorf, grof kristallijn. Licht hygroscopisch, de korrels plakken wat aan elkaar.'

'Ik ga even naar het toilet. Drink op. Ik bestel er nog eentje', zuchtte de commissaris, die niet veel van zijn uitleg begrepen had.

Servaes plooide het zakje open, rook er even aan en trok een grimas. Hij hield het zakje ver van zijn neus en inhaleerde een paar keer zo hard als zijn longen toelieten. Het duurde even voor Delfosse verscheen met een Leffe en een Hoegaarden.

'En?'

'Ruik eens.'

Servaes duwde het zakje onder de neus van de commissaris.

'Ik ruik niets niemendal. Maar mijn snuffelaar is niet in zijn beste doen.'

'Ik zal je iets vertellen. Het is genetisch bepaald of je de geur kan waarnemen of niet.'

'Je weet dus wat het is?'

'Ik denk dat jij ook een vermoeden hebt, Eddie.'

'Cocaïne, heroïne?'

'Nee. Ik wed op kalium- of natriumcyanide, dat komt op hetzelfde neer. Wij hadden in het labo een potje van dat goedje in het gifkastje. Honderd gram.'

Servaes werd even stil. Hij dacht aan vroeger.

'Weet je, die stof ruikt naar amandelen. Ik herken de geur. Als het poeder in contact komt met vochtige lucht, grijpt er een beetje hydrolyse plaats en komt er HCN vrij, cyanidegas.'

Delfosse floot op zijn beurt.

'Is er voldoende om zelfmoord te plegen?'

'Plenty. Ik schat dat er voldoende van het gif in het zakje zit voor twee of drie personen.'

'Een zelfmoordpil dus. Of een moordpil.'

'Yep.'

Delfosse wist niet veel over cyanidevergiftiging, maar hij was wel bereid om iets nieuws te leren.

'Hoe werkt het goedje dan?'

'Het belet de opname van zuurstof door de cellen. Alle organen stikken als het ware. Het werkt snel als je er voldoende van inneemt. Je weet toch dat de hooggeplaatste nazi's een holle kies hadden waarin ze cyanide bewaarden? Bij sommige religieuze organisaties was het ook populair om het tijdelijke voor het eeuwige te verwisselen door middel van een collectieve cyanidevergiftiging.'

'L'histoire se répète', mompelde Delfosse tussen zijn tanden.

'Wat?'

'Niets, niets, een zaakje van vroeger. Alweer geschiedenis ondertussen.'

'Dus, Eddie, de conclusie van de speurder?'

Delfosse nam een grote slok voor hij antwoordde.

'Ik denk dat je jezelf in nesten hebt geholpen, Pietertje. Je had die portefeuille beter in de brievenbus gedeponeerd. Of laten liggen.'

'Gedane zaken nemen geen keer. Maar hoe kom je erbij dat ik in nesten zou zitten?'

Maakte de commissaris een grapje of had de alcohol zijn hersenen nu al op tilt doen slaan? Delfosse verloor zijn scherpte meestal pas na een halve bak zwaar bier.

'We hebben hier te maken met een geheim agent, een huurmoordenaar of een terrorist. Een individu met een plan. Ik denk vooral aan de laatste mogelijkheid.'

'Nu is het jouw fantasie die op hol slaat, Eddie. Dit is België, remember?'

Zodra hij de woorden had uitgesproken, besefte hij perfect dat de commissaris geen onzin zat uit te kramen. Wie loopt er nu vandaag met een zelfmoordpil rond? Ingenaaid in een portefeuille. Alleen iemand die veel kans heeft om in handen van foute mensen te vallen.

'OK, het kan, het kan. Maar is het toch niet wat vergezocht? Misschien is er een simpele verklaring...'

'Zoals?'

Servaes bleef het antwoord schuldig.

'Je zei dat ik gevaar loop, Eddie. Maar die man kan toch onmogelijk weten wie zijn portefeuille heeft gevonden?'

'De bewakingscamera's in het tankstation? Ben je die vergeten? Het hele voorval staat ergens op een videoband of een dvd. Met je nummerplaat en al. Zelfde verhaal voor de Arabier. Dat is wat mij ongemakkelijk maakt, Pieter.'

Servaes trok een bedenkelijk gezicht.

'Dat meen je toch niet?'

'Honderd procent. Stel je in de plaats van Fahid al dinges. Wat een banale tankbeurt moest zijn, is uitgedraaid op een fiasco. Een reuzegroot probleem voor de man – en tegelijk het jouwe. Ik ben ervan overtuigd dat hij er al hard over nagedacht heeft en intussen iets heeft uitgebroed.'

'Misschien zijn de camera's gewoon dummy's. Hangen ze daar alleen om klanten met slechte bedoelingen af te schrikken.'

'Ik zou er niet op rekenen. Wat voor auto was het ook alweer? Een BMW? Ik zou maar uitkijken, Servaes, en af en toe achteromkijken. Dit is niet koosjer.'

'Jezus Christus, Eddie. Wat nu? Ik kan maar het best naar de politie stappen. Of nog beter: jij gaat met me mee om het zaakje uit te leggen.'

'Je hebt gelijk, maar nu nog niet. Ik wil er het fijne van weten. Misschien geduld opbrengen tot woensdag, als ik meer weet over kluis 14.'

'Wat bedoel je, ik? We gaan toch samen?'

'Beter van niet. Hij zou je kunnen herkennen.'

'Ik kan me niet voorstellen dat die man op zo'n korte tijd mijn identiteit zou kunnen achterhalen, Eddie. Zelfs als hij mijn nummerplaat kent. Ik dacht trouwens dat een burger die niet kan opvragen.'

Delfosse begon fijntjes te lachen. Hij blies op de duim van zijn linkerhand. Een tic die hij niet meer was kwijtgeraakt nadat hij op zijn achttiende op die plek een brandwonde had opgelopen.

'Het systeem is zo lek als wat, Servaes. Heb je de nummerplaat van de BMW toevallig gezien? Al waren het maar een paar letters of cijfers?'

'Helaas niet. Het ging allemaal zo vlug.'

'Het is belangrijk dat je je elk detail voor de geest haalt, Pieter.'

De oud-commissaris haalde zijn mobieltje tevoorschijn. Hij hield de knop 'Namen' ingedrukt en zei luid articulerend: 'Eleonore, Eleonore.'

'Spraaktechnologie', verduidelijkte hij toen Servaes verbaasd opkeek. 'Het lukt alleen maar als ik wat te veel op heb.'

'Ja, met mij. Servaes logeert vannacht bij ons.'

'Zo ineens?'

'Hij heeft te veel gedronken en ik kan hem niet in die toestand naar huis laten rijden.'

Eleonore maakte kennelijk wat tegenwerpingen, want Delfosse schudde ongeduldig zijn hoofd.

'Hoezo, niet de eerste keer? Niet moeilijk doen, Eleonore, ik zal het wel uitleggen. We zijn rond tien uur thuis. Wat? Voortzuipen?! Hoe kom je erbij?'

Delfosse beëindigde het gesprek. Hij zuchtte en knipperde met de ogen.

'Vrouwen! Die willen altijd voor alles een uitleg.'

Delfosse stak een hand op om de aandacht van de ober te trekken. Servaes had met stijgende ergernis geluisterd.

'Ben je nu niet wat aan het overdrijven, Eddie? Je kijkt sinds je pensioen te veel naar feuilletons op tv.'

Servaes wist dat zijn vriend alle krimi's bekeek, alleen maar om te lachen om de vele fouten en ongerijmdheden in de scenario's. Delfosse keek hem vriendelijk aan en gaf hem een schouderklopje.

'Ik weet wat ik doe, Servaes, geloof me. En nu iets anders. Wat heb je de laatste weken nog zoal uitgespookt?'

5

'Ik benoem je hierbij tot adjunct-commissaris toegevoegd aan mezelf voor speciale opdrachten', zei Delfosse op woensdagmorgen.

'Verdient dat goed, Eddie?'

'Nauwelijks een nagel om aan je gat te krabben, Servaes. Mensen die bij de politie werken, moeten een heel leven sparen om hun huis af te betalen.'

'Waarom ben je dan in het korps gestapt? Jij was toch altijd al een veelzijdig man met veel talenten', zei Servaes niet zonder enige spot in zijn stem.

'De roerselen van de menselijke ziel, Pieter. Alles wat een mens drijft en uitspookt.'

Delfosse gaf hem een koekje van hetzelfde deeg.

'Wat bezielt een man om een heel leven te slijten in een saai laboratorium? Wat deed je daar eigenlijk? Atomen en moleculen tellen? Steekt dat niet tegen op den duur?'

'Helemaal niet, meneer de commissaris. Het is een andere wereld. Een wereld waar ingewijden de dagelijkse sleur vergeten. De wetten van de natuurkunde, dat zijn je vrienden, je rotsen in de branding. Natuurwetten, Eddie, die veranderen niet. Daar kun je op vertrouwen. Vandaag, morgen en tot in de eeuwigheid. Hoewel, van dat laatste ben ik nog niet zeker.'

'Zijn de heren filosofen klaar met hun ontbijt?' vroeg de echtgenote van Delfosse. 'Wat een zware materie, zo vroeg in de morgen.'

'Eddie is toch maar een gelukzak. Elke morgen opstaan en het ontbijt staat klaar. Het is niet iedereen gegeven.'

'Hij beseft het niet, Pieter. Hij zit voor een keer niet achter zijn krant commentaar te geven op de uitwassen van de maatschappij en de domheid van de politici, maar anders doet hij van 's ochtends al niets anders dan sakkeren. Het zal nog eens slecht aflopen, Pieter. Ik weet niet echt hoe ik hem moet aanpakken. Delfosse is geen man om thuis te zitten niksen.'

'Je moet iets voor ons doen, schat. Een naaiwerkje.'

Als haar echtgenoot een zin afsloot met 'schat', wist ze dat hij echt iets van haar nodig had. Delfosse haalde de portefeuille tevoorschijn en wees Eleonore de losgemaakte naad aan.

'Kun je dat dichtmaken zodat het niet opvalt?'

'Wiens portefeuille is dat? En waarom is die naad los?'

'Pieter heeft hem zondag gevonden. Er zaten verdachte documenten in. Pieter is verstandig genoeg geweest om hem eerst aan mij te tonen.'

'In andermans spullen snuffelen, is dat verstandig?'

Delfosse ontweek de vraag. Pieter kuchte discreet.

'Ik zal je later alles wel vertellen.'

Eleonore voelde dat het tweetal met een vreemd spelletje bezig was en dat het niets zou opleveren als ze bleef aandringen. Vroeg of laat zou zij er toch wel achter komen wat ze aan het bedisselen waren.

'Laten we maar gaan', zei Delfosse. 'Je weet maar nooit. Parkeren doen we in de nieuwe ondergrondse garage van het Centraal Station. Dan heb ik dat bouwsel ook eens van de binnenkant gezien.'

Er verschenen fonkellichtjes in de ogen van de commissaris. Eindelijk, na maanden rust en monotonie, gebeurde er iets spannends. Delfosse moest toegeven dat hij zijn bureau op de Oudaan en de actie van zijn beroepsleven miste.

'Jij moet je gedeisd houden, voor het geval de Arabier je zou herkennen. We zullen ter plaatse wel zien hoe we het gaan aanpakken. Als we nu vertrekken, zijn we daar een half uur voor de afspraak. Het loont dikwijls om vroeger te zijn dan strikt nodig. Ik spreek uit ervaring.'

Delfosse kwam op dreef. Hij was de baas en deelde de bevelen uit. Servaes liet hem begaan, maar waagde het toch één opmerking te maken.

'Je hebt toch een wapen bij je, Eddie? Stel dat het tot een schietpartij komt.'

'Ben je gek, man? De wapens zitten hier.'

Delfosse tikte met de wijsvinger op zijn voorhoofd. 'Mijn enige tastbare wapen is een Sony, mijn digitale fotocamera.'

Toen ze de auto kwijt waren, dicht bij de ingang van de parking, wandelden ze door de enorme vernieuwde ruimte onder de 'centers' naar de imposante inkomhal.

'Dus hiervoor worden onze centen gebruikt. Goed besteed, zo te zien. Nu nog die ongebruikte metrotunnels in dienst nemen', zei Servaes vol bewondering. Hij was iemand die met zijn stad begaan was. Als er een petitie ondertekend moest worden, was zijn handtekening steevast op de lijst te vinden.

Delfosse had geen aandacht voor de kathedraal onder de stations. Maar dat betekende niet dat er details in zijn omgeving waren die aan zijn scherpe blik ontsnapten. Toen hij langs de krantenkiosk liep en de kop op de voorpagina van de *Gazet Van Antwerpen* zag, begon hij stevig te vloeken: 'Godverdomme, godverdomme.'

'Gruwel in Wijnegem. Inbraak en moord bij bewakingsfirma.'

'Heb jij wat munten?'

Servaes doorzocht zijn zakken en vond een stuk van twee euro. De commissaris las alvast de tekst in vette letters:

'Zondagnacht werd ingebroken in het controlecentrum van de firma Securobs in Wijnegem. Bedienden van de ochtendploeg troffen er het lijk aan van een collega, vastgebonden op een tafel en gruwelijk verminkt. Beide oren en neus waren afgesneden en een oog uitgestoken. De doodsoorzaak was een overgesneden keel.'

De oud-politieman, die zich zelden verbaasde over de gruwelen die mensen elkaar kunnen aandoen, schudde vol walging het hoofd. Hij gaf de krant door aan Servaes.

'De firma Securobs bewaakt permanent alle Esso-tankstations in de provincie Antwerpen. De videobeelden worden opgeslagen en 24 uur bewaard. De politie vermoedt dat het de moordenaar te doen was om de tapes. De installatie werd grondig vernield teruggevonden en alle videotapes ontbraken. Het is nog onduidelijk of het over één of meerdere daders gaat. Lees verder op pagina 3.'

Servaes voelde hoe de angst zich vanuit zijn nek over zijn kruin verspreidde. In zijn mond proefde hij een smaak van zaagsel.

'Scheelt er iets? Je ziet er maar bleekjes uit', zei Delfosse bezorgd.

Zijn vriend antwoordde niet, maar sloot zijn ogen en schudde het hoofd.

'Dit verandert de zaak, Pieter. Loop als de bliksem terug naar de garage en verschans je in mijn auto. Doe de portieren op slot. Houd je gsm bij de hand. Kijk uit naar de BMW van de Arabier, maar doe absoluut niets, hoor je? We hebben te maken met een aartsgevaarlijk individu, dat tot alles in staat is. Dat is nu wel duidelijk.'

Servaes aarzelde. Zijn hart ging tekeer alsof hij tien kilometer had gelopen. De zaak, die hij een minuut geleden nog intrigerend en opwindend had gevonden, was zwaar uit de hand gelopen.

'Eddie, zouden we je collega's bij de politie er niet bij halen? Hoe laat is het nu? Is er nog tijd?'

Delfosse keek op zijn horloge.

'Nee, daarvoor is te laat. Ik moet die man eerst identificeren. Als hij politie ziet, maakt hij zich uit de voeten en dan staan we nergens. Ga nu, Pieter. Haast je.'

Delfosse gaf Servaes een duw in de rug.

'Wat als ik de man tegenkom in de parking, Eddie?'

'Je loopt hier meer risico dan beneden. Het is niet zeker dat hij de BMW daar heeft geparkeerd. Maar hier komt hij zeker. Misschien staat de BMW daar al lang en is hij hier al een tijdje het terrein aan het verkennen.'

Servaes liep zo snel hij durfde zonder de aandacht te trekken naar de parking. Hij keek onopvallend naar links en rechts, maar zag niets verdachts. Het leek alsof hij in een scène uit een misdaadreeks optrad, maar hij had nu veel liever aan de andere kant van het scherm gezeten.

6

Delfosse kon enkel gissen. Maar hij had het wel bij het rechte eind. Fahid al-Mughassil had zijn BMW om acht uur al in de ondergrondse parking achtergelaten, in een vak dat zo ver mogelijk van de ingang verwijderd lag. Hij was een uitstekend opgeleide professioneel. Een van de technieken die hem bijgebracht waren, had te maken met de verkenning van het terrein. Het was een absolute regel: stippel op voorhand een vluchtweg uit voor het geval er iets misloopt. Hij had voldoende ervaring: meer dan één keer had hij zo het vege lijf gered tijdens een operatie. Verdachte individuen en bewegingen detecteren, het hoorde bij de routine die hij als geen ander beheerste. De Arabier had een speciale neus ontwikkeld voor politiemensen in burger. Hoe ze ook hun best deden, er was altijd iets in hun houding en gedrag dat hen verraadde. Maar vandaag had hij nog niemand in de gaten gekregen.

Fahid al-Mughassil droeg een donkerblauwe broek, een bijbehorend kort jasje in dezelfde kleur en Adidassportschoenen. Op zijn hoofd zat een zwarte pet met een overmaatse klep en het woord 'GROVE' in grote, witte letters. In de opening van de V was een omgekeerd, rood driehoekje geborduurd. Te opzichtig en herkenbaar, zou zijn coach opgemerkt hebben, maar hij had geen tijd gehad om iets anders te zoeken. Naast hem op de grond stond een ruime sporttas van hetzelfde sportmerk. Onder zijn arm stak een krant, de *Gazet Van Antwerpen*, goed zichtbaar voor de aandachtige voorbijganger. Fahid al-Mughassil begreep geen woord Nederlands, laat staan dat hij het kon lezen, maar het was de indruk die telde, en hij wilde de indruk geven dat hij een inwoner van de stad was. Het was vrij druk in het station, met pendelaars, dagjesmensen met rumoerige peuters op uitstap naar de Zoo en mensen die hier ogenschijnlijk zonder doel heen en weer liepen. De man die stond te wachten bij de trap naar de perrons viel niet op. Vanuit zijn observatiepost kon Fahid al-Mughassil zowel de ingang in het oog houden als de toegang tot de kluizenzaal.

Twee mannen bij de krantenkiosk trokken zijn aandacht. Hij herkende onmiddellijk de man die na hem had getankt. De auto en de bestuurder waren heel duidelijk zichtbaar geweest op de videoband. Tijdens het tanken had de man op een bepaald moment recht in de camera gekeken. Fahid wist ook waarom het tweetal zo opgewonden leek. Hij had uit de foto's op de voorpagina van zijn krant wel kunnen afleiden dat er een verslag in stond van de moord in Wijnegem. De persoon die de man van het tankstation vergezelde, leek in alles op een speurder in burger. Wat die politieman hier deed in het gezelschap van de vinder kon maar op één manier uitgelegd worden. De burger was naar de politie gegaan met de portefeuille en daar hadden ze de inhoud verdacht gevonden. Het was niet uitgesloten dat ze het cyanidepoeder hadden ontdekt. Hij keek rond, maar zag geen andere verdachte figuren in de inkomhal. Mensen met een camera in de aanslag die allemaal gewone toeristen leken. Gisteravond had zijn stommiteit groteske vormen aangenomen. Hij had onnodig zijn woede gekoeld op de veiligheidsman in Wijnegem. De bediende had niet snel genoeg naar zijn zin de medewerking verleend die hij gevraagd had. Maar goed, hij stond nu wel een stapje dichter bij zijn doel: zijn portefeuille terugvinden. Fahid al-Mughassil kon de operatie niet meer afblazen, hij moest het ticket van de kluis recupereren maar de aanwezigheid van die politieman was een ernstige tegenvaller. De man op de videobeelden had de portefeuille bij zich. Daar bestond geen twijfel over. Fahid rilde en dacht voor de zoveelste keer teug aan dat moment, vijf jaar geleden, waarop zijn leven abrupt een andere wending had genomen.

Toen het Israëlische leger in de Gazastrook per ongeluk het huis van de familie al-Mughassil had platgebombardeerd en de explosie zijn stiefvader, moeder en twee zussen in stukken had gereten, had Fahid een dure eed gezworen. Toen hij het nieuws vernam, had hij zich aangemeld en binnen een maand zat hij in het Ein Sahibkamp, bij Damascus, en nam zijn opleiding een aanvang.

Een menselijk lichaam van zeventig kilo bevat gemiddeld vijf liter bloed. Die hoeveelheid vertegenwoordigt zeven procent van het totale gewicht. Een tankwagen van twintig kubieke meter inhoud kan bij benadering vierduizend liter bloed bevatten, als je de densiteit even buiten beschouwing laat. Een tanklading bloed van vierduizend westerse honden, dat was zijn opdracht in dit aardse leven. Allah zou de mooiste maagden voor hem uitkiezen als hij in het paradijs zou verschijnen. Toen zijn rouwperiode over was en hij zijn woede onder controle had, was hij een en al vastberadenheid en kreeg hij van zijn strijdmakkers dan ook de bijnaam 'bloedzuiger'.

Toen de man die zijn portefeuille had opgeraapt de speurder-inburger achterliet, plukte Fahid zijn sporttas van de grond, opende de ritssluiting en legde zijn krant erin. Hij wierp een vluchtige blik op zijn horloge en de klok in het station, synchroon op kwart voor tien. Hij had nog even de tijd om uit te vissen wat de man van plan was. Hij zag hem richting parking lopen, gehaast en zichtbaar zenuwachtig. Delfosse keek ook op zijn horloge en zo kwam het dat hij niet merkte hoe de man met de sporttas en de krant zijn observatieplaats verliet en opgeslorpt werd door de stroom reizigers. De snackbar, in het verlengde van de ruimte met de kluizen, leek Delfosse een geschikte wachtplaats. Hij koos een tafeltje aan het venster met uitzicht op kluis 14. De dame achter de toog zat de krant te lezen en negeerde de nieuwe klant.

Servaes haastte zich naar de auto, op korte afstand gevolgd door Fahid al-Mughassil. Op de roltrap naar de parking was Fahid

Servaes tot op minder dan vijf meter genaderd. Hij drukte zijn pet diep over zijn voorhoofd, haalde onderweg de krant uit zijn tas en gooide ze onder een geparkeerde auto.

Servaes haalde de contactsleutel uit zijn zak en klikte op de afstandsbediening. Gele knipperlichtjes lichtten kort op. Hij opende het portier en stapte in. Dit was een situatie waarop Fahid al-Mughassil getraind was, en hij greep zijn kans. Tegen dat Servaes achter het stuur zat en het portier wilde sluiten, was Fahid al-Mughassil op de wagen afgespurt en wrong hij zijn sporttas in de deuropening. Servaes verstijfde. De Arabier drukte hem zijn pistool tegen de borst en vuurde drie keer kort na elkaar. Het ploppen van de geluidsdemper kwam nauwelijks uit boven de achtergrondgeluiden van de parking. Fahid al-Mughassil gaf het lichaam een harde duw zodat het over de passagierszetel viel. Hij zocht in de zakken van zijn slachtoffer en haalde zijn eigen portefeuille uit de linker binnenzak. De portefeuille van Servaes haalde hij uit diens rechter binnenzak. Tevreden over zijn vondsten schoof hij zijn pistool onder de kledingstukken in de sportzak en verdween.

Pieter Servaes was nog vijf seconden bij bewustzijn, maar veel had hij daar niet aan. Hij stierf met zijn ogen open zonder dat er nog iets door zijn hoofd flitste.

Er kwam een auto de parking binnenrijden. Fahid al-Mughassil ging met zijn rug naar de voorbijrijdende wagen gekeerd aan de achteruitkijkspiegel zitten friemelen tot hij gepasseerd was. Zijn horloge gaf nu tien minuten voor tien aan. Hij stapte uit en klapte het portier dicht. Kostbare tijd had hij hier verloren. Hij wierp nog een vluchtige blik op zijn slachtoffer. Dan haastte hij zich terug naar de hal van het station.

Om exact tien minuten voor tien zag Delfosse een slanke jonge vrouw naar de kluizenruimte lopen. Haar zwarte haren waren samengebonden in een hoge paardenstaart. Haar ogen zaten verborgen achter een roze Carrerazonnebril. Ze droeg een Dieseljeansbroek met bijbehorende blouson. Over haar linkerschouder hing een lichtbruine Vuittontas met Kawaiidierenamuletjes. Ze was een vrouw van het soort naar wie de mannen omkeken en, als ze macho genoeg waren, floten. Spaans of Italiaans, dacht Delfosse, in geen geval een Arabisch type. Ze leek helemaal niet zenuwachtig of gehaast. De vrouw nam in alle rust de omgeving in zich op. Op dat ogenblik maakte er niemand gebruik van de bagagekluizen. Ze haalde een gsm en een kaartje uit haar tas tevoorschijn en stapte op kluis nummer 14 af.

De beeldschone merkenkoningin deponeerde het kaartje boven op de kluis, hoog genoeg om het aan het zicht van achteloze voorbijgangers te onttrekken. De vrouw keek op haar mobieltje. Delfosse had een déjà-vugevoel. Hij hield zijn digitale camera voor zijn buik en drukte uit verschillende hoeken en met telkens andere zoomsterkten tien keer na elkaar op de opnametoets. Hij hoopte dat er licht genoeg was, want de flits was uitgeschakeld. Die stond altijd op 'OFF', wat tientallen onderbelichte vakantiefoto's had opgeleverd. Delfosse had nooit het geduld opgebracht om de handleiding van het toestel te lezen. Deze keer ging het helemaal mis. Toen Delfosse een tweede keer op de opnameknop drukte, voelde hij hoe het toestel de uitklapbare lens inslikte. Op de display verscheen de fatale boodschap: 'LOW BATTERY'. Delfosse moest de reflex bedwingen om de robuustheid van het batterijvretende onding te testen onder zijn schoenzool. Toen hij later de enige opname bekeek, zag hij het onthoofde lichaam van de vrouw en een groot deel van de vloer. Misschien moest hij volgende keer maar eens door de lens kijken.

De hele actie had geen halve minuut in beslag genomen. De vrouw draaide zich om en liep de kluizenzaal uit, richting ondergrondse parking. Delfosse aarzelde niet. Hij verliet het café en liep met grote stappen naar de kluis, en griste het kaartje weg. Hij haalde zijn Nokia uit zijn zak en hield de knop 'Namen' ingedrukt. Er verscheen: 'Nu spreken a.u.b.'. Hij articuleerde zo goed als hij kon: 'Pieter. Pieter.' Na een seconde las hij 'Gevonden. Pieter Servaes', en daar verscheen het mobiele nummer van Pieter, dat automatisch werd gebeld. Delfosse hield de gsm bij zijn oor terwijl hij door het station liep. Hij moest Servaes laten weten dat die moest uitkijken naar de zwartharige vrouw in jeans, en dat hij de auto startklaar moest houden want dat hij eraan kwam. Er kwam geen antwoord. Hij liet de beltoon overgaan tot hij de stem van de voicemail hoorde. Toen verbleekte hij en versnelde zijn pas, inwendig vloekend.

Fahid al-Mughassil kwam hevig nahijgend de kluizenzaal binnenrennen. Hij had meer dan een minuut verloren in de drukte op de roltrap, waar een groep jongelui met bergen bagage de trap versperde. De Arabier keek rond zonder te vertragen. De vermeende politieman was nergens meer te bespeuren. Klokslag tien uur voelde hij zijn gsm in zijn hand vibreren. Hij las het korte sms'je, leunde een ogenblik achteloos tegen kluis 14 aan en tastte toen boven op de kluis naar het kaartje dat daar zou moeten liggen. Toen hij niets voelde, zette hij een stap achteruit. Het bloed trok weg uit zijn hersenen en even dacht Fahid al-Mughassil dat hij in zwijm zou vallen. Hij sloot zijn ogen en concentreerde zich op zijn hartslag en ademhaling. Na tien seconden was hij alweer alert. Zijn hand gleed opnieuw over de bovenkant van kluis 14 en de boxen links en rechts. Nothing, nada, niente. Fahid al-Mughassil bekeek vol weerzin het stof op zijn vingertoppen en mompelde een lange zin in zijn moedertaal. Niemand minder en niemand anders dan Shaytan, de duivel, was hiermee gemoeid.

Wat was hier in Allahs naam aan de hand? Het kaartje om de kluis te openen moest zijn afgeleverd op het afgesproken tijdstip. Het berichtje op zijn gsm was duidelijk. Er moest iets grondig misgelopen zijn net voor hij was teruggekeerd uit de parking. Fahid al-Mughassil dacht intens na. Toen werd het hem duidelijk en hij was niet bijzonder opgetogen met het resultaat van de analyse. De vinder was van plan geweest om de portefeuille terug te geven op de plaats en het uur die op het bierkaartje stonden. Toen hadden de vinder en politieman de krantenkoppen met het nieuws over de moord in Wijnegem gelezen. Het tweetal was mogelijk in paniek geslagen, omdat ze beseften dat de vinder van de portefeuille herkend kon worden door de moordenaar. De vinder had zich uit de voeten gemaakt en zijn beschermer met de sjofele jas was bij de kluis blijven wachten. Zou hij het kaartje hebben weggenomen? Het kon niet anders.

Fahid al-Mughassil wist dat hij zwaar in de penarie zat. Hij had de ene stommiteit na de andere begaan, te impulsief gehandeld, overdreven vertrouwd op zijn superieure kwaliteiten. Zijn zelfvertrouwen had vandaag een lelijke deuk gekregen. Hij verdiende een straf. Iets lang en pijnlijks, zodat de herinnering aan de straf leerzaam zou zijn en louterend zou werken. Toen Fahid al-Mughassil het snerpende geluid van politiesirenes hoorde aanzwellen, maakte hij zich wijselijk uit de voeten. Hij mocht dan straf verdienen, een arrestatie was niet wat hij in gedachten had.

7

'GOOSSENS? DELFOSSE HIER. Er is een moord gepleegd in de ondergrondse parking van het Centraal Station. Doe het nodige.'

De oud-commissaris verbrak de verbinding. Hij hoopte dat zijn stem enigszins neutraal had geklonken. Delfosse zat op de passagierszetel van de auto met het hoofd van Servaes op zijn schoot – wat in ging tegen alle instructies met betrekking tot forensisch onderzoek. De zetels en de matjes op de vloer van de auto waren verzadigd met bloed, maar dat zag hij zelfs niet. Hij zat versuft, met zijn kin op zijn borst, door zijn tranen heen in de open ogen van zijn vriend te staren.

Commissaris Goossens smeet de hoorn op de haak en sloeg alarm.

'Ik heb Delfosse aan de lijn gehad. Er is een moord gepleegd in de parking onder de Middenstatie. De grote middelen, Annelies, geen tijd te verliezen.'

Annelies Pierijns liet haar typewerk voor wat het was en veerde recht.

'Delfosse? Eddie Delfosse heeft een moord gemeld?'

'Je hebt het goed gehoord. Trommel de cavalerie op. Het hele zooitje. Kom jij ook maar mee. Laten we maar eens indruk maken op de oude baas.'

Annelies kon een glimlach niet onderdrukken. Ze had de ex-commissaris nooit persoonlijk ontmoet, maar de verhalen die ze hier en daar had opgevangen, hadden de man mythische allures verleend. Stuk voor stuk stevig aangedikt, en volgens haar meestal sterk overdreven. Niettemin had de voorganger van haar huidige chef op iedereen indruk gemaakt. Hij was ruim twee maanden op rust en toch leek hij soms nog lijfelijk aanwezig. Hoeveel zinnen begonnen hier niet met 'Delfosse zou dit' of 'Delfosse zou dat'...? De roddel deed de ronde dat Goossens het persoonlijke slaafje van de commissaris was geweest. Dat hij de enige was in het korps die diens kuren en eigenaardigheden langer dan zes maanden had kunnen verdragen, die nooit overplaatsing had gevraagd of zich langdurig ziek had gemeld. Eén ding was zeker: het palmares van Delfosse oogde indrukwekkend, en dat was de enige reden waarom de oversten op het hoogste niveau zijn haast dagelijkse inbreuken tegen de regels door de vingers hadden gezien. In dat verband dook geregeld het gerucht op dat onderzoeksrechter Matthijsen zelf hem de hand boven het hoofd had gehouden.

Goossens en Pierijns arriveerden acht minuten later in het Centraal Station. Als bij wonder ongehavend, want Goossens had slechts met veel behendigheid twee aanrijdingen kunnen vermijden. De dag van vandaag zijn er chauffeurs die zelfs niet meer uitwijken voor een ambulance, laat staan voor een auto van de politie met een blauw zwaailicht op het dak. Hij parkeerde de Opel Vectra dwars over de uitgangsstrook van de parkeergarage en liet zijn motor draaien. Het zwaailicht moest een mogelijke vlucht langs die route ontmoedigen. Goossens rende zo snel hij kon richting parking, waar hij twee jonge geüniformeerde agenten aantrof. Die hadden als eerste actie een ambulance opgeroepen. De volumeknop van hun radio stond op maximum. Uit de luidspreker klonk boven het geruis een opgewonden metallische stem.

'Commissaris Goossens?'

'Jawel.'

De vrouwelijke agente leidde hem naar de auto van Servaes, waarin hij het silhouet van Delfosse onderscheidde.

'Goossens, sluit de parking en het station hermetisch af. Nu. Uitleg later.'

Goossens gehoorzaamde. Delfosse zou toch nooit veranderen. Hij was allang blij dat zijn oude baas ongedeerd leek, ondanks de grote bloedvlekken op zijn jas. Hij gaf het bevel door aan zijn troepen.

‘Wie zoeken we, commissaris?’

‘Een man van Arabische herkomst met een Belgisch paspoort, vijfendertig jaar. Fahil, Famil of zoiets – zijn achternaam kan ik niet onthouden. Waarschijnlijk slank gebouwd, geen baard. Ik ken hem alleen van de foto op zijn identiteitskaart. Hij rijdt met een nieuw model BMW. Uiterst gevaarlijk individu, Goossens. Hij is ook de dader van de moord in Wijnegem.’

Commissaris Mark Goossens zette een stap achteruit en gaf in snel tempo de informatie door.

‘Wacht, er is nog iemand. Een vrouw, in jeanspak, met zwart haar in een paardenstaart en met een zonnebril. En laat iemand kluis 14 in het oog houden.’

Goossens vuurde de nodige bevelen af via zijn telefoon. Hij wenkte twee agenten.

‘Naar de uitgang van de parking, jullie, niemand komt erin of gaat eruit. Begrepen?’

De twee agenten knikten en renden richting uitgang.

‘Wie is het slachtoffer, Eddie, ken je de man?’

De laatste vraag was eigenlijk overbodig. Delfosse keek zijn excollega in de ogen, maar zag hem door zijn tranen als in een waas.

‘Pieter Servaes, een vriend. Mijn enige vriend. Goossens, dit is mijn schuld. Mijn eigen godverdomde schuld.’

Hij boog zijn hoofd en barstte in snikken uit. Zo had Goossens zijn baas nog nooit meegemaakt. Er werd aan zijn mouw getrokken. Annelies Pierijns, die het gesprek zwijgend had gevolgd, stopte hem een zakdoek toe voor de miserabel snotterende Delfosse.

De ambulance arriveerde, rijkelijk laat volgens Goossens. Het geluid van de sirene weergalmde pijnlijk in de ondergrondse ruimte. Delfosse trok het bovenlichaam van Servaes behoedzaam rechtop in de chauffeurszetel. De kin van de dode man zakte op diens borst en Delfosse deed zijn best om het hoofd niet rechtop te forceren, maar het zachtjes tegen de hoofdsteun en de zijruit te laten aanleunen. De dode ogen van zijn vriend weerkaatsten de flitsen van de zwaailichten. Delfosse had alle moeite van de wereld om uit te stappen. Hij zwijmelde en moest door Goossens ondersteund worden om niet als een zoutzak op het beton te belanden.

'Annelies, help de commissaris naar een combi. Laat hem even bij zijn positieven komen. Informeer of we iemand moeten verwittigen.'

De vrouwelijke adjunct-commissaris liep geërgerd op Delfosse toe. Nu er eindelijk actie was, zou zij iemand moeten pamperen?! Maar zover kwam het niet, want Delfosse wuifde haar weg.

'Er zijn belangrijker dingen te doen, juffrouwke. Ik heb geen hulp nodig.'

Ze had nog niet eens kennisgemaakt met de oud-commissaris en ze kreeg al een vernedering te slikken! Annelies keek naar Goossens. Hij knikte.

'Ga maar, Pierijns. Ik regel het hier wel.'

Annelies lichtte haar hielen. Ze voelde de adrenaline tot in haar staartbeentje. Goossens wendde zich tot Delfosse.

'Ik laat je naar huis brengen in een combi. Denk je dat je zelf gevaar loopt?'

'Ik denk het niet, ik weet het niet zeker. Ik ben de enige overblijvende getuige die hem kan herkennen en de man deinst voor niets terug. Twee moorden voor een verloren portefeuille.'

Delfosse zoog lucht in zijn longen.

'Ik ben met Servaes in een wespennest getrapt en Pieter kreeg de dodelijke steken.'

Goossens was geschokt.

'We moeten onmiddellijk een robotfoto laten maken, nu alles nog vers in je geheugen ligt. Commissaris, ik wil het hele verhaal horen van a tot z, met alle details. Geen rapportje in telegramstijl dit keer. Een officiële verklaring kan nog even wachten.'

'Goed', zei Delfosse onverwacht gehoorzaam. 'Dit is zo vreemd, Mark, ik sta voor een keer aan de andere kant. Alsof de voorzienigheid opeens iets anders met mij voorheeft – rust wordt mij niet gegund. En rust zal ik niet hebben tot we de dader achter de tralies hebben gezet.'

Goossens voelde nattigheid. De commissaris noemde hem bij de voornaam en hij gebruikte 'we' in zijn zin. Goossens was goed geplaatst om te weten dat niets op deze planeet kon beletten dat Delfosse zijn eigen ding zou doen. De moord op zijn vriend moest gewroken worden. Tegen beter weten in deed hij een poging: 'Waarom neem je Eleonore niet mee op reis, naar het buitenland, tot alles hier opgelost is?'

'Godverdomme, Eleonore!'

Delfosse tikte het nummer van zijn vrouw op zijn mobieltje. Hij moest het overdoen, want de eerste poging lukte niet omdat zijn handen te hevig schokten.

'Ikke. Luister goed. Blijf binnenshuis en laat niemand binnen, onder geen beding. Ik zal je straks alles uitleggen. Ik kom zo snel mogelijk naar huis. Heb je me goed verstaan?'

Delfosse wachtte niet op een reactie. Hij verbrak de verbinding. Hij had het niet over zijn hart kunnen krijgen om aan de telefoon iets over Pieter te zeggen. Hij dacht aan het verschrikkelijke moment waarop de confrontatie onvermijdelijk zou zijn.

'Eleonore begaat een moord als ze te weten komt wat Servaes overkomen is. Dit zal ze me nooit vergeven. En weet je wat, Goossens, ze heeft verdomme nog gelijk ook.'

Delfosse sloeg zijn handen voor zijn gezicht.

'Stuur een paar agenten naar de Thonetlaan. Laat ze een oogje in het zeil houden en uitkijken naar verdachte bewegingen. Tot ik er ben.'

'Ik zorg ervoor. Maak je geen zorgen', zei Goossens.

Mannen in witte, papieren overalls zwermden als mieren rond de auto. Camera's flitsten. Ambulanciers drentelden ongeduldig rond een draagberrie buiten de afgespannen zone. Een reporter met een microfoon en een cameraman hadden het cordon weten te verschalken. Goossens vloekte toen hij het tweetal op zich af zag komen. De aasgieren hadden weer bloed geroken. Toen ze over het lint wilden stappen, stoof de commissaris op het duo af. Delfosse hoorde hoe het tussen Goossens en de reporter tot een harde woordwisseling kwam. De cameraman filmde gewoon voort.

Toen Goossens terugkwam, had Delfosse iets van zijn koelbloedigheid herwonnen. Hij zwaaide heftig met een kaartje.

'Dit is waar het om draait, Goossens. Het ticket voor kluis 14. Haast je en neem een paar mannetjes mee. Laat de kluizenzaal afzetten en ontruimen. Misschien ligt de dader nog op de loer. Ik wacht hier wel tot Pieter afgevoerd is.'

'Zou je niet beter met de ambulance meegaan? Je ziet er niet uit, Eddy. Je bent in shock. Laat je toch verzorgen. Zal ik iemand vragen om je naar huis te brengen?'

'In hemelsnaam, Mark, de kluis, jongen! Maak dat je wegkomt. Ik overleef het wel.'

Delfosse had de nieuwe wetsdokter nog nooit ontmoet. Het was een magere jongeman met een klein rond brilletje.

God, waar was Jackie Verstraeten gebleven? Hij had Jackie nooit gemogen, maar nu leek hij hem toch te missen. 'Sturen ze nu al pubers naar de plaats van de misdaad?' dacht de ex-commissaris kribbig. Als het erop aankwam een doodsoorzaak vast te stellen, kon Delfosse met de beste wetsdokters wedijveren. Hij had in zijn carrière juist geteld vijfhonderdentwee lijken gezien. Elke dode kreeg een streepje in een minuscuul notitieboekje dat hij in zijn nachtkastje bewaarde. Doodgestoken of -geschoten, verminkt, verrot, vergiftigd of in stukken gesneden, Delfosse had het allemaal gezien en vooral geroken. In het begin had hij de autopsies uit interesse bijgewoond. De laatste jaren was zijn belangstelling wat getaand. Hij wist waar elk orgaan lag, kende zowat de hele bloedsomloop uit het hoofd en kon de symptomen herkennen van elk gif, behalve die van cyanide. Zijn respect voor de medische professie was er in al die jaren niet op vooruitgegaan. Delfosse besloot het knaapje straal te negeren en zo gauw hij kon Goossens te gaan vervoegen in de kluizenzaal.

De explosie deed het stationsgebouw op zijn grondvesten daveren. Het roffelende geluid galmde na in de ondergrondse ruimte. Delfosse dook in een reflex weg, met het hoofd tussen de schouders. De ambulanciers en de technische ploeg stonden als aan de grond genageld. De nieuwsgierigen achter de geel-zwarte linten sloegen gillend op de vlucht en renden halsoverkop richting uitgang. Enkelen kropen in paniek onder geparkeerde auto's. Door spleten in het plafond stoof grauw stof naar beneden. Achter de kassa van de Zoo naast het station sloeg de kassierster een dubbel kruis.

'Het was dan toch geen grap, deze keer', zei ze tegen een onbestaande klant.

De cameraploeg herstelde zich verrassend snel van de eerste schok. De verslaggevers roken de kans van hun leven en snelden naar boven. Delfosse volgde hen zo snel als zijn oude knoken het toelieten de trappen op naar de stationshal.

De kluizenzaal hing vol rook en stof. Had Delfosse één minuut eerder in de zijbeuk gestaan, dan had hij in de ruimte tientallen vlammetjes in het rond zien fladderen. Geldbiljetten die brandden, die in de lucht zweefden en zachtjes neerdwarrelden als confetti. Tegen dat ze de vloer raakten, waren het nog slechts zwartgeblakerde snippers. Het gekrijs van de reizigers was verstomd. Alleen het gesteun van gewonden en wenende kinderen waren nog te horen. Delfosse hield halt voor kluis 14 en zwaaide met zijn armen om de stofwolk te verjagen. De scherpe rook prikkelde zijn ogen en neus.

Op de vloer onderscheidde hij de contouren van enkele lichamen. Hij keek snel naar de kluizen aan de overzijde van nummer 14 en toen stokte zijn ademhaling. Zijn hart sloeg een tel over. Het tafereel was zo hallucinant dat geen enkele decorbouwer het kon verzinnen. Er was een lichaam tegen de metalen kluizen uiteengespat dat een roze vlek had achtergelaten van bloed en vleesresten, verpakt in stukjes textiel. Het leek op een rorschach-inktvlek, maar dan in kleur, doorlopen met straaltjes bloed. Naast de vlek staken een arm en een been onder een vreemde hoek uit een openstaande kluis. De glazen ruiten van de taverne waren in duizend stukjes uiteengespat. Tussen de brokstukken van cement, glas en metaal lagen honderden biljetten van vijfhonderd euro, sommige gaaf, sommige met smeulende randen, andere helemaal verkoold. Delfosse zag minstens vijf zwaargewonden liggen. Hij had veel beelden gezien van bomaanslagen op de televisie, en nu stond hij lijfelijk 'live' in een dergelijk bloedbad. Het enige verschil was dat op de televisie niet zo veel gekreun en gesteun van de gewonden te horen is.

Delfosse leunde tegen een pilaar en voelde zich misselijk worden. Hij bood geen weerstand en braakte een zure, vloeibare brij op de vloer. De bloederige vlek op de muur was alles wat van Goossens was overgebleven. Kluis 14 was nog slechts een zwartgeblakerde holte, als de ontplofte loop van een overmaats kanon. Iemand moest in de kluis een bom verborgen hebben, een boobytrap. Het was de enig mogelijke verklaring. De commissaris voelde zich duizelig en rilde van de kou. Hij kon het allemaal niet langer aanzien en liep weg van de plaats van het onheil. In het voorbijgaan zag hij hoe een paar reizigers al druk bezig waren de minst gehavende biljetten van de vloer te plukken.

Het Koningin Astridplein was het toneel van een ongewoon spektakel. Honderden kijklustige toeschouwers bleven gewillig achter de linten staan en keken zwijgend toe hoe tientallen ambulances, politiecombi's en brandweerwagens aan- en afreden. Ze trachtten zich in te beelden wat er zich in het station had afgespeeld. Hier en daar werden mobieltjes bovengehaald om het afvoeren van de gewonden te filmen. Bij de uitgang van de parking zoog Delfosse zijn longen vol met verse lucht. Hij ademde zo diep in dat hij begon te hoesten. Enkele agenten herkenden de ex-commissaris en lieten hem ongehinderd onder het lint door kruipen. Hij sloeg wat stof van zijn jas en stak gezwind het plein over.

Delfosse wandelde langzaam door de De Keyserlei en stak in twee keer de Leien over. Overal stonden politiecombi's en reden er ambulances af en aan. Onderweg hield hij hier en daar halt om kleine brokjes braaksel die nog in zijn mond zaten uit te spuwen op de kasseien. Op de hoek van de Leysstraat liep hij het Café des Arts binnen en bestelde aan de toog een dubbele whisky. De taverne was vrijwel leeggelopen. De klanten stonden op de stoep in groepjes met elkaar te praten. Delfosse dronk gulzig en moest kokhalzen, maar toen de drank eenmaal in zijn maag sijpelde, voelde hij een warm welbehagen. Hij wilde naar huis lopen door de eentonige voetgangerstunnel, om tijd te winnen voor hij Eleonore onder ogen zou moeten komen. Het lukte hem niet om zijn gedachten te ordenen. Hoe moest hij haar dit in godsnaam uitleggen? Het was niet waarschijnlijk dat ze via de media al iets had vernomen. Overdag keek ze nooit tv, ze luisterde liever naar cd's met haar favoriete muziek.

8

Het humeur van Antoine Coudron zat onder het nulpunt. Zijn golfpartijtje met zakenpartners in de Monte-Carlo Country Club was faliekant afgelopen. In tegenstelling tot wat de naam doet vermoeden, ligt de golfclub niet in Monte Carlo en zelfs niet in het prinsdom Monaco, maar in Roquebrune-Cap-Martin in de Franse Alpes-Maritimes. Het jaarlijkse lidgeld is er zo astronomisch hoog dat alleen de rijken dezer aarde en hun gasten er een balletje kunnen slaan. Hier worden meer deals gesloten dan op de hoogste verdiepingen van dure kantoren. Het is een 18 holegreen, iets te technisch voor hobbygolfers, 71 par, met een adembenemend panorama. Het ligt dan ook aan zee, op een hoogte van negenhonderd meter, en biedt aan de andere kant uitzicht over het prinsdom. Maar Coudron had die dag niet genoten van het panorama.

Halverwege de partij, bij de elfde hole, ging het al fout. De manier waarop Gordon Lehman, een zakenrelatie uit Baltimore, zijn nieuwe titanium clubs hanteerde, maakte hem ongerust. Coudron vermoedde dat de man les kreeg van een professionele coach. Hij was de laatste tijd wel erg vaag over zijn handicap. Coudron wist gewoon dat hij loog. 'Ergens tussen 16 en 20', afhankelijk van het gezelschap op de golfbaan. Zo kon hij een nederlaag afzwakken, wegens te veel stress of niet in vorm. Wist Lehman dan niet dat handicaps gelijst staan? Dat hij door die leugens diskwalificatie riskeerde? De waarheid was dat Lehman absoluut niet tegen zijn verlies kon. Niet op de golfclub, niet bij het pokeren en zeker niet als het op zaken aankwam.

Coudrons humeur was er niet op verbeterd naarmate de partij vorderde. De andere spelers, een advocaat en een chirurg, waren al langer op een hopeloze achtervolging aangewezen. Zij hadden geen probleem met hun rol als meelopers. Ze nipten na elke slag vlijtig van hun gekoelde Bollinger Special Cuvéechampagne. Weliswaar uit plastic bekertjes, maar nood breekt wet. Ze praatten honderduit en hadden pret om de rivaliteit tussen de hoofdspelers. Hoewel groeiend populair, niet het minst dankzij de James Bondfilms, bleef champagne in het algemeen een zwaar overschat drankje naar de mening van Coudron. Iets voor dames op verjaardagfeestjes of vernissages. Zelf dronk hij kleine slokjes whisky uit een heupfles. Gordon Lehman dronk iets rozigs uit een plastic fles zonder etiket. Een of ander pepdrankje, dacht Coudron. De caddies bleven discreet buiten gehoorsafstand. Het zou anders niet de eerste keer zijn dat hier op de greens gevoelige informatie in verkeerde oren terechtkwam.

Coudron sloeg een birdie bij de twaalfde hole, maar vanaf dat moment was het afgelopen. De kansen keerden en Gordon Lehman liet de gelegenheid niet onbenut om zijn tegenstander te vernederen. Hij speelde met verhoogde concentratie, bijna alles lukte. Na een laatste gelukstreffer peuterde de Amerikaan nog eens flink in de wonde.

'Bad day, pal?'

'Bad day and rough night, buddy. Grant me a revenge game, Gordon. As soon as possible.'

De overwinnaar glunderde. Zijn jarenlange reeks pijnlijke nederlagen was eindelijk gestopt, zijn latente ergernis over zijn *losing streak* verdwenen als sneeuw voor de zon – maar nu was ook zijn verblijf in Monaco afgelopen.

'It will be a while, Coudron. I'm flying back to The States tomorrow. I'll be a couple of weeks. I'll give you a call when I am back. But don't count on winning ever again. Your last victory is history now.'

Coudron kon er vandaag niet om lachen. Als blikken iemand konden doen ontbranden, was Gordon Lehman op dat moment een laaiende toorts geweest. Lehman sprak Coudron uit als 'Koejdroun'. Aan het uitspreken van 'Antoine' waagde de Amerikaan zich niet. De conversatie werd onderbroken door de beltoon van Coudrons gsm.

'Ja?'

De stem aan de overkant hield het kort.

'Kijk naar de nieuwsuitzendingen. De Vlaamse zenders.'

Coudron stak zijn mobieltje in de zak van zijn golfbroek en trok een bedenkelijk gezicht. Hij zag er bijna komisch uit in de standaardplunje van de rijke golfer. Niet dat iemand er aanstoot aan nam of opmerkingen over maakte. Tweekleurige sportschoenen in combinatie met een ruitjesbroek en een polo van een duur merk – het was tenslotte een kwestie van traditie en folklore.

'Zin in een drankje?'

Ivan De Keukeleire kwam het tweetal vervoegen. De kale plastisch chirurg droeg een petje met de rood geborduurde tekst 'Anytime'. Voor een medicus lag zijn BMI van vijfendertig ruim aan de verkeerde kant. Coudron zou deze man met zijn dikke vingers nooit aan zijn lijf laten prutsen.

'Deze keer niet, Ivan, ik moet ervandoor.'

'Toch niet weer de fiscus ?' lachte de chirurg.

'Ik heb gehoord dat de mannen uit de Beatrixlaan achter je aan zitten. Die affaire met Van Hogendorp is je zuur opgebroken, niet?'

De Keukeleire viste openlijk naar informatie. Grote fraudezaken waarbij belastingsdiensten zijn betrokken, zijn een geliefd onderwerp in de pers – en een populair gespreksonderwerp op golfbanen. Hoewel Coudron veel tijd en energie had besteed aan het bewaren van zijn anonimiteit, om zijn betrokkenheid uit de media te houden, was hem dat maar magertjes gelukt.

Advocaat Van Ballaert, een aristocratisch uitziende man met spierwit haar die Coudron pas onlangs had leren kennen, had flarden van het gesprek opgevangen en mengde zich in het gesprek:

'Ik kan je een paar goede collega's aanbevelen, Antoine.'

'Jij doet toch scheidingen, Gerwin, of heb ik het verkeerd voor?'

'Vechtscheidingen, bedoel je. Aan ordinaire zaken heb ik een broertje dood. Die brengen weinig brood op de plank. Bedrogen vrouwen die een oogje hebben op een smak geld uit het familiefortuin, dat zijn de klanten die mij interesseren. Gelukkig ben je niet getrouwd.'

Van Ballaert lachte bulderend.

'Wanneer mogen we je in de gevangenis komen bezoeken, Coudron? Zeg maar wat ik als cadeautje moet meebrengen. Een taart met een vijl misschien?'

De Keukeleire deed er nog een schepje bovenop.

'Och, het zal wel meevallen. Je celgenoten zullen een man van jouw leeftijd niet lastig vallen met een spelletje met de bezemsteel. Uitgezakte konten gaan vrijuit.'

De mannen konden hun lol niet op. Dit was een buitenkans! De almachtige Coudron was in een zeer ongunstig daglicht verzeild geraakt – een mooie kans om wat zout in de wonde te strooien nu ze zich dat eindelijk eens konden veroorloven. Maar Coudron was de pesterijen al beu. Hij schrapte mentaal de beide mannen uit zijn lijstje van intimi. Invitaties voor zijn feestjes konden ze voortaan wel op hun buik schrijven. Vrienden waren het toch nooit geweest. Vroeg of laat zouden de beide heren zich hun houding wel beklagen.

'Alles is onder controle, heren. Het waait wel over. Helaas moeten we het aperitiefje vandaag achterwege laten.'

Coudron dacht aan de batterij van twaalf advocaten die hij op de zaak had gezet. Het zag ernaar uit dat hij onmogelijk aan een veroordeling zou kunnen ontsnappen. Dat hadden zijn huurlingen in toga hem koudweg verzekerd. De enige mogelijke uitweg was aansturen op verjaring. Met twaalf gehaaide specialisten met elk een uitstekende reputatie moest dat mogelijk zijn. Waartoe dienden procedurefouten anders dan om een proces op de lange baan te schuiven? Zijn dossier, dat over een tijdspanne van twee jaar was opgebouwd door een overijverige ambtenaar van de fraudecel, bevatte keiharde bewijzen, die niets aan de verbeelding overlieten. Met dit materiaal zou zelfs een stagiair van een openbare aanklager hem achter de tralies krijgen. Alleen de manier waarop de bewijsstukken waren verzameld, bood mogelijkheden om de rechtszaak te rekken. De bedragen genoemd in de fraudezaak waren cijfers met negen nullen. Twee zaken hadden Coudron de daver op het lijf gejaagd: de pers had lucht gekregen van het lijvige fraudedossier en de Vlaamse minister van Financiën, Mark Van Reyn, had geen poot uitgestoken en zich integendeel openlijk van hem gedistantieerd. De houding van zijn 'vriend' in de regering had Coudron een vreselijke woedeaanval bezorgd. Sindsdien koesterde hij intense wraakgevoelens.

Coudron haastte zich naar het clubhuis zonder afscheid te nemen. Zijn golfpartners keken hem verwonderd na. Het was niet gebruikelijk dat een partijtje golf op deze manier eindigde. De traditie wilde dat er in de bar nog druk werd nagekaart en desgevallend opgeschept over de persoonlijke prestaties. Dit keer vertikte Coudron het om zijn golfpartners een lunch aan te bieden. Hij vroeg aan de portier om zijn auto te laten voorrijden, want hij was gekomen in een limousine met chauffeur zoals het de rijken der aarde betaamt. Zijn golfpartners hadden hun Porsches en Bentleys opzichtig geparkeerd op de parking van het clubhuis en daarbij zoals gewoonlijk veel meer ruimte ingenomen dan nodig was...

Philip Maréchal, de vaste chauffeur van Coudron, in zwart uniform en met kepie, zag meteen dat zijn baas in een slecht humeur was. Hij kende de symptomen maar al te goed en besloot zich gedeisd te houden. Het was al erg genoeg dat hij al weer weg moest voordat in de keuken de hapjes voor het personeel werden opgediend.

'Naar de luchthaven, Maréchal, en maak een beetje haast.'

'Zeker, meneer.'

Maréchal hield het portier open. Coudron wuifde hem weg. Zodra de limousine zich in beweging had gezet, plooide hij de klep van de bar open en nam een glas, maar bedacht zich. Hij voelde enkele lichte pijnscheuten achter zijn slapen. Als hij nu hoofdpijn kreeg, zou die in het vliegtuig alleen maar verergeren.

Coudron haalde zijn gsm tevoorschijn en belde naar de luchthaven, Aéroport Nice Côte d'Azur, op 24 kilometer van Monaco. Hij gaf de piloot van zijn Learjet 45 instructies om hun vlucht naar Brussel voor te bereiden. Hij wilde rond drie uur vertrekken om nog tijdig in de hoofdstad te zijn. Coudron besloot zijn secretaresse voor alle zekerheid te bellen om haar te vragen de nieuwsuitzending van zeven uur op dvd op te nemen.

Dat bleek een wijze beslissing want op de luchthaven was de chaos compleet, dankzij een zoveelste actie van de vluchtleiders.

Coudron vertrok met twee uur vertraging naar Brussel. Zijn humeur zakte tot ongekende laagten. Toen zijn piloot aan boord vervolgens ook nog communicatieproblemen meldde, was de eigenaar van de Learjet niet langer aanspreekbaar.

9

Verdwaasd door wat zich in het station had afgespeeld, liep Delfosse door de voetgangerstunnel. Zonder twijfel waren dit de saaiste 572 meter onder de grond ter wereld. De temperatuur schommelde er zomer en winter rond twaalf graden. Deze keer dacht de commissaris niet aan de arbeiders die hier driekwart eeuw geleden ontelbare tegels tegen de wanden hadden aangebracht. De stilte werd verstoord door een klasje kleuters op uitstap, zodat hij niet eens kon denken. Hij hield zijn handen tegen zijn oren om aan het helse lawaai van hun hoge stemmetjes te ontkomen. De begeleiders deden geen poging om de uitzinnige kleintjes tot stilte aan te manen. Delfosse moest noodgedwongen de roltrap nemen toen de lift voor zijn neus dicht gleed. Hij nam die al klimmend, met twee treden tegelijk, en kwam hijgend boven. Op weg naar huis hield hij er stevig de pas in, terwijl hij gedurig vanuit zijn ooghoeken de omgeving observeerde. Toen hij de combi voor zijn deur zag staan, slaakte hij een zucht van opluchting. Delfosse wisselde enkele woorden met de agenten en haalde zijn sleutel uit zijn zak. Zoute zweetdruppeltjes liepen over zijn bovenlip. Eleonore hoorde de voordeur dichtslaan en kwam haar man tegemoet in de gang. Delfosse sloeg meteen zijn ogen neer.

'Waarom ben je zo laat? Waarom staat er een combi voor de voordeur? En waar is Pieter? Wat zie je eruit, Eddie. Je zweet als een paard. Lijkbleek!'

'Pieter is dood. Vermoord. Neergeknald.'

Ontzet sloeg Eleonore haar hand voor haar mond.

'En Goossens ook. In stukjes gescheurd. Er was een bom.'

Eleonore slaakte een gil van afgrijzen.

'Lieve hemel! Pieter dood? En Goossens ook? Dat kan niet!'

'Ik heb het allemaal met eigen ogen gezien.'

De commissaris voelde zijn knieën knikken. Hij moest tegen de muur leunen om niet om te vallen.

Het bleef een ogenblik akelig stil. Toen herstelde Eleonore zich en sloeg een arm om zijn schouders. Er was iets vreselijks gebeurd en Delfosse was in shock. Ze trok hem mee naar de woonkamer.

'Ga zitten. Zal ik je een borrel inschenken?'

'Straks.'

Ze ging naast hem zitten en legde haar hand op zijn arm. Hij durfde zijn vrouw nog steeds niet aan te kijken.

'Het is mijn schuld, Eleonore, mijn eigen verdomde schuld.'

Eleonore trok haar hand weg alsof ze door een slang gebeten was. Haar haarwortels leken samen te trekken en van daaruit tintelingen over haar hele lichaam uit te sturen.

'De waarheid, Delfosse. Ik wil het allemaal horen.'

Delfosse knikte gehoorzaam. Hun vaste telefoon rinkelde opdringerig. Eleonore stond op.

'Nu niet. Niet opnemen, alsjeblieft', drong hij aan.

Zijn stem was hees en klonk niet half zo luid als gewoonlijk. Hij had zijn gsm uitgezet zodat de kans groot was dat de adjunct van Goossens hem op dit nummer trachtte te bereiken. Het gerinkel stopte, maar na vijf seconden ging de telefoon opnieuw over. Delfosse stond op. Te snel. Hij trachtte zijn duizeligheid te onderdrukken, probeerde zijn ogen te focussen en liep lichtjes waggelend op het toestel af. Het gerinkel weergalmde in zijn kop. Hij gaf een harde ruk aan het snoer. Het toestel bleef rinkelen. Eleonore kwam tussenbeide, drukte af en legde de hoorn omgekeerd naast de telefoon.

Zodra het stil werd, bedaarde Delfosse.

'Er dreigt gevaar, Eleonore. Er zit iemand achter ons aan, iemand met slechte bedoelingen. Je moet hier weg. Er is niet veel tijd. Gooi maar wat spullen in een valies.'

Zijn echtgenote keek hem aan met stijgende verbazing.

'Wat is dit voor onzin, Eddie. In welk wespennest ben je nu weer verzeild geraakt? Je bent met pensioen of ben je dat soms vergeten?'

'Ik zal het je onderweg allemaal uitleggen. Doe nu wat ik zeg. Vertrouw me nu maar; het is allemaal dodelijke ernst.'

'Waar gaan we dan naartoe? En voor hoelang?'

Delfosse begon zich op te winden.

'Schiet een beetje op, vrouw. Of moet ik zelf gaan inpakken?'

Eleonore drong niet aan. Ze liep de kamer uit, zonder dat ze deze keer het laatste woord had.

Delfosse liep naar het barmeubeltje in hun zitkamer, haalde de fles Glenfiddich uit haar bijbehorende driehoekige doos, bekeek het niveau van de vloeistof, zette de fles aan zijn mond en dronk de fles in enkele teugen leeg. Het deed hem deugd. Hij dacht na. Er was één plaats in het land waar ze veilig zouden zijn. Delfosse drukte met een vingernagel op het minuscule knopje dat diende om zijn gsm aan te zetten. Waarom denken fabrikanten toch dat iedereen fijne Japanse vingertjes heeft? Hij scrolde door de lijst met opgeslagen nummers.

'Hallo, met Diane. Waarmee kan ik u van dienst zijn?'

Het was een tijdje geleden dat hij die zachte, rustige stem had gehoord.

'Commissaris Delfosse. Ik moet Van Sant spreken. Het is dringend.'

Diane liet de begroeting achterwege. Ze voelde meteen dat er iets ernstigs aan de hand was.

'Ik geloof dat hij in zijn kelder zit. Ik zal zijn gsm proberen. Anders loop ik wel even naar beneden. Blijf je aan de lijn?'

Delfosse voelde zijn oor onaangenaam warm worden.

'Schiet toch op, verdomme.'

Hij zei het tegen het toestelletje en tegen zichzelf, eerder dan tegen de persoon aan de andere kant van de lijn. Het duurde drie volle minuten voor hij een stem hoorde.

10

'Ben jij dat, Delfosse? Laat je eindelijk eens iets van je horen? Hoelang is het geleden? Ben je niet beschaamd?'

'Geen tijd voor een babbeltje, Van Sant. Ik zit met een serieus probleem.'

'Victor, het is Victor, Eddie?'

'Ja, ja, het is Eddie. Luister, ik heb je hulp nodig. Er zit iemand achter me aan. Een moordenaar die minstens drie slachtoffers op zijn geweten heeft en vrij losloopt. Nu ben ik bang dat Eleonore iets zal overkomen. Ik kan het niet in een, twee, drie uitleggen. Ik...'

Van Sant onderbrak hem.

'Jezus, Eddie. Wie is er vermoord? Wat kan ik voor je doen?'

'Ik wil een tijdje onderduiken op het kasteel. Ik kan geen betere plek bedenken om Eleonore uit het zicht te houden.'

'Vanzelfsprekend, Eddie, geen enkel probleem. Ik sta zwaar bij jou in het krijt. Weet je wat? Ik zal Diane vragen om Bonkers en zijn team op te trommelen.'

'Dank je, Victor. Ik apprecieer het dat je ons wilt helpen.'

Het was ongewoon voor Delfosse om een bedankje uit te spreken. Gewoonlijk kwam er in zo'n situaties niet meer uit zijn strot dan een soort gegrom.

'Zal ik Dio vragen om jullie te halen? Het is een kleine moeite.'

'Nee, we komen op eigen kracht. Om geen tijd te verliezen en ik weet de weg.'

'Goed, ik verwacht jullie over een half uurtje. Is er iets wat ik in de tussentijd kan doen?'

'Nee. Of toch... Nee, laat maar. We vertrekken over vijf minuten. Tot straks.'

Van Sant was aangedaan. De man die twee jaar geleden zijn enige dochter, Laure, uit de klauwen van Van Hogendorp had gered, zat nu blijkbaar op zijn beurt in een lastig parket. Was Delfosse vandaag nog in functie of was hij met pensioen? Waarschijnlijk was hij met pensioen, want anders had hij wel politiebewaking kunnen afdwingen. Tenzij hij natuurlijk persoonlijk in een kwalijke zaak betrokken was en geen pottenkijkers kon gebruiken? Van Sant had dringender dingen te doen dan hierover te speculeren. Hij liep naar het kantoor van Diane en stak onderweg zijn hoofd om de deur bij Dio, zijn butler en baas van het huispersoneel, om hem te vertellen dat er onverwachte gasten aankwamen. Diogenes – zoals zijn volledige voornaam luidde – rook meteen onheil, al had hij geen idee wie of wat de oorzaak van de crisis was.

Diane, de gouden secretaresse van Van Sant, zag er stralend uit. Nu ze zich met de weegschaal had verzoend en haar strijd tegen de overtollige kilo's had opgegeven, was Diane tot rust gekomen. Ze speelde het zelfs klaar om haar molligheid in haar voordeel te laten werken. Ze had, na jaren gebukt te zijn gegaan onder complexen, haar figuur aanvaard en haar schuchterheid tegenover mannen laten varen. Het had haar de aandacht van een speciale man opgeleverd, een lieve, verzorgde, niet onknappe man, die de leegte uit haar leven wist te verdrijven. Hij was tien jaar ouder dan zij, maar dat speelde in zijn voordeel. De laatste tijd liep Diane op wolkjes. De voorzichtige strelingen van haar minnaar hadden haar ingedutte hormonen tot leven gewekt – zodanig zelfs dat ze enkele weken terug, op haar vaste zaterdagse shoppingroute een modieuze lingeriewinkel was binnengestapt.

'Diane, Dio, meteen ter zake. Ik had daarnet commissaris Delfosse aan de lijn. Er is iets gebeurd waardoor zijn leven bedreigd wordt en dat van Eleonore, zijn echtgenote. Als ik alles goed heb begrepen, zit er een moordenaar achter hem aan die al drie moorden op zijn geweten heeft. Ik had de indruk dat de commissaris in paniek is. We moeten klaarstaan.'

Van Sant pauzeerde even om te zien of zijn woorden goed waren doorgedringen. Diane en Dio waren een en al aandacht.

'Bedoel je dat het koppel naar het kasteel komt voor bescherming?' vroeg Dio.

'Ik verwacht ze over een half uur.'

Dio had goed kunnen opschieten met de nukkige commissaris toen Laure was ontvoerd. Zolang je maar niet op zijn lange tenen trapte of over zijn grote ego struikelde, was Delfosse geen onaangenaam gezelschap.

'Kan hij dan geen politiebescherming krijgen?'

'Diane, je weet hoe Delfosse over zijn eigen collega's denkt. Ik zou hetzelfde doen in zijn plaats. Overigens weet ik niet eens of hij nog in functie is.'

'Wat verwacht je van ons, Victor? Wat kunnen we doen?'

'Diane, jij neemt contact op met Whitestream. Zeg hun dat ik Bonkers en zijn team wil hebben. Leg uit dat we een crisissituatie hebben. Dat betekent dat we met niets anders genoegen kunnen nemen dan met de grote middelen. Leg er maar flink de nadruk op hoe dringend het is. Ik wil dat het kasteel tot nader order compleet afgeschermd wordt van de buitenwereld. Dio, doe het nodige voor de kamers. Waarschuw de rest van het personeel. Voor de rest: jullie kennen de routine.'

'Je kunt op ons rekenen, chef', klonk het in koor.

Van Sant knikte instemmend.

'Dank. Jullie weten wat Delfosse voor de familie betekent. Dit koppel ligt mij na aan het hart. Ik wil het niet op mijn geweten hebben dat hen ook maar iets overkomt. Kijk in de komende dagen goed uit jullie doppen. Wees op alles voorbereid. Ik wil geen enkel risico nemen, zeker niet met een vijand die we niet kennen.'

Van Sant klonk strijdlustig. Hij meende elk woord, maar dit was ook een welkome afwisseling in zijn saaie leven.

11

FAHID AL-MUGHASSIL VLOEKTE OVERVLOEDIG, IN HET FRANS. Arabieren mogen de naam van Allah niet gebruiken in hun vloeken. Hun verwensingen verwijzen wat graag naar geslachtsdelen, maar zelfs daarvoor wou hij zijn moedertaal niet misbruiken. Eén ogenblik was hij van plan geweest om de politieman ergens in de tunnel om te brengen. Het geraas van de kleuters zou het geluid van het schot wel gedempt hebben. Maar hij bevond zich te ver van de uitgang. Op dit uur van de dag was het bovendien druk in de tunnel. Zelfs als hij uit het bereik van de camera's had kunnen blijven, liepen er te veel getuigen door de pijp. Een of andere overmoedige fietser had hem kunnen hinderen. Hij liet de politieman op de roltrap een kleine voorsprong nemen en bleef uit het zicht door zich achter een ouder koppel te verschuilen. Fahid al-Mughassil was er intussen absoluut zeker van dat de man die hij volgde een flik was. Zijn instinct had hem niet bedrogen. Hij moest dus rekening houden met het onrustbarende feit dat iemand van de lokale politie hem kon herkennen. Een probleem dat, gezien de belangen die op het spel stonden, zo snel mogelijk opgelost moest worden. Nog een geluk dat hij de politieman opgemerkt had toen die op het Koningin Astridplein over het lint stapte.

Fahid al-Mughassil wist dat hij de controle over de gebeurtenissen kwijt was, en hij had een hartsgrondige hekel aan dat gevoel. Het bekroop hem ook altijd in een vliegtuig, waar passagiers overgeleverd zijn aan een paar individuen met een brevet. Niet voor niets weigerde hij altijd om zich met de auto te verplaatsen als hij niet zelf aan het stuur zat. Hij was een overlever en dat wilde hij graag zo houden. Fahid al-Mughassil werkte nooit met een team en dat zag hij als de reden waarom hij nog in leven was. Nu hadden de gebeurtenissen zijn zelfzekerheid ondermijnd, dus moest hij zo snel mogelijk orde op zaken stellen.

Fahid al-Mughassil hield abrupt halt toen hij de combi in het oog kreeg. Hij zag hoe de vermeende politieman een paar woorden wisselde met de agenten en vervolgens overstak en zijn sleutel gebruikte om een woonhuis binnen te gaan. Hij sloeg straatnaam en nummer op in zijn geheugen. Voorlopig was dit voldoende. Hij kende de omgeving niet en besloot later terug te keren. Het eerste wat hem nu te doen stond, was contact opnemen met de kolonel. Hij kon dat gevreesde moment onmogelijk nog langer uitstellen. Fahid al-Mughassil rilde bij de gedachte aan wat zou volgen. De verantwoordelijkheid voor de catastrofe zou hem in de schoenen geschoven worden, daarover maakte hij zich geen enkele illusie. Op enige consideratie moest hij niet rekenen. Falen was in dit milieu vroeg of laat even dodelijk als een agressieve hersentumor. Hij besefte dat hij nooit ofte nimmer zou kunnen toegeven dat alles was begonnen met een verloren portefeuille. Hij moest een geloofwaardige smoes verzinnen. Maar zijn eerste prioriteit was nu het redden van zijn eigen hachje. De kolonel was een van de weinige lieden voor wie Fahid al-Mughassil vrees koesterde.

Dan was er nog het enorme geldbedrag dat letterlijk in rook was opgegaan. Tien miljoen euro, een bedrag om van te duizelen. Het waren ongetwijfeld allemaal briefjes van de grootste nominatie geweest, anders was het gewicht niet te torsen door één persoon. Hij had op het internet opgezocht hoeveel een briefje van vijfhonderd euro weegt. Een biljet weegt ongeveer een gram en dat bracht het totale gewicht op tien kilogram. Genoeg om een grote reistas te vullen. Fahid al-Mughassil vroeg zich af hoe iemand zo veel geld kon bijeenbrengen zonder argwaan te wekken. Eén ding stond vast: de eigenaar wilde niet dat de tas in verkeerde handen zou terechtkomen. Vandaar de boobytrap, eenvoudig en dodelijk efficiënt. De kans dat er iets verkeerd zou lopen, was uiterst klein, maar niet helemaal nul. Dat is het probleem met onzekerheden en statistiek...

Fahid al-Mughassil overdacht de feiten. De geweldige heisa die de explosie in de media had teweeggebracht, was voorspelbaar geweest. Een explosie met doden en zwaargewonden op klaarlichte dag in een openbaar gebouw, daar konden de autoriteiten niet om lachen. Fahid al-Mughassil dacht met weerzin aan de wilde speculaties die het verhaal van het verschroeide geld zouden opwekken. De combinatie van een explosie en een fortuin aan geld was een goudmijn voor de media, en betekende werk aan de winkel voor de antiterrorismecel. Massaal veel overuren zouden de bedragen op de loonbriefjes van de Antwerpse speurders de komende maanden flink aandikken. Ze werkten met amper vijftien man op de betrokken dienst; de cel leed aan chronisch personeelstekort.

Onderweg bedacht Fahid al-Mughassil welke acties het politieapparaat op touw zou zetten. Een speuractie met de grote middelen lag voor de hand. Die gedachte deed in zijn geest een nieuw schrikbeeld opdoemen. De politieman had op de documenten in zijn portefeuille niet alleen zijn gegevens, maar ook zijn foto gezien. Hij had niet de de klassieke trekken van een Arabier, eerder van een mediterraan type, een Italiaan of een Spanjaard, maar dat zou hem niet helpen als de man over een goed geheugen beschikte, want dan zou de politie binnen de kortste keren een robotfoto kunnen samenstellen en verspreiden, een goede gelijkenis die hem snel fataal kon worden. Maar dat was niet alles. Justitie zou bijstand vragen aan antiterreurorganisaties in andere landen. Gastenlijsten van hotels zouden uitgeplozen worden, passagierslijsten opgevraagd, autoverhuurbedrijven bezocht, informanten het vuur aan de schenen gelegd. Opdrachten om telefoon- en gsmverkeer te screenen zouden verstuurd worden, beelden van bewakingscamera's met veel aandacht bekeken worden. Van het ene moment op het andere werd zelfs zijn verblijf in Hotel Antigone een reuzegroot probleem, dat hij niet eens kon oplossen door uit te checken, want elke onverwachte actie zou de aandacht kunnen trekken van de vrouw aan de receptie, als die eenmaal wist waar ze op moest letten.

Fahid al-Mughassil kreeg het benauwd. De analyse van de situatie brak hem zuur op. Er verschenen zweetdruppeltjes op zijn bovenlip. In geen tijd was de jager in een prooi veranderd. Hij moest hier weg, minstens voor een dag of vijf, tot de storm was overgewaaid. De Arabier vroeg zich af of hij het probleem wel goed had aangepakt. Maar gedane zaken nemen geen keer. Elke dief die zich een beetje respecteert, zorgt dat hij een vluchtweg heeft. Op zijn onderduikadres in de omgeving van Luik zou hij een tijdje veilig zijn. Intussen zat er niets anders op dan de zaken in Antwerpen op hun beloop te laten. Zijn besluit stond vast: hij zou ongemerkt zijn bagage ophalen en het hazenpad kiezen, richting Ardennen. Onderweg moest hij ook aan zijn uiterlijk sleutelen. Hij beheerste de technieken en beschikte over de uitrusting – meer dan een uur had hij niet nodig om zich onherkenbaar te maken.

In een straat opzij van het stadhuis bleef hij even staan. Hij haalde een pakje Silk Cut uit zijn zak en flipte er een sigaret uit. Hij stak ze op met zijn Zippo. Hij draaide de aansteker om en om tussen zijn vingers. Had hij dit ding maar verloren in plaats van zijn portefeuille... Fahid al-Mughassil deed pogingen om te stoppen met roken, maar had altijd een pakje bij zich, voor het geval hij nicotine nodig had. Als dit geen noodgeval was, wist hij het niet meer. Hij inhaleerde diep en bekeek de voorbijgangers. Ketters met verwijfde gezichten en onbeduidende probleempjes. Eens te meer bekroop hem de lust om er enkele omver te knallen.

In het hotel was, zoals gewoonlijk, geen ziel te bespeuren achter de receptiebalie. In de lounge zat een oudere man met een vergeelde strohoed een krant te lezen. *Le Monde*, merkte hij op. De man keek niet op of om toen hij de trappen nam naar de eerste verdieping. Fahid al-Mughassil vermeed liften en weigerde te logeren in een kamer hoger dan de eerste verdieping. Regeltjes die waren aangeleerd tijdens zijn opleiding. Ogenschijnlijk details, die het verschil kunnen betekenen tussen leven en dood. Vanuit een raam op de eerste verdieping kun je naar beneden springen en ongehavend wegkomen. Vanaf een vensterbank een verdieping hoger loop je gegarandeerd breuken op en van nog hoger is de sprong meestal fataal.

Zijn reistas stond, naar goede gewoonte, klaar voor vertrek. Fahid al-Mughassil nam niet de tijd om zijn sporen uit te wissen. Het had niet de minste zin en hij was gehaast. Met de mogelijkheden die de wetenschap vandaag te bieden had, zou er altijd wel iets in de kamer achterblijven dat hem zou verraden: een haartje, een paar huidschilfertjes, een paar moleculen speeksel, noem maar op. Maar er was ook iemand die hem kon herkennen, en door een duivels toeval was die getuige een politieman. Altijd rekening houden met het slechtst mogelijke scenario, regel nummer zoveel. Fahid al-Mughassil boog het hoofd en prevelde een gebed voor hij de kamer verliet. Hij kon zich niet herinneren hoelang het geleden was dat hij had gebeden.

Beneden was de lounge helemaal verlaten. Fahid al-Mughassil verliet het hotel zonder zijn kamer op te zeggen. In de parkeergarage bedroeg de rekening vijfenvijftig euro, een bedrag dat hij aan de automaat met twee biljetten betaalde. Hij reed zijn BMW naar buiten en reed langs de kaaien richting Ring. Hij werd niet geschaduwd, daar was hij absoluut zeker van.

12

De eerste vijf minuten van de rit verliepen in een ongemakkelijke stilte. Zoals altijd zat Eleonore aan het stuur.

'Ga je me nu eindelijk vertellen wat er aan de hand is, Eddie?'

De commissaris opende zijn ogen en wreef met beide handen over zijn gezicht.

'Misschien is het beter te wachten tot we ter plaatse zijn. Dan moet ik het verhaal geen twee keer vertellen.'

Eleonore keek vliegensvlug in de achteruitkijkspiegel en trapte dan keihard op de rem. Delfosse trok een pijnlijke grimas toen de gordel in zijn schouder sneed en zijn hoofd vooruit snokte.

'Wat bezielt je toch, vrouw?'

De ogen van Eleonore schoten vol vuur.

'Ofwel vertel me je nu wat er aan de hand is, ofwel blijven we hier de rest van de dag stilstaan.'

Zijn echtgenote klemde haar handen om het stuur en staarde recht voor zich uit. Haar knokkels verkleurden wit.

'Wel, wat zal het worden?'

'Al goed, al goed.'

Voor Delfosse was er geen ontkomen meer aan. Hij ondervond al vier decennia lang aan den lijve hoe koppig ze kon zijn. Koppiger dan Eleonore bestond niet. Terwijl op de Oudaan het verhaal de ronde deed dat Delfosse de koppigste steenezel van de lokale recherche was geweest...

'OK, rij nu door, Eleonore. Ik zal je alles vertellen.'

Zij vertrok zonder hem aan te kijken.

'Ik luister.'

Delfosse beperkte zich tot de naakte feiten. Hoe Pieter in Willebroek een portefeuille had gevonden met geld en documenten. Hoe hij naar het adres van de eigenaar was gereden en daar een onbewoond appartement had aangetroffen. Hoe Servaes argwaan had gekregen en zijn hulp had ingeroepen. Delfosse aarzelde toen hij aan de gebeurtenissen van die ochtend moest beginnen. Op bepaalde punten in zijn verhaal sloeg zijn stem over. Eleonore onderbrak hem niet.

'Zo, nu weet je alles. Meer dan de politie op dit moment.'

Eleonore liet het gaspedaal opnieuw los.

'Delfosse, je bent een ongelooflijke idioot. Zesendertig jaar bij de recherche en dan bega je zo'n flater. Op zoek naar avontuur om de verveling te verdrijven. Een klein kind heeft meer verstand. Dit gaat je zuur opbreken, commissaris van mijn voeten, en je hebt het verdiend.'

Delfosse kromp ineen. Eleonore ging er hard tegenaan. Ze toonde niet het minste begrip. Haar verbale afkeuring zinderde pijnlijk na in zijn brein. Ze had gelijk, hij was als een groentje in de val getrapt, had gegokt en zwaar verloren. Dat er een vriend en een collega bij betrokken waren, maakte alles driedubbel zo erg. De gevolgen van zijn onbesuisde daden zouden hem zijn hele verdere leven achtervolgen.

'Ik voel me niet zo goed. Kun je even stoppen? Ik heb wat frisse lucht nodig.'

Delfosse had zich nog nooit zo beroerd gevoeld. Zijn maag rispte zuur op en zijn armen en benen voelden aan als verlamde aanhangsels.

'Eerst moeten we halsoverkop vluchten en dan wil meneer ineens een luchtje scheppen? Hou je ogen maar op de weg gericht, we zijn er bijna.'

Delfosse zocht naar het knopje van de ventilator.

'Bij het volgende kruispunt links. Hé, je mag hier maar zeventig rijden.'

Als reactie gaf Eleonore een flinke duw op het gaspedaal.

'Ik zal je vanavond eens vertellen wat jij mag "maggen", Eddie, en dat zal aardig tegenvallen. Moest jij op dit moment niet op de Oudaan gaan biechten?'

'Ja, ik vrees dat ze daar nu druk op zoek zijn naar deze oude zak. Ik neem wel contact op als we bij Van Sant arriveren. Ze moeten maar naar ons toe komen, want ik wil geen gaatjes in mijn lijf.'

'Hoe kun je zo zeker zijn dat wij welkom zijn op het kasteel? Zo heel onverwacht?'

'Alles is geregeld. We zijn daar zeer welkom. Beschouw het als een vakantie, je zult daar in de watten worden gelegd.'

'Hoezo vakantie? In deze omstandigheden? Wat ben jij toch een ongevoelige lul, Eddie. Over een paar dagen moeten we naar twee begrafenissen.'

'We gaan niet. Uitgesloten. Veel te gevaarlijk.'

Delfosse ging nooit naar een begrafenis. In kerken werd hij zenuwachtig en ongeduldig van de rituelen die hij uit de tijd en ronduit belachelijk achtte. Allergisch voor wierook, loog hij tegen iedereen. Eleonore wilde iets vinnigs terugsnauwen, maar op dat ogenblik hadden ze de oprit naar kasteel Lissekerke bereikt. Delfosse opende het autoruitje, stak zijn arm uit en reikte met uitgestoken wijsvinger naar de knop van de intercom. De geoliede poort gleed geruisloos open nog voor hij op de knop kon drukken.

13

ZOWEL DELFOSSE ALS COUDRON LIEP de extra nieuwsuitzending op tv mis. Omstreeks twee uur was de VRT klaar met een rechtstreeks verslag van hun reporter ter plaatse. In de redactiekantoren van vtm was tandengeknars te horen en liep de eindredacteur van dienst rond met een nors gezicht. Hun ploeg was als tweede enkele minuten later ter plaatse gekomen en moest de primeur afstaan aan de eeuwige concurrent.

Om vijf voor zeven pakte Antoine Coudron de afstandsbediening van zijn in de muur geïntegreerde flatscreentelevisie en zapte naar Eén. Hij zag nog hoe de kandidaat in Blokken het zevenletterwoord niet kon raden en Ben Crabbé met gespeeld ongeloof zijn armen in de lucht wierp. Coudron negeerde de reclame en schonk een glas whisky uit een kristallen karaf. Hij vroeg zich af welk nieuwsfeit zo belangrijk was dat er zo nadrukkelijk zijn speciale aandacht op werd gevestigd. Hij hoopte maar dat er geen nieuwe ontwikkelingen waren in zijn dispuut met de fiscus. Maar dat was niet waarschijnlijk, want dan had een van zijn advocaten hem zeker meteen op de hoogte gebracht. Onderweg naar Brussel had hij met opzet geen vragen gesteld aan de taxichauffeur en bij zijn thuiskomst ook niet aan de huisbediende die hem verwelkomde. Coudron voelde echter nattigheid. Het berichtje dat hij tijdens zijn golfpartijtje had ontvangen, was ongewoon. Iedereen in zijn omgeving wist dat hij tijdens het golfen niet gestoord wilde worden, tenzij het om een buitenkans ging om zijn vermogen spectaculair aan te stijven. Toen de nieuwslezer in beeld verscheen, drukte hij uit voorzorg de opnameknop in.

De explosie in de Middenstatie was het eerste item van de nieuwsuitzending. Coudron sprong als door een wesp gebeten uit zijn zetel en zette het volume hoger. Hij werd gewaar hoe de mest in zijn darmen vloeibaar werd. De cameraploeg had de ontploffing in de kluizenzaal zodanig uitvergroot dat ze leek op een aanslag met een kleine atoombom. De ravage werd van alle kanten en hoeken in beeld gebracht en elke bloedvlek, elke glasscherf kwam in beeld. Zelden was een televisiecamera zo snel na een aanslag ter plekke geweest en de ploeg had deze buitenkans gretig aangegrepen. Het was hun '*moment de gloire*'. De redactie had wel in de beelden van de verminkte lichamen geknipt, 'uit respect' – maar dat was ook materiaal om later alsnog mondjesmaat uit te zenden. Een simpele manier om het schokeffect dagenlang uit te melken.

Als Coudron een normale gelaatskleur had gehad, was die nu spectaculair verbleekt tot een wasachtige lijkbleke tint, maar zijn leverkwaal had hem jaren geleden al met een vaalbleke huid opgezadeld, zodat het contrast minimaal was. Zijn huisdokter had hem gewaarschuwd dat het vitale orgaan aangetast was en dagelijkse aandacht verdiende, maar hij had de medicus brutaal weggehoond. 'In geen geval alcohol drinken...' had de man er voorzichtig aan toegevoegd. Dat was een opmerking te veel geweest.

'In onze familie sterven we niet aan een disfunctie van een of andere klier. Coudrons sterven van ouderdom. Van de eerste tot de laatste. Allemaal ver in de negentig geworden. Mannen en vrouwen. Matthieu, het is tijd voor mijn borrel. Drink er eentje mee.'

Matthieu Van Raemdonck, zijn trouwe arts, had zijn schouders opgehaald, hoofdschuddend om zo veel arrogantie.

'Je doet maar, Antoine, maar kom later niet klagen als je van de lijst gekieperd wordt.'

'Welke lijst?'

'De wachtlijst voor een donorlever.'

'Ik koop wel een nieuwe in India als het moet. Ik zal er ook eentje voor jou meebrengen, mocht het pas geven.'

Coudron staarde met groeiende verbijstering naar de beelden. Hij slikte onwillekeurig toen hij tussen het stof en de scherven enkele nasmeulende biljetten zag liggen. Dat was zijn geld. Tien miljoen euro cash. In alle discretie vanuit andere kluizen elders naar Antwerpen gebracht. Het was een idee geweest van de kolonel om het geld vanuit een anonieme locatie te verdelen, en hij had met het plan ingestemd. Maar van een bom had hij niets geweten. Het was een doeltreffend middel om het geld niet in verkeerde handen te laten vallen, dat wel, maar was de remedie in dit geval niet erger dan de kwaal? Dit was een regelrechte catastrofe. Wat was hier in hemelsnaam misgegaan? Hoe was iemand erin geslaagd in de kluis te komen? Volgens de reporter ter plaatse ging het om een commissaris van de politie. Hoe wist die man dat geld te vinden? Een commissaris die in een kluis snuffelt? En hoe kwam het dat die tv-ploeg zo onwaarschijnlijk snel ter plaatse was? Dit was een opeenstapeling van veel onwaarschijnlijkheden en nog meer vragen waarop hij geen antwoord had.

Coudron had er een droge mond aan overgehouden. Hij dronk zijn whisky op. Het was tijd om na te denken. Hij krabde over zijn tepels en onder zijn oksels. Een signaal dat hij onder zware stress stond. Deze keer vroeg hij zich niet af waar die jeuk vandaan kwam.

Antoine Coudron was de enige zoon van een Waalse vader en een Vlaamse moeder. Vader Coudron had een kleine schroothandel in Luik. Hij had Marie bij toeval ontmoet tijdens een vakantie aan zee, waar het meisje met haar ouders in hetzelfde hotelletje verbleef. Louis Coudron was dertig, had een goed voorkomen en sprak een keurig, schools Nederlands. Hij voelde zich aangetrokken tot de jonge vrouw en benaderde haar met open vizier. Maries ouders lieten hem begaan, maar niet voordat ze zich discreet vergewist hadden van de achtergrond van de vriendelijke Waal. Marie was twintig, geen schoonheid, maar toch prettig om naar te kijken. Schuchter, uitermate streng opgevoed, een oerdegelijk Vlaams meisje met het potentieel om een pluspunt te worden voor zijn zaak, een poot op Vlaamse bodem. Louis Coudron had ambitie en hij had op zijn beurt discreet uitgevist dat Maries ouders niet onbemiddeld waren. Hij zag zijn kans en zijn besluit stond vast. De verloving was kort, het huwelijksfeest eenvoudig. Toen Marie naar Luik vertrok, stonden er tranen in de ogen van haar vader, voor het eerst in zijn leven. Marie verloor diezelfde nacht haar maagdelijkheid en werd zwanger. Precies negen maanden later zag Antoine het levenslicht na een lange en pijnlijke bevalling. Zijn moeder voedde hem op in het Nederlands, Frans leerde hij op school. Voor Louis was het nu wachten op de naamsuitbreiding van het bedrijf tot 'Coudron et Fils'. Toen vader Coudron zijn eigen aanlegkaai aan de Maas verwierf, na overheveling van een aanzienlijk bedrag aan smeergeld aan de lokale politici, was de toekomst van Fils veiliggesteld.

14

FAHID AL-MUGHASSIL LEEFDE NOG ENKELE SECONDEN nadat de kogel zich in zijn hoofd boorde. Het 0,38-superprojectiel raakte nauwelijks vitale onderdelen, maar de aangerichte schade veroorzaakte een dodelijke kettingreactie. De Arabier was geraakt in het achterhoofd en kreeg geen kans om zijn moordenaar te zien. Het enige wat nog op zijn netvlies verscheen, waren intense flitsen van wit licht. Merkwaardig genoeg voelde Fahid al-Mughassil na de dreun van de inslag geen pijn. Hij viel voorover en tijdens de val strekte hij zijn armen zijwaarts alsof hij wilde wegvliegen. Toen hij de grond raakte, was hij dood.

De man met de bivakmuts zette een stap dichterbij en schopte hard in de zij van zijn slachtoffer. Toen elke reactie uitbleef, rolde hij naast het lichaam een stuk blauwe folie uit. De schutter had geluk. De schotwond in het hoofd had geen bloedvlekken achtergelaten op het tapijt, een donker, oud en versleten en aan de randen uitgerafeld onding. Hij bukte zich en sleepte het lichaam van Fahid met een paar krachtige rukken op de folie. Daarna schoot hij van dichtbij drie patronen in de hartstreek.

De kolonel kon gerust zijn. Fahid al-Mughassil was doder dan dood. Matthieu Lelièvre, bijgenaamd 'de hyena', trok zijn bivakmuts van zijn hoofd. Met zijn voet draaide hij het lijk om. Hij bukte zich om de zakken van het lijk te onderzoeken. De sleutels van de BMW interesseerden hem het meest. Auto's van slachtoffers waren bonussen waarmee hij bijzonder in zijn schik was. Een portefeuille vond hij niet. Misschien lag die nog in de auto. De twee gouden ringen en de halsketting in hetzelfde edele metaal liet hij zitten. Die mannen uit het Oosten hadden iets met gouden juwelen, een gril die Lelièvre niet begreep. Dat was iets voor mietjes en leden van de maffia, en ze laten smelten wilde hij ook niet. Te veel gedoe. Hij verplaatste zijn aandacht naar de schoenen. Italiaanse Forzieri's, dat was meer zijn stijl. Hij trok een schoen uit en rook eraan. De man had blijkbaar geen last van zweetvoeten. Vrij nieuw en recent opgeblonken. De man steeg lichtjes in zijn achting.

Lelièvre wikkelde het lichaam in de folie en bond het op drie plaatsen vast met een koord. Hij keek nog even rond, greep het lijk bij de voeten en sleepte het verder de tuin in. Het huisje in typische grijze steen uit de Ardennen en traditioneel metselwerk lag afgelegen aan de noordkant van Esneux. De plaats was goed gekozen, ver van de hoofdweg en omringd door dennenbossen. De voorspelling dat Fahid al-Mughassil hier zou verschijnen, was uitgekomen. Lang had hij niet moeten wachten op zijn prooi. De man had trouwens niet echt een alternatief. Lelièvre trok zijn jas uit, stapte in een paar groene gummilaarzen en begon op een open stukje grond aan de achterkant van het huis een kuil te graven. Dit soort improvisaties was een van de nadelen van het vak. De oude legerschop die hij in de schuur had gevonden, was scherp, maar de steel was te kort voor zijn gestalte. Na een half uur graven plakte zijn hemd aan zijn rug. Hij nam zich voor om de volgende keer een maatje mee te nemen en zich te beperken tot het lossen van de schoten.

Toen de kuil ongeveer een halve meter diep was, stopte Matthieu met graven. Hij strekte zijn pijnlijke rug en liep een paar keer rond de put, tevreden over het geleverde werk. Er wachtte hem nog een laatste inspanning. Hij zeulde het ingepakte lijk over het onkruid en opgeschoten gras naar de kuil en dumpte het. Om zijn lippen verscheen een gemene grijns. Het lichaam lag een beetje geplooid in het graf. Lelièvre sprong in de kuil en gaf het lichaam een paar stompen zodat het horizontaal kwam te liggen. Hij schudde wat aarde van zijn broek, vloekte geërgerd toen hij vlekken op de zoom zag en liep naar de plaats, tweehonderd meter verderop, achter een scherpe bocht, waar zijn negen jaar oude Mitsubishi geparkeerd stond.

Lelièvre had vijf manoeuvres nodig om te draaien op de smalle weg. Hij was niet van plan zijn armen uit hun kom te laten trekken door te sleuren met twee jerrycans methanol. Brandspiritus gaf weinig rook. Hoe minder aandacht hoe beter. Iemand moest maar eens denken dat er een bosbrand was uitgebroken. Misschien was dit niet zo'n goed idee. Maar ja, '*Eliminer et disposer du corps, definitivement*', zo luidde de instructie. Die lui dachten toch niet dat hij met een lijk in een gestolen BMW zou gaan rondrijden om het lijk ergens te dumpen in een grot of een rivier? Nee, hij zou een test doen met een deel van het lijk, het hoofd bijvoorbeeld. Eerst eens zien wat dat gaf. Eigenlijk wel spannend, en hij kon er nog iets van opsteken. Dit was zijn eerste solo-eliminatie en de kick die hij had gekregen, loste al zijn verwachtingen in. Hij had bijna een erectie gekregen terwijl hij stond te wachten op zijn eerste slachtoffer. Eindelijk een superieure ervaring, wat anders dan iemand met een knuppel bewerken of een paar vingers tot moes hameren. De colt 0,38, een natte droom, had hij bij de deal bedongen en gekregen. Een goede afloop van zijn eerste serieuze opdracht zou hem in een betere prijsklasse katapulteren. Het werd stilaan tijd voor het grote geld. Het humeur van Matthieu Lelièvre ging er met reuzenschreden op vooruit.

Hij flipte de dop van de jerrycan open en rook even aan de vloeistof. Hij sprong in de kuil en sneed met een zakmes het koordje en de folie door om het gezicht van Fahid al-Mughassil vrij te maken. Lelièvre goot, na een lichte aarzeling, een liter of wat methanol over het hoofd. Hij haalde zijn aansteker tevoorschijn en vuurde met het ding alsof het een pistool was. Toen de vloeistof in brand vloog, sprong hij haastig uit de kuil. De brandende haren van het lijk kleurden de vlammen eerst geel, dan rood. Ze maakten een knetterend geluid, zoals nat hout in een haardvuur. De rook veranderde van grijs in vuil bruin toen de huid begon te verbranden. Matthieu keek gefascineerd toe hoe zich grote blaren gingen vormen, die kort daarna uit elkaar spatten. De gesmolten folie vatte vuur en begon een zwarte walm te produceren. Die steeg recht omhoog, zoals een indianenvuurtje om signalen te verzenden. Lelièvre werd onrustig. De rookpluim moest kilometers in het rond zichtbaar zijn. Misschien zat er wel ergens een boswachter op zijn uitkijktoren, die nu alarm zou slaan. Het laatste wat hij kon hebben, was een brandweerwagen op de oprit voordat het werk af was. Haastig begon hij aarde in de kuil te werpen. Na een paar schoppen was het vuur gedoofd. Hij rook de stank van verbrand vlees. Vol afkeer zette hij een stap achteruit en keerde zich in de richting van de wind.

Lelièvre besloot zijn experiment te laten voor wat het was. Veel plezier was er toch niet meer aan te beleven. Hij spuwde in zijn handen, nam de schop weer op en begon verwoed aarde in het graf te dumpen. Halverwege het karwei stopte hij plots en zei luid: '*Merde alors.*' Lelièvre likte de zweetdruppels van zijn bovenlip. Nu was hij vergeten een souvenir van het lijk te snijden. Hij had gedacht aan een oor als eerste element van zijn lugubere collectie, waarvoor Matthieu de inspiratie had gehaald uit een film waarin een seriemoordenaar telkens iets wegnam van zijn slachtoffers. Geen onderdeel van het lichaam, maar iets wat de dode bij zich droeg. Dat had Lelièvre maar flauwtjes gevonden. Hij dacht meer aan een oor, een oog, een vinger of een teen... Trofeeën die hij in bokalen met formol kon bewaren. De prille moordenaar zag het groots. Op een dag zou hij zijn verzameling aan iemand kunnen tonen en er angst en afgrijzen mee opwekken bij zijn volgende prooi.

Nu was het te laat. De kuil was voor driekwart gevuld, de oren verbrand. Hij kreeg spijt dat hij de ringen en de ketting had laten zitten. Maar de BMW maakte veel goed en misschien kon hij in de auto nog een souvenir vinden. De portefeuille leek hem ongeschikt. Dat was meer iets voor een straatdiefje, ver beneden zijn waardigheid.

Matthieu Lelièvre begon met beide voeten de aarde aan te stampen. Met het restant aarde werkte hij het hoogteverschil weg. Hij bekeek het resultaat van zijn noeste arbeid op een afstand. Iedereen kon meteen zien dat hier recent gegraven was. Maar daar had hij tijdens het graafwerk iets op gevonden. Een ongewoon schitterend idee, vond hijzelf. Zeer in zijn nopjes liep hij naar de BMW. Hij trok zijn laarzen uit, schudde er de meeste aarde af en gooide ze samen met de schop in de kofferruimte. Dan opende Matthieu het portier aan de kant van de chauffeur, nam plaats in de zwartlederen zetel en startte de motor. Die klonk als muziek. Hij klikte met zijn tong. Hij bukte zich om een verdroogd blad op te rapen van de vloermat en het op de grond te laten neerdwarrelen. Dan stapte hij uit, liet de motor draaien en liep naar zijn eigen auto.

Lelièvre manoeuvreerde de Mitsubishi handig over de plaats van de dichtgegooide kuil. Hij pakte een plastic Delhaizeboodschappentas van de achterbank en gooide alles wat hij in het handschoenenvakje vond in de zak. Hij gniffelde toen hij het pakje met Durex Extra Specialscondooms tussen de andere spullen zag liggen. Daarna schroefde hij, niet zonder moeite, met een van de zesendertig functies van zijn Victorinox CyberToolzakmes de nummerplaten los. Hij wierp de platen in de richting van de BMW en opende de koffer. Daarin lag niets wat naar Matthieu Lelièvre kon verwijzen.

Het werd tijd om zijn plannetje uit te voeren. De rest van de methanol in de jerrycan moest ruim voldoende zijn. Hij goot de vloeistof over de voor- en achterzetels. De brandspiritus irriteerde zijn neusgaten. Was dit niet het goedje waar je blind van kon worden? Het was te gevaarlijk om de methanol aan te steken met zijn aansteker, maar een brandend takje kon hij veilig in de auto werpen. Lelièvre speurde nog even de omgeving af, opende het portier van de Mitsubishi aan de passagierszijde en wierp het smeulende houtje naar binnen. De spiritus ontvlamde met een luid 'whoem' en de explosie wierp hem omver. Eén moment voelde hij de schroeiende hitte op zijn gezicht. Toen probeerde hij rechtop te krabbelen, en op dat moment trof een kogel hem in de hals en kliefde zijn halsslagader doormidden. Lelièvre greep naar zijn hals en staarde vol ongeloof naar het bloed dat tussen zijn vingers gutste. Hij zeeg neer op een meter of twee van de brandende auto. In zijn laatste ogenblikken wist hij niet meer wat het ergste was, de pijn in zijn nek of de hitte die zijn huid roosterde.

De schutter zat geknield tussen de struiken en haastte zich helemaal niet. Met buitengewone kalmte demonteerde hij zijn geweer en legde de onderdelen in een draagtas. Het vizier wikkelde hij behoedzaam in een lap plastic opvulmateriaal met luchtkussentjes. Zijn bewegingen waren rustig en delicaat voor een man van zijn grote gestalte en spiermassa. Hij droeg een joggingpak en sportschoenen en op zijn hoofd een donkerblauwe pet met een grote klep en zonder opschriften. Zijn futuristische Armanizonnebril paste eigenlijk niet in het plaatje. Het was een opvallend attribuut en een getuige zou zich de bril allicht herinneren, maar dat scheen hem niet te bekommeren, want hij stond rechtop, speurde de omgeving af en liep recht op de BMW toe. De vlammen hadden ondertussen de banden van de Mitsubishi bereikt. Dikke zwarte rookwolken walmden door elkaar tot één hoge rookzuil boven het brandende wrak. Daarnaast lag Matthieu Lelièvre met smeulende kleren, materiaal dat het vuur zo dadelijk van nieuwe brandstof zou voorzien. Zijn moordenaar bedacht dat de wetsdokter met een onaangenaam karweitje opgezadeld zou zitten. Hij raapte de nummerplaten van de Mitsubishi op, legde ze samen met zijn tas op de passagierszetel en klom achter het stuur. De auto had een automatische versnellingsbak, iets waar hij vertrouwd mee was. Hij schoof de pook in DRIVE en vertrok, zonder zich iets aan te trekken van het bandenspoor dat de auto in de zachte aarde achterliet. Hoe zachter de aarde, hoe vlugger sporen verdwijnen – één buitje zou volstaan.

15

Onderzoeksrechter Matthijsen vorderde Annelies Pierijns in zijn bureau. Hij was, zoals zo veel mensen, onder de indruk van de kwaliteiten van Annelies Pierijns. Ze was niet alleen knap, maar ook nog intelligent, een combinatie die bij politiemensen wel heel ongewoon is. Haar steile opgang in het korps was louter aan haar intelligentie en inzet te danken, hoewel dat door jaloerse collega's openlijk in twijfel werd getrokken. Matthijsen zelf was ook niet onknap, aristocratisch van allure en voorzien van de klassieke witte haardos.

Hij liet zijn blikken discreet over haar figuur glijden. Ze droeg een jeans en een strak zwart leren jasje, kledingstukken die zijn observatie niet bemoeilijkten.

'De procureur heeft mij belast met het onderzoek, juffrouw Pierijns. Dit stemt tot nadenken. Ik verwacht nattigheid van de Federale, zoals altijd. Enerzijds is de OCAD hier nog altijd actief bij betrokken, wat de zaak een speciaal statuut verleent. Je weet dat de lui van de ontmijningsdienst sporen van semtex hebben gevonden. Als je dat woord uitspreekt, worden die gasten opgewonden. Ze hebben berekend dat er honderd gram springstof is gebruikt. Hoe ze dat kunnen bepalen, is mij een raadsel. Soit. Maar je weet hoe het is: zij zijn onderbemand en moeten noodgedwongen de hulp inroepen van de lokale recherche. De verbindingsofficier is Van de Velde. Ken je hem, adjunct-commissaris Pierijns?'

Tijdens zijn hele monoloog had Matthijsen een punt op zijn bureau gefixeerd, pratend en denkend tegelijk, maar nu hij de vraag stelde, draaide hij in zijn bureaustoel en keek Pierijns strak in de ogen.

'Nee, meneer de onderzoeksrechter. Ik heb de man nog nooit ontmoet.'

'Een echte etterbuil, ik verzeker het je. Mannetje van Lacoste. Doet niets anders dan mensen tegen elkaar opzetten. Beware! Het spijt me van Goossens. Een goede politieman. Is een hele tijd meegelopen met Delfosse. Die ken je natuurlijk wel.'

'Wie niet? Hij is wel met pensioen, maar de legende is nog altijd springlevend.'

'Hij heeft Goossens zelf opgebeld vanuit de parking van het station. Jij was daar even later ook. Ben je daar nog iets te weten gekomen van Delfosse?'

'Nee, we hebben geen woord gewisseld. De commissaris is niet zo spraakzaam tegenover vrouwen. Hij deed alsof ik lucht was.'

Matthijsen slaakte een diepe zucht.

'Ik weet het, ik weet het. Maar hij is de spilfiguur in deze zaak, de belangrijkste en mogelijk de enige getuige. Ik zet je dus toch op deze zaak. Of ik er goed aan doe, zal wel blijken. Bekijk het als een uitzonderlijke kans, en laat iets horen als je iets nodig hebt, eender wat. Maar besteed de nodige aandacht aan Delfosse en zorg ervoor dat hij in godsnaam niet op eigen houtje gaat handelen. Misschien is het beter dat ik hem zelf even opbel?'

Het hart van Annelies sloeg een paar slagen over, en als ze al dankbaar was voor de kans die hij haar gaf, dan vergat ze dat te laten blijken.

'Heeft dat iets opgeleverd in het verleden?'

De onderzoeksrechter glimlachte flauwtjes. Niet op haar mondje gevallen, deze meid, zelfs een tikje arrogant. Ze kan zich dat wel veroorloven, met die overdaad aan charmes.

'Wat zijn de volgende stappen?'

'Eerst en vooral Delfosse opsporen. Zijn gsm staat uit en hij geeft niet thuis. We hebben dringend een robotfoto nodig. Om nog niet te speken van de rest van de informatie.'

'Typisch Delfosse. Ik begrijp dat niet. Als oud-politieman hoort hij toch beter te weten. Het zou een slecht signaal zijn als hij in de loop van de volgende uren niet boven water komt.'

Matthijsen keek opnieuw door het venster naar buiten, een teken dat het onderhoud was afgelopen. Pierijns begreep de hint en verliet de kamer zonder verdere plichtplegingen. De onderzoeksrechter schudde zijn hoofd. Het verkeer op de Bolivarplaats zat weer muurvast.

16

Toen de Renault Scenic halt hield voor het bordes, liep Victor Van Sant de trappen af en stak, als galante gastheer, Eleonore een helpende hand toe. Het was voor hem een totale verassing dat er een mooie en elegante vrouw uit de auto stapte.

'Welkom op het kasteel, mevrouw Delfosse. Ik ben blij dat u veilig en wel bent aangekomen. Het telefoontje van uw man maakte mij ongerust.'

Eleonore was vanaf het eerste moment zeer gecharmeerd van de kasteelheer. Ze voelde dat hij meende wat hij zei. Van Sant, met zijn aristocratische uiterlijk en tot in de puntjes verzorgde kledij, was in alles het tegengestelde van haar echtgenoot.

'Het is Eleonore, ... mijnheer Van Sant, is het niet?'

'Victor, alsjeblieft! Komt u toch mee. Dio zal de wagen in de garage parkeren. Laat de sleutels maar in het contact zitten. Hij brengt de bagage wel naar jullie kamers.'

Het had alles van de ontvangst die men voor rijke klanten voorbehoudt in een luxe-etablissement met veel sterren. Delfosse stond er wat bedremmeld bij. Hij was het gewoon dat alle aandacht naar zijn vrouw ging, maar ze moesten nu ook niet overdrijven. Hij wilde iets zeggen, maar Van Sant liet hem geen kans.

'Wacht. Ik laat Eleonore eerst haar kamer zien en daarna houden we crisisberaad in mijn bureau.'

'Ogenblikje nog.'

Delfosse drukte met zijn vingernagel op het aan/uitknopje van zijn Nokia. Toen de vraag naar de pincode op het schermpje verscheen, krabde hij achter zijn oor en keek vragend naar Eleonore. Van Sant leek nogal geërgerd door het oponthoud.

'Commissaris!?'

'9293', zei Eleonore. 'Mijn man heeft een probleem met zijn kortetermijngeheugen. Het begin van dementie.'

Zo kreeg Van Sant er meteen een goed idee van hoe hun relatie in elkaar zat. Delfosse deed alsof hij niets gehoord had en voerde de code in. Vrijwel onmiddellijk begon het toestel de standaardbeltoon te produceren.

'Delfosse. Wie? Ha, Pierijns. Ja, ja, ik weet het. Mijn gsm stond uit.'

De commissaris luisterde. Van Sant en Dio zetten beleefd een stapje achteruit om hem wat privacy te gunnen. Eleonore bekeek hun gastheer vanuit haar ooghoeken. Wat wist ze van deze man? Alleen wat algemeenheden die haar echtgenoot had verteld. Van Sant was een van de rijkste mannen van het continent. Een mediaschuwe kunstverzamelaar, die niet samenwoonde met zijn vrouw – die het hele jaar door in Cannes verbleef. Een Marie-José, als ze zich de naam goed herinnerde. Volgens haar echtgenoot was ze de ultieme bitch, met heel gevoelige tenen. Eén dochter, een door en door verwende schoonheid die met haar tijd geen blijf wist. Laure moest indruk gemaakt hebben op haar man, want hij had haar beschreven met veel onsamenhangende adjectieven. Het soort termen die hij vroeger ook gebruikt had om haar te omschrijven. Ze wist ook dat Van Sant de man was aan wie ze het forse bedrag op hun bankrekening te danken hadden. Voor bewezen diensten, toen zijn dochter was ontvoerd door een ontspoorde zakenpartner. Volgens Eddie was Van Sant een fascinerende persoonlijkheid die een land van de ondergang kon redden, maar het evengoed, met een achteloze vingerknip, in chaos kon storten. Hij kwam niet arrogant over, eerder bedeesd. Ze vond Van Sant charmant, met een soort van ongekunstelde terughoudendheid die haar wel beviel. Het was zijn dualiteit die haar intrigeerde. Om een enorm fortuin te verzamelen, moet je sluw zijn en hard als beton. Maar waar veel licht is, is ook veel schaduw. Deze man leek haar kwetsbaar en eenzaam, als ze mocht vertrouwen op haar antennes.

Maar bovenal: ze hadden bij hun allereerste ontmoeting oogcontact gehad dat iets te lang geduurd had – en de allereerste indruk bepaalt nu eenmaal het vervolg van elke relatie.

'Ik ben in Bazel. Wat? Welk Bazel? Kom zeg. Bazel, gemeente Kruibeke, provincie Antwerpen, koninkrijk België. Ik kom in geen geval naar het bureau. Vandaag niet en morgen ook niet. En de mannen van OCAD kunnen voor mijn part de pot op. Allemaal onbekwame lakeien met de juiste partijkaart. Kom zelf maar naar hier. In een anonieme wagen en zonder sirenes. Heb je dat goed verstaan, meiske?'

Delfosse was zichtbaar opgewonden. Hij blies hevig op de muis van zijn linkerhand, een tic die een niet te miskennen aanwijzing was van zijn gemoedstoestand. Eleonore had het in de gaten.

'Wat is er nu weer, Eddie? Je hebt weer je kuren. Beleefd was je ook al niet, daarnet aan de telefoon.'

'Het waren de gasten van de lokale. Ze willen dat ik een verklaring afleg. Ze willen dat ik hen help een robotfoto te maken van de Arabier, voor het journaal van vanavond.'

Van Sant, die er niet veel van begrepen had, kwam tussenbeide.

'Ben je eigenlijk nog in functie, Eddie?'

Eleonore haalde haar schouders op. Ze liet Delfosse de kans niet om te antwoorden.

'Hij is twee maanden geleden gestopt met werken, maar als je hem zo bezig hoort, zou je het niet zeggen. Wacht tot je het hele verhaal hebt gehoord, Victor, je houdt het niet voor mogelijk.'

Van Sant fleurde helemaal op toen hij zijn voornaam hoorde uit de mond van Eleonore.

Diane kwam op het gezelschap toe gestapt.

'Ah, Eleonore, je hebt Diane nog niet ontmoet. Sinds jaren mijn secretaresse, mijn toeverlaat en rots in de branding.'

Diane kreeg een lichte blos op de wangen. Dit was de erkenning waar ze soms zo naar hunkerde.

'Aangename kennismaking, mevrouw. Dag, commissaris.'

Ze gaf Eleonore en Delfosse een slap handje en kwam, zoals steeds, meteen ter zake.

'Bonkers werkt niet meer bij Whitestream. Hij heeft een eigen zaak opgestart, een handel in motorfietsen. Maar ik heb zijn gsm-nummer kunnen bemachtigen en hij wil ons graag helpen. Hij zal een paar oud-collega's optrommelen en in de loop van de dag mag u hem verwachten'.

'Dat is dan goed nieuws. Dank je, Diane.'

Van Sant wendde zich tot Eleonore.

'Bonkers is de man die voor jullie veiligheid zal instaan. We kennen hem persoonlijk, nietwaar, commissaris? Een absoluut betrouwbaar iemand.'

Delfosse mompelde iets onverstaanbaars. Bonkers was, als privé-veiligheidsagent, zijn vriendje niet, maar hij moest toegeven dat de man over kwaliteiten beschikte.

'Is dit alles niet een beetje overdreven, Eddie? We kunnen ons toch niet blijven verstoppen? Ik kan best mijn mannetje staan als het erop aankomt. We mogen geen misbuik maken van Victors gastvrijheid.'

Van Sant schudde heftig van neen. Hij wilde iets zeggen, maar nu was Delfosse hem voor.

'Verkoop geen nonsens, vrouw. Je hebt er geen besef van met wie we hier te maken hebben. Geef me een kans om ons uit de penarie te halen.'

'Nu nog mooier. Meneer wil zelf het zaakje klaren. Meneer denkt dat hij onsterfelijk is. Tot nu toe heeft meneer er nochtans niet veel van gebakken, volgens mij. Wil je soms dat ik hier als weduwe naar buiten stap? Man, wees toch eens redelijk en laat de politie haar werk doen.'

Eleonore schrok zelf van haar verbale uitval. Ze trok haar jasje recht en richtte zich tot Van Sant.

'Soms moet ik die man tot rede brengen, Victor. Je weet intussen ook hoe onbesuisd hij te werk kan gaan.'

'Ik leef toch nog, niet?'

Meer kon Delfosse niet bedenken. Eleonore had altijd gelijk.

'Die Pierijns, wie is dat eigenlijk?' wou ze weten.

'De nieuwe adjunct van Goossens. Stel je voor, een vrouw! Waar zijn ze daar in hemelsnaam mee bezig? Ze lijkt op de koop toe op Annelies Beck. Ja, die van de tv.'

De laatste opmerking deed haar gniffelen. Ze wist dat hij een boontje had voor Annelies. Haar man miste geen enkele aflevering van het duidingsprogramma op tv waarin Annelies Beck als anker optrad. Niet dat hij hoorde wat ze vertelde.

'Waarover gaat het?' vroeg ze soms, wanneer hij als gehypnotiseerd naar het scherm zat te staren.

'Ja, ja, nog even', antwoordde hij dan, terwijl er in zijn hoofd een rits onkuise gedachten de revue passeerde. De ouwe bok koesterde een puberale fantasie: dat op een dag een van haar collega's de bandjes van haar topje saboteerde zodat plots tijdens een live-uitzending haar bh te zien was.

Van Sant vond hun gekibbel blijkbaar wel amusant. Eleonore stond op haar strepen en dat deed ze op een manier die hem wel beviel. Recht voor de raap. Niet met dat arrogante gezeur van Marie-José.

'Zullen we? Commissaris, ik heb de grote kamer tegenover die van Adriaan voor jullie in orde laten brengen.'

'Hoe gaat het eigenlijk met je beschermeling?' wou Delfosse weten.

'Adriaan werkt nu voor mij. Het heeft me veel tijd en moeite gekost, maar ik heb hem ten slotte kunnen overhalen. Hij heeft zijn aandeel in het advocatenkantoor verkocht en reist momenteel de wereld rond om de kneepjes van het vak te leren.'

'En met Laure?'

'Ach, Laure woont opnieuw hier in het kasteel. Ze heeft nog altijd geen vaste baan, hangt maar wat rond tot ze weer eens in de problemen geraakt. Dio, weet jij waar ze uithangt?'

'Ze is vanmorgen vroeg naar de stad vertrokken. Ik weet niet wanneer ze terugkomt.'

'Zie je', zuchtte Van Sant. 'Ik weet niet wat ik met dat kind moet aanvangen. Ze weet met zichzelf al geen blijf.'

'Dus het is niets geworden tussen die twee? Ik had de indruk dat er iets bloeide tussen hen.'

'Adriaan is veel te slim om zomaar in zijn ongeluk te lopen. Laure negeert hem en hij haar. Dat geeft soms aanleiding tot vreemde toestanden, maar gelukkig lopen ze elkaar niet te vaak voor de voeten. Maar laten we bijpraten tijdens het diner.

Kom je, Eleonore? Ik zal voorgaan. Commissaris, ik zie je zo dadelijk in mijn bureau. Je hebt er toch geen bezwaar tegen als Dio en Diane erbij zijn?'

'Waarom zou ik? Ik benoem hen hierbij tot mijn persoonlijke assistenten', zei Delfosse.

Hij trok zich net op tijd terug om een klap van Eleonore te ontwijken.

17

'In naam van Diane, Dio en mezelf, wil ik je eerst en vooral condoleren met het verlies van je vriend en je collega, commissaris', zei Van Sant op plechtige toon, nadat Delfosse zijn lugubere verhaal had gedaan.

Hij had het relaas gedaan in telegramstijl, alsof hij zo de schade kon beperken. Iedereen zat er somber en aangeslagen bij. Diane keek ontzet. Ze zat te bibberen op haar stoel. De gastheer verbrak de onwennige stilte.

'Een vreemde geschiedenis. Wat ben je van plan, Delfosse? Ik kan mij moeilijk indenken dat je bij de pakken zult blijven zitten.'

'Reken maar, Van Sant. Ik rust niet voor de schurken achter de tralies zitten.'

Het klonk als een lijntje uit een goedkope B-film.

'Die lui hebben brute pech. Ze zijn op de verkeerde gestoten en ze weten het nog niet. Vroeg of laat zullen ze hun fout moeten erkennen.'

'Allemaal goed en wel, maar wat met jullie veiligheid? Kun je niet beter een tijdje op het kasteel onderduiken en de politie haar werk laten doen? Eleonore heeft daar wel een punt.'

'Je begrijpt het niet, Van Sant. Er zit bloed aan mijn handen. Maak je over mij verder maar geen zorgen. Het belangrijkste is dat Eleonore veilig is. Waarvoor mijn dank.'

Van Sant besefte dat Delfosse in een hyena was veranderd. Een beest dat zijn prooi nooit loslaat.

'OK, maar laat Bonkers een oogje in het zeil houden. Ik wil niet meemaken dat ik Eleonore slecht nieuws zou moeten melden.'

'Hmm. We zullen wel zien.'

De relatie tussen Bonkers en Delfosse was in het verleden turbulent geweest, en het was sowieso al niet vanzelfsprekend dat een politieman en een privéveiligheidsagent het goed met elkaar konden vinden. Maar sinds ze er niet zo lang geleden samen in geslaagd waren Laure uit de klauwen van haar kidnapper te bevrijden, hadden ze een bepaald respect voor elkaar.

'Dio, wat denk jij?' vroeg Van Sant.

'Als ik de feiten overloop, moet ik concluderen dat hier heel wat meer achter zit dan je op het eerste ogenblik zou denken. Een erg ongewone zaak. Eerst dacht ik aan een complot om iemand uit te schakelen, een afrekening in het milieu of zo. Maar die grote som geld klopt niet. Ik denk eerder dat iemand op deze manier een groep mensen of een organisatie wilde betalen. De persoon voor wie het geld bestemd was, moet op de hoogte geweest zijn van de valstrik.'

'Dio, je had speurder moeten worden. Het is nog niet te laat.'

'De butler heeft het altijd gedaan', lachte Dio.

'Drugs?' opperde Van Sant.

'De springstof laat iets anders vermoeden. De man of vrouw die het geld in de kluis achterliet, had toegang tot semtex. Dat betekent dat het hier niet over straatcriminelen gaat.'

'Ik vind je analyse niet onaardig, Dio.'

Een compliment van Delfosse was even ongewoon als een bui in de Kalahariwoestijn. De kin van Diogenes ging iets de hoogte in. De gsm van Delfosse begon te zoemen. De commissaris las het korte bericht en stond op.

'De mensen van de lokale recherche zijn hier binnen vijf minuten. We moeten het voorlopig hierbij laten.'

'Goed. Dio, breng de mensen van de politie naar de bibliotheek. Is het een bezwaar als ik erbij ben, commissaris?'

'Helemaal niet. Een extra paar hersenen kan nooit kwaad.'

Dit wordt een welkome afwisseling, dacht de gastheer, zeker nu deze keer zijn eigen leven niet op het spel stond. Hij verwierp deze laatste gedachte meteen als onwaardig.

Willy Rutgeerts toonde het resultaat van een vol uur geconcentreerd werken. Hij was de wizard die met de allernieuwste software de robotfoto ineen had geknutseld. Delfosse tuitte zijn lippen en floot bewonderend.

'Dat is hij helemaal. Proficiat, jongen, goed werk.'

Rutgeerts lachte als een schooljongen die een goed rapport krijgt. Van Sant keek over zijn schouder mee naar het scherm.

'Wat ze tegenwoordig al niet kunnen.'

Annelies Pierijns, die in de hoek van de kamer had staan telefoneren, klapte haar gsm dicht en liep op het gezelschap toe.

'Klaar? Laat eens zien.'

Rutgeerts draaide de laptop in haar richting. Pierijns bekeek de kleurenfoto met bijzondere aandacht.

'Lijkt niet erg op een Arabier, wat mij betreft.'

'Hoor eens, meiske, niet iedere Arabier heeft een donkere huid, een baard en haar in zijn neus', zei Delfosse geïrriteerd.

'Zo bedoel ik het niet, commissaris. Hij heeft geen typerende gelaatstrekken.'

'Des te beter voor hem.'

Delfosse had zich, met gesloten ogen, de foto's op de identiteitskaart en het bijbehorende document voor de geest gehaald. Zijn jarenlange ervaring in het observeren van mensen had hem nog niet in de steek gelaten. Zijn aanwijzingen waren precies geweest en Rutgeerts had geen honderd vragen moeten stellen.

'Stuur ze maar door naar het bureau, Willy.'

De man haalde een USB-stick uit zijn zak en plugde hem in zijn laptop.

'Hebben we hier een goed bereik?'

Van Sant stelde hem gerust en het lukte Rutgeers meteen om het bestand te mailen.

Annelies wendde zich tot Delfosse.

'Dat was wel het meest dringende, maar we hebben nog meer werk voor de boeg, commissaris.'

Ze haalde een piepklein notitieboekje tevoorschijn.

‘Kunnen we dit onder vier ogen doen?’

‘Van Sant blijft hier, en als je het daar niet mee eens bent, kun je opkrassen’, blafte Delfosse.

Pierijns schrok van zijn uitval. Ze begreep niet wat Van Sant hiermee te maken had, maar drong niet aan.

‘Soit. Kunnen we nu van start gaan?’

18

HET NETWERK DAT COUDRON MET VEEL GEDULD HAD OPGEBOUWD in politieke kringen en in de zakenwereld, was als een kaartenhuisje in elkaar gezakt. Zijn persoonlijke demarche bij de kabinetschef van de koning was uitgelopen op een koude douche. De arrogantie van die rat had hem een slapeloze nacht bezorgd. Zelfs zijn oude logevriend Van Sant had geweigerd zijn invloed te gebruiken. Dat was een bijzonder slecht signaal: het betekende dat hij er alleen voor stond en dat de gebruikelijke arrangementen kwamen te vervallen. De lont bleef branden en de bom lag in zijn schoot. In het slechtst mogelijke scenario zou het erop uitdraaien dat hij als de grootste fraudeur uit de Belgische geschiedenis gestigmatiseerd zou worden. Een miljardenboete en mogelijk een lang verblijf achter de tralies waren in dat geval niet te vermijden. Dat geld te moeten ophoesten vond hij nog het ergste. Hij kon alleen maar hopen dat zijn dure advocaten erin zouden slagen om het tij te doen keren.

Coudron had gezworen om zijn huid duur te verkopen. Hij beschikte over geld en over de middelen om terug te slaan, met een impact die op CNN als breaking news aangekondigd zou worden. Zijn initiële razernij was weggeëbd, maar het plan zou wel doorgaan, tot al het plebs dat schuldig was aan dit debacle gedecimeerd was. De man van het ministerie die de fatale kettingreactie in gang had gezet, stond bovenaan op zijn lijstje. Voor die bloedhond, die zich persoonlijk in het dossier had vastgebeten, had hij een lange en pijnlijke doodstrijd in gedachten, waarvan hij de details nog niet precies kende. Hij mocht niet overhaast te werk gaan, want dat zou de focus op zijn persoon alleen maar verscherpen.

Erwin Ressen, bijgenaamd 'de kolonel', een pezige kerel zonder een grammetje vet, was behoorlijk van streek. Hij verwachtte een telefoontje van Coudron, en het nieuws dat hij hem te melden had, zou niet bepaald in goede aarde vallen. Je kon er geld op verwedden dat de baas een van zijn gevreesde driftbuien zou krijgen. De man kon zich sinds zijn oorlog met de fiscus was begonnen almaar minder goed beheersen. De kolonel kende de details van de aantijging niet, maar hij had wel begrepen dat Coudron een enorme boete zou moeten betalen als de feiten, al was het maar gedeeltelijk, bewezen zouden worden. Niet dat zijn werkgever daar een boterham minder om zou eten, maar hij zou zich nooit kunnen verzoenen met een aderlating van die omvang. Zijn advocaten konden natuurlijk een rits procedurefouten inroepen en op verjaring aansturen, maar die strategie zinde Coudron niet. Hoe was het mogelijk dat één enkele ambtenaar zijn imperium kon doen wankelen? En dat terwijl het ministerie van Financiën, dat werd geleid door een totaal onbekwame figuur, niet bepaald een voorbeeld was van efficiëntie op het gebied van fraude. Niet voor niets werd dit ministerie in bepaalde kringen als het grootste bordeel van het land omschreven.

Erwin Ressen was geheelonthouder. Hij had in zijn jeugd gezien wat een ravage drank kan aanrichten. Zijn drug was cocaïne, een poeder waar hij, als men het zo kan omschrijven, op verstandige wijze mee omging. De komende confrontatie met Coudron smeekte om een lijntje, maar hij kon zich bedwingen. In kleine dosissen scherpte de drug zijn zintuigen aan, maar hij wilde niet het risico lopen dat zijn baas iets abnormaals zou opmerken. Die had zo al genoeg redenen om zich op te winden. Er was iets lelijk mis gegaan met het plan en Erwin was degene die het zou moeten uitleggen. De Arabier was uit de weg geruimd. Lelièvre was de volgende pijnlijke vergissing geweest, een uit de hand gelopen vriendendienst die hij zich nog lang zou heugen. Maar daar was intussen ook mee afgerekend. Vanaf nu kon en wilde hij zich geen enkele fout meer veroorloven. Ressen keek op zijn horloge. Hij moest zich haasten.

'Goeienavond, meneer. Ik veronderstel dat u de nieuwsuitzending hebt bekeken?'

Het begon slecht. Coudron antwoordde niet meteen. Ressen zag hoe de bovenlip van zijn baas begon te trillen. Een teken dat de man opgewonden raakte. De ogen van Coudron schoten vuur. Hij durfde zijn baas niet meer aan te kijken. De moed zonk hem in de schoenen. Hij moest gedurig slikken.

'Uitleg?' prevelde Coudron, nauwelijks hoorbaar.

Ressen staarde naar het verste punt van de kamer.

'Alles is onder controle', probeerde hij.

Alles om een uitbarsting te vermijden.

'Ik vroeg om uitleg', zei Coudron, met een stemgeluid als van een astmalijder.

'Ik geef toe dat ik het ook niet helemaal begrijp, meneer. Wat ik wel weet is dat al-Mughassil een fatale stommiteit heeft begaan.'

Het was zijn favoriete strategie, meteen iemand anders de schuld in de schoenen schuiven om zijn eigen aandeel in de ramp te minimaliseren. De mond van Coudron ging open... Ressen was hem voor.

'Het komt hierop neer. Een of meerdere personen waren op de hoogte van de afspraak in het Centraal Station. Hoe dat komt, is voorlopig een raadsel. Nicole heeft het ticket op tijd en volgens de afgesproken procedure afgeleverd. Zij heeft dat persoonlijk aan mij bevestigd. Ze heeft al-Mughassil niet gezien, want er was afgesproken dat ze meteen weer zou weggaan. Iets voor het uur van de afspraak is er in de ondergrondse parking een man doodgeschoten. Wat later volgde dan de explosie in de kluizenzaal. U hebt de beelden gezien van de cameraploeg die al ter plaatse was om de moord in de parking te verslaan. De boobytrap in de kluis heeft gewerkt: het geld is voor het grootste gedeelte in rook opgegaan, en het document met de instructies is met zekerheid in de vlammen gebleven en verpulverd tot as. Dat zijn de feiten die we kennen.'

Zijn relaas leek wel een getuigenverklaring in de rechtbank. Coudron had de man niet onderbroken, maar intens geluisterd. Hij deed zijn best om zelf een zinnige uitleg te bedenken, een oefening die als extra effect had dat hij aanzienlijk bedaarde. Tot op dit punt kon hij Ressen geen fouten aanwrijven. Meer dan een samenloop van hem onbekende omstandigheden zag hij hier niet in.

'Goed, als dit de feiten zijn, Ressen, dan is het nu tijd voor enige opheldering. Je hebt tijd genoeg gehad om over alles na te denken, dus zul je wel al een of andere theorie ontwikkeld hebben. Maar eerst een vraagje. Is daar geen camerabewaking? Ik kan me niet voorstellen dat die kluizen niet worden bewaakt.'

'Een correcte veronderstelling. Er hangt één enkele camera die de hele rij met kluizen bestrijkt. We hebben het toestel enkele minuten voor de afspraak gesaboteerd door de transmissiekabel los te schroeven. Iemand die vermomd was als arbeider voor Infrabel heeft dat efficiënt en onopgemerkt gedaan...'

'Hmmm, juist.'

Coudron schudde langzaam zijn hoofd, in diep gepeins verzonken.

'Als ik het goed begrijp, heeft iemand dat ticket voor de neus van onze man weggenomen, onmiddellijk nadat Nicole vertrokken is. Dat impliceert dat deze persoon op de hoogte was van de afspraak.'

'Dat is de enige en juiste conclusie, meneer Coudron.'

Zijn baas leek nu helemaal gekalmeerd. In plaats van geroep en getier met bedreigingen te moeten aanhoren, zoals hij verwacht had, voelde hij bij Coudron een grote bereidheid om zelf een analyse te maken. Hij speelde handig het spelletje mee.

'Ik kan me niet inbeelden dat al-Mughassil zijn mond heeft voorbijgepraat. Zo zit die kerel niet in elkaar. Ik denk eerder dat hij op de een of andere manier onvoorzichtig is geweest.'

Ressen gaf hem de pap in de mond.

'Dat is het. Dat moet de verklaring zijn.'

Coudron sprong op.

'Hij heeft de afspraak met plaats en datum ergens opgeschreven en het papiertje ergens laten slingeren. Of er is ingebroken in zijn hotelkamer en de indringer heeft in zijn bagage gesnuffeld. Dat is misschien te achterhalen.'

'Waarom zou een dief geïnteresseerd zijn in het doen en laten van een hotelgast? Zo eenvoudig kan het niet zijn. Dat zou betekenen dat iemand hem al op het spoor was en doelgericht in zijn spullen snuffelde.'

Coudron wees met zijn vinger in de lucht.

'Er is nog een eenvoudige uitleg mogelijk. Waar zou iemand dat soort informatie bewaren? Ik zou zo'n papiertje gewoon in mijn portefeuille stoppen zoals iedereen.'

'Dan heeft iemand die gestolen.'

'Of heeft hij het ding verloren. Dat is dan absolute brute pech.'

'Een verlies met kostelijke gevolgen. We zullen het van je loon moeten afhouden, vrees ik.'

Voor Coudron was het bedrag dat in rook was opgegaan een habbekrats. Zakgeld voor een duur weekend. Het maakte geen verschil. Ressen maakte een snelle berekening.

'Dan krijgt u de laatste afbetaling over tweehonderd jaar. Zo veel geduld zult u wel niet kunnen opbrengen.'

Coudron kon het grapje wel smaken.

'Toch zal iemand moeten opdraaien voor het verlies. Dat begrijp je toch, meneer Ressen.'

'Fahid al-Mughassil is al aan het rotten, meneer Coudron. Spijtig genoeg was zijn doodsstrijd maar van korte duur.'

'*Dommage, dommage*. Daar zal ik het dan mee moeten doen. Wat was ook weer je specialiteit? Met een boor door de knieschijven? Dat had zeker langer geduurd.'

Coudron lachte luid. Hij dacht aan het perverse trekje van Ressen. De kolonel had een lijst van folteringen waaruit zijn slachtoffer kon kiezen. Als de man of vrouw in kwestie niet kon of wilde kiezen, deed Ressen zijn ogen dicht en koos zelf. Zijn vinger gleed dan steevast naar het midden van het blaadje. Het slachtoffer aanhoorde dan met afgrijzen het verdict, en als Ressen daarop de stekker in het stopcontact stak en de boor even in de lucht liet draaien op maximumtoerental, was het slachtoffer in de meeste gevallen al in katzwijm gevallen.

'Waar waren we gebleven? Ja, een verloren of gestolen portefeuille. Ga door.'

'In de veronderstelling dat Fahid al-Mughassil in zijn portefeuille een nota bewaarde van plaats en tijd van de afspraak, mogen we aannemen dat daar bovendien nog andere relevante zaken in zaten, zoals identiteitspapieren met zijn foto, misschien iets dat verwijst naar de nummerplaat van zijn auto... Als hij zijn portefeuille kwijt was, kan het niet anders dan dat Al-Mughassil wel incalculeerde dat iemand de kluis in het oog zou houden als hij het geld kwam halen. De enige manier om erachter te komen wie daar op de loer stond, was aanwezig te zijn op de afspraak.'

Coudron onderbrak hem.

'Hoe kon onze man een verdachte persoon in de massa herkennen?'

'Daar ben ik nog niet uit. In elk geval, Fahid al-Mughassil moet er de juiste man uitgevist hebben. U mag hem niet onderschatten. Hij is... was erg vindingrijk. Mogelijk was de man in de parking degene die hem observeerde? En heeft hij hem geëlimineerd om zijn identiteit te beschermen? Hoe dan ook heeft hij besloten de man in de parking te doden. Of dat een verstandige beslissing was, laat ik in het midden.'

'Hoe vul je het vervolg in? Je hebt er duidelijk goed over nagedacht.'

'Daar word ik voor betaald, niet?'

Ressen voelde zich een stuk beter nu was gebleken dat de storm van Coudrons woede niet hem zou treffen. Voorlopig kon hij op beide oren slapen. Maar met Coudron wist je het nooit. Van psychische aandoeningen wist hij niet veel af, maar Coudron leek de laatste tijd tekenen van schizofrenie te vertonen.

'Ik kan maar tot één besluit komen. Ze waren met z'n tweeën op de afspraak. De man in de parking en een handlanger. Mogelijk heeft al-Mughassil de tweede man gespot, misschien ook niet. Wat er zich in de volgende minuten heeft afgespeeld, is een raadsel. Is onze man achter hem aan naar de ondergrondse parking gelopen? Had hij in hem de persoon herkend die wist van zijn afspraak en die hem kon identificeren? Feit is dat iemand tijdens die cruciale minuten het ticket heeft weggenomen, want toen hij terugkeerde, was dat ticket weg. De kluis is uiteindelijk geopend door een commissaris Goossens. Was hij de handlanger? Of heeft de handlanger hem het ticket toevertrouwd? Er is in elk geval een link met de politie – al was het maar omdat die wel heel snel ter plaatse was. Ik kan het plaatje niet helemaal doen kloppen. Er zijn nog te veel onbekenden.'

Coudron gaf het gesprek een andere richting.

'Een lichtpuntje in de hele affaire is dat de piste van een terroristische aanslag snel is opgegeven. Welke terrorist blaast er nu een fortuin de lucht in? Als alternatief werd er gesuggereerd dat het om een afrekening gaat in de drugsmaffia. Heb je dat gehoord? Tot die conclusie zou ik ook komen.'

'Wat betekent dat de lokale politie de zaak naar zich zal toetrekken. Een hele geruststelling.'

'Niet te vroeg victorie kraaien, Ressen. Je hebt maar één overijverige speurder nodig om de zaak te doen ontploffen. Denk maar aan de affaire-Van Hogendorp, met die bankier. Hou je voelsprieten alert, Ressen, ik wil dat je alles op de voet volgt. Verzamel zo veel mogelijk informatie. Discreet. En geen ingrijpende acties zonder mijn toestemming. Ben ik duidelijk genoeg?'

'Zeker, meneer Coudron. Wat doen we nu?'

'Het plan gaat onverminderd door. Ik laat je iets weten als het geld ter beschikking is. Je zorgt ervoor dat het op de juiste plaats terechtkomt – en let op, Ressen, deze keer geen fouten. Anders stel ik je persoonlijk aansprakelijk. Je hebt zeker wel een idee wat dat betekent, niet?'

Die laatste opmerking van Coudron deed de kolonel knarsetanden. Hij zou nog even in het gareel moeten lopen, al hadden de beledigingen en bedreigingen vanwege Coudron de afgelopen maanden de emmer al tot de rand gevuld. Coudron behandelde hem meer en meer als zijn slaafje en met die situatie kon hij niet veel langer meer leven.

Even nog. Zijn tijd moest nog komen.

19

Delfosse had een half uur nodig om zijn verhaal te doen. Hij vertelde hoe de vork in de steel zat, waarheidsgetrouw en met elk detail dat hij relevant vond. Hij had er geen moeite mee om zijn volle medewerking te verlenen aan het onderzoek. Iets anders zou toch maar ergernis opwekken bij bepaalde personen en hij had er ook niets bij te verliezen. Maar één ding hield hij achter: het papierstrookje met de cijfercode. Dat wilde hij nog even voor zich houden. Hij rekende namelijk op het talent van Eleonore om uit te vissen welke boodschap achter de combinatie verborgen zat. Zodra hij haar even alleen kon spreken, zou hij haar vragen om haar talent op de cijfercombinatie bot te vieren.

Pierijns had als een gek notities zitten maken in haar boekje. Ze wist dat Delfosse zelf geen letter op papier zou zetten. Van Sant was de eerste die reageerde.

'Tjonge, Delfosse, dat het nu juist die vriend van jou moest zijn die de portefeuille vond. Dat is toch een onmogelijk toeval?'

'Onmogelijk bestaat niet in deze wereld, Van Sant, de werkelijkheid is soms vreemder dan de gekste fantasie.'

'Denk je dat de robotfoto iets zal uithalen?'

'Ach, je weet hoe het gaat met robotfoto's. De man zal tegelijkertijd gezien zijn op tien verschillende plaatsen. Weet je dat sommige mensen gewoon bellen uit verveling? Om iets te doen te hebben en even in de belangstelling te komen. Dat soort dingen kost allemaal veel tijd en energie.'

De gsm van de commissaris ging over.

'Ja?'

'Commissaris Delfosse?'

'Ex-commissaris Delfosse. Wie is dat?'

'Matthijsen hier. Stoor ik niet?'

Met een dergelijke vraag moest je bij Delfosse niet aanbellen.

'U stoort.'

'Zal ik later terugbellen?'

'Nee, nee. Waarmee kan ik je van dienst zijn, meneer de onderzoeksrechter?'

'Heel vervelend, dit hele zaakje. Al die heisa in de media. Het zal weken duren voor het stof weer gaat liggen. Ik heb een telefoontje gekregen van de kabinetschef. Je weet wat dit betekent, Delfosse.'

'Dat er een probleem is met de scheiding der machten in België?'

'Die scheiding is een theoretisch gegeven, Delfosse, waarvan alleen de buitenwereld denkt dat ze een feit is. Er komt hoogstens weleens wat loslippigheid voor of er wordt een lekje georkestreerd. U weet hoe het gaat.'

'Nee, ik zou het niet weten...'

'Waar ik u om wil verzoeken, commissaris, is niets minder dan een gunst. De zaak-Van Hogendorp ligt nog vers in het geheugen. Daar bent u wel serieus over de schreef gegaan. Ik ben toen ver gegaan om uw hachje te redden. Het heeft niet veel gescheeld of...'

'Dit weet ik allemaal heel goed, meneer de onderzoeksrechter. Ik heb toch mijn dank betuigd, niet?'

'Dat herinner ik mij niet, Delfosse, op dat punt is het heel stil gebleven. Maar ter zake. Al wat ik vraag is dat u adjunct-commissaris Pierijns bij dit onderzoek alle mogelijke assistentie verleent en geen persoonlijke acties onderneemt die buiten uw bevoegdheden liggen. U bent nu een gewone burger en niets meer. Contact met de media is bijvoorbeeld helemaal uit den boze. Hebben we daar een akkoord over?'

De commissaris, die in zijn loopbaan altijd veel respect had gehad voor de integere onderzoeksrechter, aarzelde slechts een seconde.

'Goed, u kunt op mij rekenen, meneer Matthijsen.'

Delfosse wist dat hij loog.

‘Ik had niet anders verwacht, commissaris. Luister, Pierijns heeft mijn gsm-nummer. U kunt mij dag en nacht bereiken. Mag ik haar even spreken?’

Delfosse wenkte Pierijns en overhandigde haar het toestel.

‘Matthijsen wil je nog even spreken.’

De conversatie was uitermate kort. Pierijns hoefde geen enkel woord te zeggen.

Er werd stevig op de deur geklopt.

‘Binnen?’ riep Van Sant verrast. Zijn gelaatstrekken ontspanden meteen weer toen hij zijn bezoeker herkende.

‘Hé, Bonkers, hoe ben je hier binnengeraakt, man?’

‘Meneer Van Sant, commissaris, mevrouw, ook een goede avond. Is het Open Monumentendag of zo? Iedereen kan hier zo naar binnen en buiten lopen, het kasteel lijkt wel een toeristische attractie. Er is hier werk aan de winkel.’

‘Daarvoor hebben we je gevraagd, Bonkers. Ik apprecieer het dat je zo snel bent gekomen.’

‘Mijn vrienden laat ik nooit in de steek, Van Sant, dat hoort bij het karakter.’

Delfosse was nieuwsgierig.

‘Wat doe je nu zoal, Bonkers? Ik heb gehoord dat je ontslag genomen hebt bij Whitestream. Was de securitybranche niet lucratief genoeg?’

‘Ik heb twee jaar geleden een zaak opgestart. Verkoop en onderhoud van motoren. Dat was al lang een hobby van mij. Maar nu heb ik er veel werk mee. Ik lieg niet als ik zeg dat de zaken goed draaien.’

‘Dat klinkt niet erg spannend, Bonkers. Ben je nu een brave huisvader geworden?’

‘Ik moet toegeven dat ik af en toe wel wat actie mis, commissaris. Daarom ben ik ook hier. En natuurlijk om meneer Van Sant een dienst te bewijzen...’

Pierijns voelde nattigheid. Een ex-veiligheidsman die op goede voet stond met Delfosse, dat was ongezien. Hoe dan ook zat haar taak er hier voorlopig op.

'Ik moet er nu vandoor, commissaris. Kunnen we morgenvroeg even samen zitten? Ik wil graag je suggesties horen voor de aanpak van de zaak. Matthijsen heeft me je volle steun toegezegd.'

De adjunct-commissaris legde de nadruk op 'volle steun'. Het klonk iets te onderdanig. Delfosse merkte de subtiele wisseling in haar stem. Hij wist dat ze niet gelukkig was met de gang van zaken. Bij ieder ander had hij nu wat zout in de wonde gestrooid, maar bij Annelies kon hij dat niet over zijn hart krijgen.

'Goed, meisje, kom maar. Maar niet te vroeg. Ik heb mijn slaap nodig.'

Hij keek naar het subtiele gleufje tussen haar neus en onderlip. Haar fijne lipjes vertrokken af en toe nerveus en ze schudde met een snokkende beweging haar haren uit haar gezicht. Een teken dat ze onder stress stond.

'Luister, je kunt al één ding doen. Ofwel is de dader nog in de stad, wat ik betwijfel, ofwel heeft hij het hazenpad gekozen. Hij had hier een tijdelijke verblijfplaats, waarschijnlijk niet te ver van het station. Bij vrienden of in een hotel. Een locatie met een gemakkelijke vluchtroute. Ga eens na of er ergens iemand onverwacht heeft uitgecheckt of vertokken is zonder te betalen. Zet er al de mannetjes op die je ter beschikking hebt. De eerste uren zijn van cruciaal belang.'

Annelies Pierijns knikte instemmend. Het was niet het moment om Delfosse voor de voeten lopen. Zijn voorstel was een goede start. Alleen had ze al een beetje ervaring met hotelpersoneel: mensen achter receptiebalies waren niet erg spraakzaam en de verplichte registratie van hotelgasten was vaak een lachertje.

'Ik wil wel op de hoogte gehouden worden. Van elk detail. Is dat afgesproken, Pierijns?'

De adjunct-commissaris keek Delfosse recht in de ogen maar zei niets.

'Tot morgen dan. Nog een goede avond iedereen.'
Van Sant veerde op.
'Blijft u rustig zitten, mijnheer Van Sant. Ik vind de weg wel terug.'

20

De robotfoto verscheen nog dezelfde avond op de lokale televisiezenders. Onderzoeksrechter Matthijsen had enkele slapende honden wakker gemaakt om de foto zo snel mogelijk in de nieuwsuitzendingen te krijgen. Het was hem, zoals gewoonlijk, prima gelukt. Twee minuten gebeurde er niets in de inderhaast ingerichte crisiskamer. Toen barstte de hel los. Alle telefoons begonnen tegelijk te rinkelen. Een uur later zag het ernaar uit dat een significant deel van de bevolking de Arabier ergens had gezien. De inspecteurs deden hun best om kalm te blijven, wat maar half lukte. Eén brave burger was zijn huis uitgevlucht en beweerde bij hoog en bij laag dat de gezochte man naast hem woonde. Toen er een paar telefoontjes binnenliepen met verwensingen en weinig verholen bedreigingen aan het adres van de politie, zakte de stemming in het lokaal onder nul. Alle oproepen werden geregistreerd en kregen een nummer met een beoordeling. Het nummer 1 stond voor 'mogelijk', 2 voor 'onwaarschijnlijk' en 3 voor 'te gek om los te lopen'. De derde categorie groeide de volgende uren gestaag aan. Tegen dat de late nieuwsuitzending van start ging, hadden de rechercheurs welgeteld eenenvijftig tips verzameld die enige aandacht verdienden. De zenuwachtige woordvoerder van OCAD, het coördinatieorgaan voor de dreigingsanalyse – wie geeft het kind een dergelijke naam? – die in de uitzending werd geïnterviewd, kreeg het hard te verduren. De media hadden unaniem gekozen voor de theorie van de terroristische aanslag, waarbij het element van het geld in de kluis werd afgedaan als een afleidingsmanoeuvre om de politiediensten op het verkeerde spoor te zetten. De vraag was wat de politie ging doen om de veiligheid van de burger te verzekeren? De arme woordvoerder ging af als een gieter.

Communicatie was in dit land niet de sterkste kant van de openbare diensten.

Op de redacties van de lokale kranten heerste de drukte van de grote dagen. Hun telefoonrekeningen zouden voor die dag een zelden geziene piek vertonen. Het was de laatste weken bijzonder kalm geweest op het nieuwsfront en de aanslag van vandaag was een waar godsgeschenk. Antwerpen, draaischijf van de drugshandel, toneel van malafide praktijken in de diamantsector, broeihaard van uiterst rechts, had er een etiket bij: doelwit voor terroristen. De krantentitels zouden er de volgende morgen niet om liegen. De hoofdredacteuren maakten een voorzichtige schatting van het aantal extra exemplaren dat gedrukt moest worden. De oplage was niet zo groot als op de dag nadat Diana verongelukt was, maar ze kwam aardig in de buurt.

Premier Pieter Decraene had een dubbelzinnig gevoel bij de gebeurtenissen. Een aanslag op een publieke plaats leidt de aandacht af van staatszaken. Anderzijds kon een verkeerde aanpak van de affaire tot een politieke storm leiden. Een situatie die hij kon missen als de pest. Het beste wat hij kon doen, was crisisberaad organiseren, want niets is verstandiger dan zo snel mogelijk de verantwoordelijkheid te verdelen over een aantal ministers. Al zou Binnenlandse Zaken in deze zaak wel in de vuurlinie blijven liggen. De betreffende minister behoorde niet tot zijn partij, dus al te rouwig was hij daar niet om. Misschien deed zich hier zelfs een kans voor om de man voorgoed te elimineren. Hij was, zoals de Engelsen het uitdrukken, *'a pain in the ass'*. Decraene besteedde een vruchtbaar half uur aan de telefoon en vervolgens een kwartier aan het doorsturen van enkele gecodeerde berichten met zijn beveiligde Blackberry.

Maarten de clippelaere (met kleine d en c), federaal procureur des Konings, hield een kristallen glas met een amberkleurige vloeistof tegen het licht. Hij knikte goedkeurend en proefde. Voor elk slokje van deze armagnac had iemand meer dan tien euro betaald. Hij had de prijs van de fles opgezocht op internet om zich ervan te overtuigen dat de milde schenker niet op een euro had gekeken. De naam van het merk was hem volkomen onbekend. Daarna zoog hij zuinig aan een Davidoff. Een sigaar die het bedrag afrondde op een kleine veertig euro. Niet dat Maarten de clippelaere een kenner was op het gebied van drank en sigaren, integendeel. Maar alles wat duur was en fonkelde, oefende een onweerstaanbare aantrekkingskracht uit op de procureur. De alcohol brandde in zijn keel, de ingeademde rook prikkelde zijn longen en veroorzaakte een hoestbui. Hij zuchtte en verschoof het gewicht van zijn honderd kilo naar zijn andere dij. Hij leek wel wat op Maurice Lippens, de oude voorzitter van de Raad van Bestuur van Fortis met de vele onderkinnen, die intussen van zijn voetstuk was gehaald. Niet op dezelfde manier als Saddam Hoessein in Bagdad, want de graaf had nog geen standbeeld gekregen. Misschien had hij wel recht gehad op een buste in de gang van de hoofdzetel, maar daar kon hij nu definitief naar fluiten. Maarten de clippelaere had met hem nog een oude rekening te vereffenen en hij vergat nooit iets. De spaarcenten die hij verloren had in het Fortisdebacle hadden hem op de rand van een depressie gebracht. Hij stamde uit een adellijke Portugese familie met een stamboom die terugging tot 1630 – een genealogisch hoogstandje waar hij maar al te graag in wilde geloven, want de prijs die de deskundige voor zijn opzoekingen had gevraagd, was evenredig geweest aan het aantal eeuwen dat zijn stamboom terugging in de tijd.

De aanslag trok een lelijke streep door zijn plannen. Als er iets was waar de magistraat een hekel aan had, was het dat andere machten al te vaak zijn agenda bepaalden. Hoewel hij niet rechtstreeks betrokken was bij de zaak, behoorde hij tot het groepje vooraanstaanden dat het land in tijden van nood moet redden. De herinnering aan de terreur van de Bende van Nijvel was nog vers. Tot nu toe hadden zijn netwerken goed gefunctioneerd. De eerste beslissing was cruciaal: een algemene informatiestop op alle niveaus. In het belang van het onderzoek konden alle klachten weggewuifd worden. Wat de procureur mateloos irriteerde, was dat er een oudcommissaris bij de zaak betrokken was. Het eerste wat hij morgen zou doen, was het dossier van de man opvragen. Om tien uur had hij een afspraak met de minister van Binnenlandse Zaken voor een discrete ontmoeting op neutraal terrein. Tot dat ogenblik had hij de tijd om zo veel mogelijk informatie te verzamelen. De minister was berucht om zijn dossierkennis. Eerder ongelukkig was de omstandigheid dat uitgerekend Matthijsen het onderzoek in Antwerpen in handen had, een onderzoeksrechter met een reputatie, een hinderlijk cachet van integriteit. Maarten de clippelaere zuchtte. Dat die mentaliteit vandaag nog stand hield! Zo kan geen enkel systeem werken.

21

Het diner op kasteel Lissekerke werd een gedenkwaardige gebeurtenis. Van Sant had de keukenstaf opdracht gegeven om af te wijken van het geplande menu en rekening te houden met de aanwezigheid van Delfosse. In feite had hij geen keuze. De commissaris zou immers al wat hij niet lustte of niet herkende heen en weer schuiven over zijn bord om de indruk te geven dat hij iets gegeten had, maar zou geen hap over zijn lippen laten komen.

Voor het zover was, werd Delfosse nog eens herinnerd aan zijn tafeletiquette.

'Netjes eten, niet prakken en smakken of alles door elkaar mengen. Met je mond dicht eten. En maak alsjeblieft geen opmerkingen over het eten. Hoor je mij, Delfosse?'

Het leverde Eleonore een kwade blik op van haar echtgenoot. Ze had veel tijd besteed aan haar kleren en opmaak en ze was best tevreden met haar spiegelbeeld. Ze droeg een nauw aansluitende, lange zwarte jurk met hoge zijsplitten, die ze pas op het laatste moment, in een opwelling, in de koffer had gelegd. Haar lange zwarte haar droeg ze los, aan één kant over haar schouder. Delfosse droeg een kostuum dat tien jaar geleden al uit de mode was, een wit hemd met een gele schijn en geen das. Het was het enige hemd dat niet in zijn nek schuurde en hij had Eleonore verboden om het kledingstuk weg te gooien. Het verschil tussen man en vrouw was zo opvallend dat Van Sant even met de ogen knipperde toen ze de eetzaal binnentraden. Hij kon niet nalaten een blik te werpen op haar hoog ingeplante borsten. Wat een indruk maakte deze vrouw! Hij vergeleek onwillekeurig de eenvoud en finesse van haar keuze met de protserige haute-couturegedrochten die Marie-José droeg.

Delfosse van zijn kant leek op een arme, eenzame drommel die met Kerstmis wordt uitgenodigd bij een gastvrije familie.

Delfosse liep recht naar de tafel en maakte aanstalten om aan het hoofd van de tafel te gaan zitten.

'Het is de gewoonte dat de gastheer je plaats aanwijst.'

'Maar ik zit hier altijd', protesteerde Delfosse.

Eleonore sloot de ogen en ademde diep. Dit etentje had vast nog enkele genante episodes in petto.

'Zit jij hier, Eleonore?'

Van Sant schoof galant de stoel naar achteren. Zij bedankte met een knikje.

'Wat schaft de pot?' vroeg Delfosse en wreef zich in de handen.

'We hebben het menu een beetje aangepast aan jouw smaak, Eddie. Ik hoop dat je het apprecieert.'

Van Sant keerde zich naar Dio, die de eetkamer binnenkwam.

'Is Laure niet opgedaagd?'

'Nog niet gezien, maar ze heeft niet afgezegd voor het diner.'

'Nog altijd de rebel in huis, Victor? Is ze haar wilde haren nog niet kwijt?'

'Nog altijd niet, commissaris. In feite heb ik het opgegeven. De vaderlijke macht is op haar grenzen gestoten.'

Hij keek Eleonore in de ogen.

'Ik heb begrepen dat jullie geen kinderen hebben?'

'Delfosse vond zijn genen ongeschikt om door te geven, Victor. Ik denk dat hij gelijk had.'

Eleonore liet het grappig klinken, maar het was een van de tegenslagen in haar leven. Het was een afgesloten hoofdstuk en ze wilde er liefst niet aan herinnerd worden. Delfosse keek naar zijn bord. Het was Dio die het pijnlijke moment doorbrak.

'Het menu voor vanavond, dame en heren. Eerst hebben we een cocktail van zeevruchten. Het hoofdgerecht is gebraad met groentekrans en kroketjes gevolgd door chocolademousse in twee kleuren. We presenteren als wijnen een meursault en een saint-julien.'

Delfosse ging rechtop zitten.

'Kermiseten! Heerlijk zeg!'

'We hebben speciaal aan jou gedacht, commissaris. Ik zie dat de keuze in je smaak valt. Ik hoop dat het voor Eleonore geen ontgoocheling is. Er komt voor haar nog ruim de gelegenheid om de kwaliteit van de keuken te testen.'

Van Sant gaf de dame tegenover hem een nauwelijks merkbaar knipoogje.

'Van welk jaar is de saint-julien?'

Van Sant schoot in een lach.

'Delfosse, je maakt je hopeloos belachelijk.'

Dio hoefde het etiket niet eens te bekijken.

'De saint-julien is van 1996, commissaris, een schitterend wijnjaar.'

Parels voor de zwijnen, dacht hij bij zichzelf.

Toen de cocktail van zeevruchten werd geserveerd in wijde kristallen glazen, negeerde Delfosse het lepeltje in het sauskommetje en schepte met zijn mes een flinke portie cocktailsaus in zijn glas. Toen begon hij alles met mes en vork in stukjes te snijden en te mengen. De stukjes die op het bord vielen, schepte hij terug in het glas. Van Sant merkte dat Eleonore een kleur kreeg.

'Buitenste mes en vork, man.'

Delfosse legde zijn vork en het mes naast zijn bord en nam het voorgeschreven bestek.

'Die kleine dingen zijn onhandig, enkel geschikt voor iemand met Japanse vingertjes', verdedigde de commissaris zich.

'Een broodje, meneer?'

Dio hield een schaal met een assortiment broodjes onder zijn neus. Eleonore wist precies wat er zou gebeuren: haar man zou met zijn stukje brood de laatste restjes uit zijn glas schrapen. Er bleef haar niets anders over dan de aandacht af te leiden.

'Vertel mij eens iets over het kasteel, Victor, ik ben erg onder de indruk.'

Van Sant liet de gelegenheid niet voorbijgaan. Het volgende kwartier verhaalde hij de bewogen geschiedenis van het kasteel, en gaf hij een kunsthistorische beschrijving van het gebouw.

'Je moet zeker de kelderruimte bezoeken. Ik heb daar een privémuseum ingericht met een verzameling kunstvoorwerpen uit de oudheid. Interessante objecten, stuk voor stuk meer dan tweeduizend jaar oud. Dat is al mijn hele leven een hobby van mij.'

'Heel graag, Victor, ik kijk er al naar uit.'

Ze meende het. Van Sant glunderde. Waarom zat deze dame, die klasse uitstraalde, opgezadeld met een eigenzinnige, oubollige politieman?

'Waar haal je de stukken voor je collectie, Victor? Ga je zelf op pad? Veilingen misschien?'

'Daarvoor ontbreekt mij de tijd, spijtig genoeg. Ik heb iemand in vaste dienst die de wereld rondreist op zoek naar geschikte objecten. Op dit moment zit hij in China. Een heel geschikte kerel, Tony, sluw en vindingrijk. Je moet weten dat er soms wel wat creativiteit voor nodig is om een en ander over de grens te krijgen.'

Delfosse reageerde alsof een wesp hem had gestoken.

'Te smokkelen, bedoel je, Van Sant? Illegale handel in antiquiteiten... pure diefstal. Daar staan zware boetes op.'

'Ach, Eddie, ik zie het anders. Hier worden ze in perfecte omstandigheden bewaard en bestudeerd. Na mijn dood gaat alles terug naar het land van herkomst, dat is geregeld bij testament. Intussen wil ik van mijn collectie genieten. Gun een oude man ook wat.'

'Ik hou mijn mond al. Ik wil een oude man zijn speelgoed niet afnemen', antwoordde Delfosse inschikkelijk.

'Ben je in kunst geïnteresseerd, Eleonore? Muziek, schilderkunst, iets anders? Je echtgenoot heeft aangegeven dat het allemaal niet aan hem besteed is.'

'Mijn echtgenoot is een barbaar wat kunst betreft, Victor. Hij heeft nog nooit in zijn leven een voet in een museum gezet, laat staan een concert bijgewoond. Hij kijkt liever naar krimi's op de tv, waar hij dan de hele avond opgewonden commentaar op geeft.'

'Allemaal snobs en opgeblazen ego's. Een paar lijntjes en vlakjes verven op een doek, dat kan een klein kind. En al die zogenaamde artiesten zitten aan de drugs.'

Eleonore reageerde niet op het commentaar van Delfosse.

'Ik heb een paar vriendinnen met wie ik af en toe op stap ga. Gelijkgestemde zielen.'

De belediging ontging Delfosse helemaal. Hij was te druk bezig met wat op zijn bord lag. Hij dronk zijn glas in een grote teug leeg.

'Is er nog wijn? Ik wil ook graag nog een stukje gebraad.'

Van Sant wenkte Dio, die zich discreet op de achtergrond beschikbaar had gehouden. Delfosse bediende zich alsof hij nog aan de maaltijd moest beginnen.

'Ook nog wat groentjes, commissaris?'

'En nog een paar kroketjes, Dio. Ik heb een reuzeappetijt vanavond. Weet je, de Vikings hadden een interessante eetgewoonte. Als iemand zijn bord helemaal leegat, was dat het teken dat de gast een tweede keer bediend wilde worden. Liet hij iets liggen, dan was hij verzadigd. Er valt iets voor te zeggen.'

'Je hebt gemorst, Hagar. Een sausvlek, op je hemd.'

'Waar?'

Delfosse nam zijn servet en veegde de sausdruppel uit tot een brede veeg. Toen hij de punt van het doekje in zijn onaangeroerde glas water dopte om zo zijn hemd schoon te wrijven, stond Eleonore op en excuseerde zich.

'Neem me niet kwalijk, Victor, ik heb wat frisse lucht nodig. Blijf rustig zitten.'

Dio en Van Sant wisselden een blik van verstandhouding uit. De butler trok zijn wenkbrauwen op. Delfosse at rustig verder.

Toen Eleonore vol plaatsvervangende schaamte de eetkamer wilde verlaten, botste ze op Laure. Van Sant stond op en verzorgde de introducties.

'Eleonore, dit is mijn dochter. Die weer eens alle regels van de beleefdheid aan haar laars heeft gelapt. Laure, mevrouw is de echtgenote van commissaris Delfosse.'

Laure gaf Eleonore een slap handje en bekeek haar ongegeneerd van kop tot teen. De vrouw van de commissaris spiegelde de handeling. De dochter van Van Sant droeg een strakke Dieseljeans en een nauw aansluitend topje in fel rood. Aan haar priemende tepels was te zien dat ze geen bh droeg. Ze liep op de tafel toe.

'Delfosse, wat een leuke verrassing. Ik wist echt niet dat je op bezoek was. Kom, laat mij je een zoen geven.'

De commissaris bleef zitten en tuitte zijn lippen. Laure zag etensresten in zijn mondhoeken zitten en gaf hem een kus op de wang. Ze wist zich net op tijd in te houden, anders was ze even op zijn schoot gaan zitten.

'Dat is lang geleden, zeg. En je hebt je vrouw meegebracht. Mooie madame. Straks moeten we nog toegeven dat je smaak hebt. Wat vrouwen betreft.'

'Je bent net op tijd voor het dessert, schuif even mee aan tafel. Het zal de commissaris plezier doen.'

Het was geen vrijblijvend verzoekje van de gastheer, want de toon waarop hij het zei, was allesbehalve vriendelijk.

'Dank je, papa. Ik heb al iets gegeten in de stad. Je weet dat ik geen zoetigheden eet. Slecht voor de billen.'

Laure stond op en bewoog haar bekken in een cirkel. Iedereen staarde naar de jeans die strak om haar slanke heupen spande.

'Nog altijd dezelfde, hé', grinnikte Delfosse.

'Nog altijd dezelfde en nog altijd niet getrouwd, commissaris. Voor de vader wordt dat stilaan een triestige zaak.'

'Leugenaar', zei Laure met een grimas. 'Je bent maar al te blij dat ik rondhang op het kasteel. Het heeft hier nu al wat weg van een klooster.'

Laure gaf Eleonore een vet knipoogje. De kasteeldochter was vijf minuten in de eetkamer en de vrouw van de commissaris wist al wat voor vlees ze in de kuip had.

Van Sant leefde al jaren gescheiden van zijn vrouw, Marie-José Millecamps, volgens haar echtgenoot een hautaine Brusselse bourgeoise die het hele jaar door in de Carlton in Cannes verbleef. Delfosse had Eleonore niet veel verteld over moeder en dochter. Eleonore wist alleen dat Laure een beeldschone, losbandige jonge vrouw was, de oogappel én het verdriet van haar vader. Ze wist dat Laure twee jaar geleden ontvoerd was en dat er een enorm losgeld voor haar was geëist. Een luguber detail was dat de kidnapper behalve geld ook een stuk vlees had geëist. Dertien kilogram vlees, gesneden uit het lichaam van Van Sant, wat neerkwam op het gewicht van een mensenbeen. De opdrachtgever, Van Hogendorp, was ooit een logevriend van Van Sant geweest, een schatrijke zakenman. Van Sant had hem op sluwe wijze en gebruikmakend van voorkennis een miljard euro afhandig gemaakt. Sindsdien stond er een prijs op het hoofd van Van Sant. Van Hogendorp had een huurmoordenaar op hem afgestuurd. De aanslag, in een drukke winkelstraat op klaarlichte dag, was door stom toeval mislukt, maar had wel een onschuldige omstander het leven gekost. Enkele dagen later had Van Sant een brief ontvangen met de eisen van de kidnapper van zijn dochter...

Adriaan Van Tichelt, een jonge advocaat die sinds zijn late tienerjaren de beschermeling was van Van Sant, was met het briljante idee op de proppen gekomen om een beroep te doen op Delfosse. Om duistere redenen was de politieman van hogerhand het onderzoek uit handen genomen naar de mislukte aanslag op Van Sant. Dat was ongemeen hard aangekomen en de commissaris zag de vraag van Van Tichelt en Van Sant als dé gelegenheid om wraak te nemen op het establishment dat hij zo verachtte. Na een week van intens speurwerk hadden ze de schuilplaats van Laure ontdekt. Met de hulp van Bonkers was het meisje op spectaculaire wijze bevrijd. Lichamelijk ongedeerd en zonder veel psychische schade. De familie Van Sant bestond uit taaie individuen.

Het verhaal kende een onwaarschijnlijk slot, waarbij Van Hogendorp, diens persoonlijke lijfwacht en de sluipschutter brutaal aan hun einde kwamen. De details waren nooit in de openbaarheid gekomen en het had Van Sant veel moeite en geld gekost om de hele affaire in de doofpot te houden. Voor zijn aandeel had Delfosse een veelvoud van zijn spaargeld ontvangen. Dat was overigens een van de redenen waardom hij het korps vroegtijdig de rug had toegekeerd. Sindsdien werd Delfosse op kasteel Lissekerke als familie beschouwd. Bonkers was er even goed bij gevaren. De veiligheidsagent had met de riante premie een zaak in motoren opgestart, een oude jongensdroom. Alleen bleek zijn vrouw een gat in haar hand te hebben en slaagde Bonkers er telkens maar nipt in om de facturen van zijn zaak op tijd te betalen. Een extraatje was bij hem altijd bijzonder welkom.

Laure was nieuwsgierig, want ook zij had Delfosse de afgelopen twee jaar niet meer gezien of gehoord.

'Vanwaar het genoegen, commissaris? Ik wist niets af van je bezoek. Anders was ik wel wat vroeger opgedaagd.'

'Een lang verhaal, Laure. Ik heb het vandaag al eens verteld. Zal ik het je morgen allemaal uitleggen? Ik heb misschien wel een karweitje voor jou.'

'Oh, wat spannend. Ik kan best een beetje afleiding gebruiken. Ik verveel me hier steendood.'

Van Sant fronste zijn wenkbrauwen.

'Eddie, het lijkt mij geen goed idee om Laure hierbij te betrekken. Je hebt zelf gezegd dat het om gevaarlijke gangsters gaat.'

Laure rook avontuur. Ze stond op, ging op de schoot van haar vader zitten en sloeg haar armen om zijn nek.

'Papa, ik kan mijn mannetje staan. Dat weet je toch?'

Van Sant wist al dat hij bakzeil zou halen. Vaderlijk protest had geen zin.

'Ik wil dan wel op elk moment weten waar je bent, Laure, en je gaat nooit alleen op pad. Begrepen?'

Laure knikte heftig. Delfosse keek naar Eleonore. Ze zat kaarsrecht op haar stoel naar de verste uithoek van de eetkamer te staren. Er was storm op komst.

22

De kathedraal van Sint-Michiel en Goedele in Brussel dateert uit de dertiende eeuw. Ze ligt op een heuvel midden in de stad. Dankzij talrijke restauraties heeft de gotische kerk haar oude glans teruggekregen. Dit is het decor waarin elk jaar op 15 november het Te Deum gevierd wordt. Iedereen die naam en rang heeft in België is elk jaar op post. Leden van de koninklijke familie, voorzitters van Kamer en Senaat, de premier en de leden van zijn kernkabinet. Magistraten, militairen, captains of industry, vertegenwoordigers van andere godsdiensten: ze zijn er allemaal. Alleen of met hun partner. De mannen uitgedost in hun beste uniform of kostuum, de vrouwen in discrete outfits die bij de gelegenheid passen. De best geklede hoogwaardigheidsbekleder is de kardinaal die de dienst voorgaat. Hij geeft telkens een flauwe preek om de beleidsmensen op de dringende problemen in het land te wijzen. Alleen de evangelische deugden kunnen het land redden van de decadentie... De plechtigheid komt telkens uitgebreid aan bod op televisie. Drie gerenommeerde bloemisten krijgen de opdracht de kerk te versieren, met indrukwekkende bloemstukken en ontelbare witte rozen. Ze doen het gratis, want het is een eer om de kathedraal voor het Te Deum te mogen versieren.

Op een vrijdagnamiddag in mei bezocht een kleine groep Engelse toeristen de kerk onder leiding van een luid pratende en gesticulerende gids. Het waren blijkbaar vijf getrouwde koppels. Aan de ernst te zien waarmee ze aan de lippen van de gids hingen, waren het fanatieke kerkbezoekers. Albert Verbiest glunderde. Niets aangenamer dan een aandachtig publiek voor zijn kennis en weetjes. Helemaal anders dan de busladingen met jong, Hollands tuig dat alles deed behalve luisteren. Het was onbegonnen werk om de aandacht vast te houden van die joelende schoolbendes. Hun begeleiders waren al even erg en deden of hun neus bloedde. Albert had gezworen dat hij nooit meer met Hollandse groepen, jong of oud, op stap zou gaan. Dan nog liever Japanners, die niets begrepen en overdadig 'ja' knikten.

Het was bijna sluitingstijd. De koster, een graatmagere man met een kromme rug, hield het groepje nauwlettend in de gaten. Hij was helemaal in het zwart gekleed en er stonden nog slechts een paar verwaaide bosjes grijs haar op zijn gele, gerimpelde kop. Hij kon de broer zijn van de klokkenluider van de Notre-Dame, maar dan zonder bult. Hij kende Verbiest en wist dat deze verwaande wijsneus van een gids zich nogal eens liet meeslepen in zijn betoog. Dat hierdoor meer dan eens het sluitingsuur werd overschreden, wekte bij de oude kerkdienaar hevige ergernis op. De koster deed dan verwoede pogingen om van een afstand de aandacht van de gids te trekken – zonder te gaan roepen, natuurlijk. Maar tevergeefs, Albert Verbiest negeerde het donkere mannetje bij de deur volkomen.

Niemand besteedde aandacht aan de man die een paar meter achter het groepje toeristen aan drentelde. Hij wilde bij de groep niet de indruk wekken dat hij gratis meeluisterde – wat ook niet kon, want de man sprak uitsluitend Frans – maar hoopte wel dat buitenstaanders zouden denken dat hij bij de groep hoorde. De eenzame toerist was struis gebouwd en sportief gekleed. Hij droeg een kleine tas in zijn linkerhand. Toen de groep voorbij de kansel wandelde, stapte hij resoluut op de koster af. De volgende conversatie verliep in het Frans, de moedertaal van de koster.

'U bent toevallig niet de koster van deze mooie kerk?'

De aangesprokene bekeek de man met enige argwaan. Er hadden al meer ongure figuren zijn pad gekruist, indringers met slechte bedoelingen. Deze bezoeker leek niet in het minst op iemand die rechtmatige interesse had voor religieuze gebouwen.

'Kathedraal', verbeterde de koster koeltjes. 'Voor begeleiding moet u zich wenden tot een beëdigde gids. Archeologische vondsten één euro, romaanse crypte tweeënhalf en de kerkschat één euro. Combiticket drie euro. We sluiten om achttien uur. Stipt.'

De koster ratelde zijn zinnen af en keek op zijn horloge. De struise man, die Frans sprak met een zuiders accent, haalde zijn rechterhand uit de zak van zijn jasje zodat de koster kon zien dat hij daarin een opgerold biljet van honderd euro klaarhield.

'Ik zoek een speciale inlichting.'

De bezoeker opende zijn handpalm en toonde het geld. De koster kwam een stapje dichterbij.

'Een speciale inlichting. Wat wil dat zeggen?'

'Ik ben op zoek naar een decor voor een speelfilm. Er spelen zich enkele cruciale scènes af in een kathedraal. Tijdens het Te Deum. Dat gebeurt hier toch elk jaar? Op 15 november als ik mij niet vergis?'

De koster keek niet zonder gretigheid naar het geld en dan naar de man. Het loon van een koster was niet bepaald riant.

'Daar kan ik niet over beslissen. Daarvoor moet u bij de deken zijn.'

De man besloot een gokje te wagen. Hij stak de koster het opgerolde biljet toe.

'U kunt mij nog met iets anders helpen.'

De koster graaide naar het biljet. Met een snelheid waar een zakkenroller alleen van kan dromen verdween het in de zak van zijn jas. Aan de overzijde stond de gids uitleg te geven over een beeld van de apostel Petrus met de twee sleutels.

'Ja?'

'Is de koninklijke familie voltallig aanwezig tijdens de dienst?'

'De koning is in principe nooit aanwezig op zijn eigen viering. Hij en de koningin komen alleen bij speciale gelegenheden, tijdens een jubileumjaar bijvoorbeeld. De koningin-weduwe en de kinderen van de vorst zijn er allemaal. De kleinkinderen blijven wijselijk thuis. Anders zou het hier in geen tijd op een kleuterklas lijken.'

'Wie wordt er zoal uitgenodigd?'

'Iedereen met naam en faam in het land. Het is een grote eer om uitgenodigd te worden.'

De man wist verdomd goed wie de gezagsdragers waren die op die dag het decor uitmaakten. Hij had de foto's op internet en de krantenverslagen zorgvuldig bekeken.

'Die zitten toch niet op die gewone kerkstoelen', vroeg de man langs zijn neus weg.

'Nee, natuurlijk niet!' De koster leek verontwaardigd over zo veel naïviteit.

'We bewaren een aantal mooie stoelen voor de plechtigheid. Met rood fluwelen kussens. Het protocol eist dat de familie een beetje afgescheiden zit van hun onderdanen. We leggen een rood tapijt onder hun stoelen. Hunne hoogheden netjes op een rij, links, de premier en zijn viceministers rechts en de voorzitters van Kamer en Senaat nemen ook plaats op de eerste rij.'

'Voor de omkadering van de dienst spreken jullie zeker een firma aan of zo?' viste de bezoeker.

'Nee, nee, al het materiaal hebben we in huis. Vroeger deden we dat wel, maar de kosten liepen op en de deken is iemand die elke frank, euh euro, omdraait. Veel van de diensten worden gratis geleverd, voor de eer.'

Dit laatste feit scheen behalve voordelen voor de koster ook nadelen te hebben, want hij zuchtte diep.

'Plaats genoeg hier. Heeft een kathedraal eigenlijk kelders?'

'Geen kelders, maar cryptes. Enkele zijn gerestaureerd. De romaanse crypte kunt u bezoeken. De overige ruimtes worden als opslagplaats gebruikt. Onder andere voor de stoelen.'

De gulle toerist wist voldoende.

'Hartelijk dank voor de informatie. Het adres van de deken vind ik vast wel op internet?'

Voor honderd euro kon er nog wat extra informatie af.

'Vraag maar naar Marie-Jeanne, de secretaresse. Als iemand iets in beweging krijgt, is zij het wel.'

'Nogmaals dank. Ik heb al misbruik gemaakt van uw kostbare tijd.'

De geïnteresseerde bezoeker nam afscheid en begaf zich naar de uitgang, waarbij hij bedachtzaam achteruitstapte, met de blik strak gericht op het schip van het gebouw, als was hij zich alvast een achterwaartse pan van de camera aan het voorstellen. De koster gromde iets binnensmonds toen hij de groep toeristen onder leiding van Albert Verbiest aanstalten zag maken om de kathedraal te verlaten. Het was vijf minuten over zes. Hij nam zich voor de gids grondig de les te lezen bij diens eerstvolgende overtreding.

23

De eenzame laatste bezoeker stapte rustig ruggelings naar de uitgang. Toen hij de koster even zag verdwijnen door een deur naast het altaar, liep hij op een drafje naar de biechtstoel in de rechterzijbeuk, schoof het rode gordijntje opzij en nam plaats op de bank. De man trok zijn benen op, sloot zijn ogen en luisterde gespannen. Hij hoorde het geluid van een rammelende bos sleutels, voetstappen die naderden en zich verwijderden. Even later weergalmde het geluid van metaal op metaal door de ruimte, de voordeur die in het slot viel. Hij verliet in een wip de biechtstoel en verschool zich achter een van de reusachtige pilaren van de hoofdbeuk. Het was nu doodstil in de kathedraal. De toegangsdeur filterde de geluiden van de stad. Boven de gedempte achtergrondgeluiden uit, klonken de voetstappen van de koster nu even luid als de hakken van een flamencodanseres op een houten vloer.

Toen de koster een meter of twee voorbij de dichtstbijzijnde pilaar liep, sloop de man geruisloos achter hem aan en riep luid:

'Stop! Ik heb een wapen.'

De koster bleef als versteend staan. De sleutelbos kletterde tegen de vloer.

'Niet omdraaien.'

De man bleef star voor zich uit kijken.

'Handen op het hoofd.'

De koster gehoorzaamde. Zijn ademhaling ging nu met horten en stoten. De man hield zijn revolver in de aanslag terwijl hij zich bukte en de ring met sleutels opraapte. Hij zag hoe de koster een kramp kreeg in zijn linkerbeen, waardoor zijn voet in een vreemde hoek kwam te staan. De belager tikte de colt 0,38 met geluidsdemper hard tegen het achterhoofd van de koster.

'Je blijft in leven als je precies doet wat ik zeg. Is dat duidelijk?'

De koster knikte bijna onmerkbaar.

'Naar de cryptes. Nu. Langzaam. Is er nog iemand beneden?'

De koster schudde het hoofd.

'Een leugen of een verkeerde beweging – het resultaat is hetzelfde.'

De revolver drukte nu pijnlijk in zijn nierstreek.

De koster was niet in staat om te zweten. Een zeldzame aandoening die hij sinds zijn puberteitsjaren meedroeg. Het gevolg was dat zijn lichaamstemperatuur snel kon oplopen. Hij had nu al een vuurrode kop. Het was zijn belager opgevallen.

'Je gaat het toch niet in je broek doen, hé. Dat kunnen we niet hebben. Niet in het huis van God.'

De koster reageerde niet en hinkte naar een deur die op een kier stond. Boven aan de trap bleef hij staan.

'Mag ik mijn jas uittrekken? Ik krijg het te warm. Ik heb een ziekte. Ik kan in coma raken.'

Het was meer prevelen dan spreken dat hij deed. De koster durfde zijn belager niet aan te kijken en bleef naar de vloer staren.

'Gooi de jas maar op de vloer. We zouden niet willen dat je iets ergs overkomt.'

De overvaller sprak de zin uit alsof hij het meende. Dat zou pas een meevaller zijn, dacht hij. De koster die hier doodviel zonder dat hij een vinger hoefde uit te steken. Een mooi verhaal. Hij zou alleen niet weten aan wie hij het zou kunnen navertellen.

'Het licht!'

De koster had moeite om zich uit zijn jas te wurmen. Hij liet hem op de vloer glijden en opende een aantal knoopjes van zijn hemd. Zo kreeg hij wat ademruimte. Hij drukte op de lichtschakelaar en daalde de trap af. In de gang beneden was het kil, niet meer dan twaalf graden, zomer en winter – een uitstekende plaats om wijn te bewaren. In tegenstelling tot de rijkelijk geornamenteerde architectonische elementen in de kathedraal, waren de toegangen tot de cryptes sober uitgevoerd. De deur van de romaanse crypte stond open. Een tweede deur, verderop in de gang, was gesloten. De koster hield halt voor deze deur. Hij waagde het niet om te kijken, maar hij verplaatste zijn lichaamsgewicht naar zijn goede been en hield zijn sleutelbos in het licht.

'Waarop wacht je? Openmaken en vlug wat', klonk het bars.

De stem galmde brutaal door de gang. De koster zocht naar de juiste sleutel. De sleutels waren allemaal solide, ouderwetse exemplaren, sinds jaar en dag in gebruik. Het gerinkel deed denken aan een cipier die in een kerker de gevangene voor zijn martelbeurt komt ophalen. De koster draaide de sleutel in het slot, opende de deur en zette een stap opzij. De crypte was in duisternis gehuld.

'Licht.'

De man porde zijn slachtoffer hard met zijn revolver tussen de ribben. De koster verbeet de pijn. Hij ging naar binnen en klikte de schakelaar om. Het licht was ongemeen fel, zodat beide mannen met de ogen knipperden. De hele ruimte was volgestapeld met attributen voor religieuze evenementen. De stoelen, met felrode zitjes en handsteunen, stonden vooraan op een rij. Niet gestapeld, maar netjes naast elkaar. Achteraan stonden slordig opgerolde rode lopers tegen elkaar aangeleund.

'Tegen de muur.'

De koster verzette zich niet toen hij de handen van zijn belager om zijn hals voelde. De bloedtoevoer naar zijn hersenen stopte abrupt. Het daagde hem dat hij het einde van deze dag niet meer zou meemaken. Het ging gelukkig heel snel. Het licht in zijn ogen vervaagde en hij omarmde de duisternis als een barmhartige gift.

De indringer loste zijn greep en liet de bewusteloze man langzaam op de vloer zakken. Het trucje om iemand op die manier uit te schakelen zonder sporen achter te laten, had hij lang geleden geleerd. Hij was intussen een expert in de techniek.

De indringer haalde de sleutel uit het slot, sloot de deur, stak de sleutel in het slot en draaide de sleutel om. Het slot was blijkbaar recent geolied, want veel kracht hoefde hij niet uit te oefenen. Hij knielde naast het bewegingloze lichaam neer en haalde latex handschoentjes en vier in plastic verpakte cartridges uit zijn tas. Op de groene stickers stond in grote letters: 'Insulin Initard Human 100 IU-25' en in een kleinere lettergrootte in het rood: FOR CLINICAL USE ONLY. Uit een etui haalde hij een injectiespuit met een naald in steriele verpakking. De man gebruikte een schaartje om de buisjes met insuline uit de verpakking te halen. Hij plaatste de naald op de spuit en stak ze met grote omzichtigheid door het rubberen dopje. De man hield de naald en het buisje met medicatie op ooghoogte. De heldere vloeistof werd in een schuimwolkje opgezogen. De operatie werd twee keer herhaald. Toen de spuit helemaal gevuld was, verwijderde hij als een volleerd medicus de luchtbel uit de spuit. De verloren druppels ving hij op in een papieren zakdoekje.

Daarop volgde een minder aangename fase. Hij maakte de broeksriem van de koster los en stroopte diens broek tot op de hielen af. Daarna volgde de slip. In de slip zat een streep bruine smeer en de man voelde pure walging. De kerkdienaar werd met een ruwe snok op zijn rug gedraaid. Zijn belager trok twee witte latex handschoentjes over zijn handen en polsen en bewoog zijn vingers tot ze goed zaten. Hij duwde de magere, sterk behaarde billen van de koster uit elkaar. Met twee vingers strekte hij de aars wijd en toen stak hij de naald een paar centimeters in de opening. Onder een kleine hoek spoot hij in een vlotte beweging de spuit leeg. Het was zeer onwaarschijnlijk dat wetsdokters die injectieplaats zouden detecteren. Tenzij er andere aanwijzingen waren voor een verdacht overlijden. Om de dodelijke dosis te bereiken, moest de spuit opnieuw gevuld worden. Na de tweede injectie zou de bloedspiegel dalen tot onder 10 mg/dl, een fatale concentratie. De moordenaar kende de cijfers uit het hoofd. Het lage lichaamsgewicht van de koster bood extra zekerheid. De reacties op een overdosis kende de man niet meer allemaal uit het hoofd, maar de beschreven symptomen waren stuk voor stuk onheilspellend.

De moordenaar stond op, plooide de naald voorzichtig 180 graden en stak ze met de lege verpakking in een plastic zakje. Daarna bukte hij zich om de bewusteloze man om te draaien en diens slip en broek op te trekken. Hij bleef op zijn hurken zitten wachten op het levenseinde van de koster.

Als het lijk lang genoeg onopgemerkt bleef, verdwenen de sporen insuline uit het lichaam. Er wachtte de wetsdokter dan een bijzonder moeilijke klus om de doodsoorzaak vast te stellen. Er was een uitgebreide en tijdrovende autopsie voor nodig om het punt van injectie te ontdekken, en daartoe zou alleen worden overgegaan in geval van een verdacht overlijden. Maar wie zou hier iets verdachts in zien? Naar alle waarschijnlijkheid zou de dokter het in zijn rapport op een hartstilstand houden.

Na minder dan een kwartier begon het lichaam van de koster spasmen te vertonen. Het geduld van de moordenaar was bijna opgebruikt en hij begon zijn exitstrategie alvast uit te voeren. Hij verwijderde zijn pruik, kleefsnor en gekleurde contactlenzen. Het leek hem niet erg waarschijnlijk dat de dienstdoende gids een grote hulp zou zijn als hij zou worden verhoord. Die had het veel te druk gehad met het imponeren van zijn groep. Het was nog minder aannemelijk dat de groepsleden iets nuttigs zouden kunnen bijdragen, laat staan dat het politiebudget zou toestaan hen aan de overkant van het Kanaal op te sporen.

De moordenaar zuchtte diep. Dat gedoe met de insuline vond hij omslachtig. Misschien moest hij zich maar eens verdiepen in een van de nieuwe technieken van de Russen. Ze hadden een methode om iemand een hartaanval te bezorgen die perfect op een natuurlijke dood leek, iets met microscopisch kleine bolletjes die in de huid werden geschoten, gevuld met een uiterst toxische molecule van de 'curare'-groep die niet opspoorbaar was. Het ideale moordwapen voor de komende jaren, want de forensische wetenschap lag op apegapen. Hij besloot zijn connecties erop aan te spreken. Wie in zijn vak niet met zijn tijd meeging, zou nooit zijn pensioen halen.

Er restte hem nog een laatste karwei: een afdruk maken van de sleutel van de crypte. Dat was een fluitje van een cent met die antieke sleutels; hij moest er alleen op letten geen sporen na te laten. Hij spreidde een stuk folie op de vloer, waarop hij zijn materiaal uitstalde. Toen hij de afdruk had gemaakt, veegde hij met zorg alle plasticine van de sleutel. Hij gebruikte een vergrootglas om de sleutel te onderzoeken op resten. Toen hij tevreden was over zijn werk, tilde hij het lichaam van de koster op en liet hem ineenzakken. Het hoofd van de dode man maakte een lelijke smak tegen de vloer. Toen verliet de moordenaar de crypte en liep door de kerk om de toegangsdeur open te maken. Alles moest erop wijzen dat de koster tijdens zijn inspectieronde een hartaanval had gekregen. Hij keerde op zijn stappen terug en gooide de sleutelbos naast het lijk. Nu moest hij geduldig wachten tot het donker werd.

24

VOORMALIG VEILIGHEIDSAGENT BONKERS HAD TWEE van zijn kompanen opgetrommeld, collega's en maten uit de tijd dat hij nog op de loonlijst van Whitestream stond. Samen vormden ze een hecht team dat vaak voor hete vuren had gestaan. Danny 'de sloper', zoals hij in zijn omgeving bekendstond, was een meesterinbreker. Bonkers had hem gerekruteerd nadat hij voor de derde maal een gevangenisstraf van zes maanden had uitgezeten. 'Karate Kid' Johnny was in hetzelfde bedje ziek geweest. Deze liefhebber van Japanse gevechtssporten had zijn taak als buitenwipper iets te letterlijk opgenomen. Bonkers was verschillende keren tussenbeide gekomen om hem voor erger te behoeden. De buitenwipper had zijn lesje geleerd en sindsdien waren ze *buddies* in goede en slechte tijden. Bonkers vroeg hun niet wat ze op dat moment uitspookten, maar toen hij belde, waren beide mannen onmiddellijk bereid om naar het kasteel te komen. Niet het minst omdat er met een opdracht van Bonkers altijd flink wat te verdienen was.

Toen het dreamteam zich de volgende dag meldde, was iedereen opgelucht, behalve Tsjechov, de huiskater. Het beest, een gecastreerd exemplaar van dertien kilo, herkende de indringers. Hij liet zijn ongenoegen blijken door te blazen, met platliggende oren en ontblote tanden. Toen dat niet hielp, trok hij zich klaaglijk miauwend terug in een van zijn talrijke schuilplaatsen.

Laure, die voor haar doen onmenselijk vroeg was opgestaan, rende op Bonkers toe.

'Hoi, Bonkers, wat een leuke verrassing.'

Ze sloeg haar armen om hem heen en kuste hem, zoals gewoonlijk, vol op de lippen. De man had haar immers uit de klauwen van haar kidnappers gered en haar dankbaarheid was eeuwig en onvoorwaardelijk.

'Dag, Laure, goed om je te zien. Ben je al getrouwd?'

'Helaas, jij bent al gestrikt. Zouden wij anders geen mooi koppel zijn?'

'De schone en het beest, wil je zeggen?'

'Doe jezelf geen onrecht, Bonkers. Een koele macho met spieren wil ik wel aan mijn arm.'

'Ik ga toch maar niet in de rij staan voor Laure Van Sant. Ik heb geen zin om in mijn slaap mijn, euh, ding te laten afsnijden.'

Hij alludeerde hiermee op het avontuur dat ze samen beleefd hadden.

'Heb je een grote, Bonkers? Ik heb ergens gelezen dat mannen met spieren een petieterig lulletje hebben. Je moet hem bij gelegenheid maar eens tonen.'

De man liep rood aan. Johnny en Danny, die het tafereel van een afstand gadesloegen, gniffelden openlijk. Bonkers wierp ze een kwade blik toe.

'Johnny en Danny ken je al.'

De mannen traden naar voren om hun kus in ontvangst te nemen. Bonkers nam Laure bij de arm en trok haar met zachte dwang van bij het tweetal weg. Het was tijd om het gesprek in een andere richting te sturen. Die losbandige meid was nog geen haar veranderd.

'Is Delfosse er al? En je vader? Is Adriaan ook van de partij?'

'Papa en de commissaris zijn aan het ontbijten. De vrouw van Delfosse is hier ook. Wist je dat ze Eleonore heet? Mooie naam. Adriaan zit weer eens in de States. Voor zaken.'

'Weet jij wat er aan de hand is? Veel details heb ik aan de telefoon niet gekregen.'

'Delfosse zal niet blij zijn om zijn verhaaltje voor de zoveelste keer te moeten opdissen, maar je kunt beter alles uit zijn mond horen. Ik weet alleen dat hij in alle staten is omdat er een oude vriend van hem vermoord is. Pieter Servaes. Bovendien vreest hij dat er nu iemand met kwade bedoelingen achter hem en zijn vrouw aan zit.'

'Dan kunnen we beter meteen aan de slag gaan.'

Hij wenkte zijn maten.

'Aan de slag, mannen. We beginnen met een check-up van de installaties.'

In de ontbijtruimte zaten een keurig verzorgde Van Sant en een ongeschoren Delfosse aan tafel. De commissaris deed zich te goed aan verse broodjes en croissants. Toen hij nog in actieve dienst was, ontbeet hij nooit. Maar sinds hij op rust was, nam hij elke dag de tijd om samen met zijn vrouw een kop koffie te drinken. Eleonore had een poging gedaan om hem te verleiden om elke dag verse croissants te gaan halen, maar dat was op halsstarrig gebrom uitgedraaid. Hij liep wel elke dag naar de krantenwinkel, maar de warme bakker liet hij straal links liggen. Te veel volk, altijd aanschuiven, klonk zijn eeuwige excuus. Maar zolang hij zelf niet naar de bakker moest gaan, leek de geur van versgebakken broodjes met een uitgebreide keuze aan beleg onweerstaanbaar.

'Neem nog een croissant, Delfosse. Tien minuten geleden zaten ze nog in de oven.'

Zelf had Van Sant nauwelijks iets aangeraakt.

'Komt Eleonore niet ontbijten?'

Delfosse negeerde de vraag. De pijnlijke scène van de vorige avond lag nog vers in het geheugen. Even vers als de broodjes.

'Is er geen krant?'

'In de bibliotheek. Vier of vijf Vlaamse, denk ik, en de voornaamste buitenlandse kranten.'

'Vier of vijf ? Lees je die dan allemaal?'

'Gewoonlijk enkel de titels. Als ik iets interessants vind, lees ik het artikel wel uit. Het kost hoogstens een half uur.'

De stapel kruimels op en naast het bord van de commissaris werd alsmaar groter. Delfosse smakte en praatte terwijl hij at. Van Sant begreep dan ook perfect waarom Eleonore verstek liet gaan.

Dio kwam juist op tijd binnen om te zien hoe de helft van Delfosses koffie per ongeluk in het schoteltje terechtkwam.

'Bonkers en zijn team zijn al aan het werk.'

'Heel goed. Ik stel voor dat we over een kwartiertje samenkomen in mijn werkkamer, commissaris. Intussen kun je rustig de kranten inkijken.'

'Dat zal ik doen.'

Delfosse wreef over zijn maag.

'Ik heb precies wat te veel gegeten.'

De explosie in het Centraal Station kon in alle kranten op ruime belangstelling rekenen. Delfosse vond weinig nieuwe elementen. Bij gebrek aan harde feiten waren de speculaties aan de orde. Het zag ernaar uit dat de journalisten driftig hadden gespeeld met 'kopiëren en plakken', want alle artikels waren broertjes van elkaar. Met tegenzin sloeg hij *Le Soir* open. Delfosse kon zijn ogen niet geloven. De teneur van de commentaren was gewoon walgelijk. Als iemand dacht dat de maffia alleen in Wallonië de scepter zwaaide, dan was nu wel bewezen dat Antwerpen het nieuwe Luik was geworden. De commissaris wilde de krant vol ergernis dichtslaan toen zijn oog op pagina zes op iets heel anders viel. Het was een artikel over een uitgebrande auto die in Esneux ontdekt was, met daarnaast het volledig verkoolde lijk van een man. De commissaris las het artikel langzaam en met veel aandacht, want zijn Frans was nog slechter dan zijn Engels. De politie tastte blijkbaar volledig in het duister. Het zou nog enige tijd vergen voor de identiteit van de man was achterhaald. De politie vermoedde kwaad opzet, want er waren brandversnellers in het wrak gedetecteerd. In een ingeving scheurde hij het artikel uit de krant en stak het in zijn zak. Er ontbrak een hoek maar dat deerde hem niet.

'Met pensioen, commissaris! Ik kan het nauwelijks geloven.'

Bonkers schudde niet-begrijpend het hoofd.

'Ja, hij lost nu kruiswoordraadsels op en speelt kaart in het seniorenlokaal', grapte Van Sant.

Hij deed er nog een venijnig schepje bovenop.

'Zijn vrouw staat op de rand van een depressie met Delfosse de hele dag in huis.'

'Kan ik helemaal inkomen. Maar serieus nu: ik hoor van Laure dat de commissaris zich zwaar in nesten heeft gewerkt. Anders was ik niet hier, natuurlijk. Ik kan het al raden. Het heeft zeker te maken met de ontploffing in de Middenstatie? Goossens was vroeger toch je adjunct, niet?'

'De spijker op de kop, Bonkers', zei Van Sant. 'Maar het is nog erger. De man die in de parking is doodgeschoten, was de beste vriend van Eddie.'

'Ik heb het niet van dichtbij gevolgd. Gewoon geen tijd. Of liever: geen interesse. Mijn zaak slorpt me volledig op. Het is vandaag niet gemakkelijk voor een simpele zelfstandige om het hoofd boven water te houden.'

'Nu al weer in geldnood, Bonkers?'

De ex-veiligheidsagent zuchtte.

'Het gat in de hand van mijn vrouw is groter geworden naarmate onze bankrekening aangroeide. Ze denkt blijkbaar dat het niet op kan.'

'Motors of vrouwen, je zult moeten kiezen. Persoonlijk zou ik het wel weten', zei Delfosse.

Van Sant kwam tussenbeide.

'Leugenaar! Maar genoeg getreuzeld. Er zijn dringender problemen dan toestanden met vrouwen.'

De mannen liepen de trap op naar Van Sants werkkamer. Laure ging ongevraagd achter het drietal aan. De hakken van haar laarsjes klakten op het marmer. Midden op de trap draaide Van Sant zich om.

'Zou jij niet beter...'

Verder kwam hij niet.

'Ah nee, papa, ik wil er absoluut bij zijn.'

Van Sant zuchtte en trok tegelijk zijn wenkbrauwen en zijn schouders op.

'Goed dan. Maar je weet onder welke voorwaarden, en geen woord tegen je moeder. Hoor je? Waar zit ze eigenlijk?'

'Ze maakt een cruise langs de Caraïben. Ze blijft nog minstens twee weken weg. De kust is vrij. Over een meevaller gesproken...'

'Iemand koffie? Of een drankje? Commissaris?'

Delfosse keek op zijn horloge.

'In normale omstandigheden drink ik niet voor de middag, maar vandaag maak ik een uitzondering', loog de commissaris zonder enige scrupule.

Van Sant en Bonkers hielden hun tanden op elkaar.

'Wat wordt het?'

'Wat heb je?' vroeg Delfosse, totaal overbodig.

'Wil je bier?'

Delfosse wees naar zijn buik.

'Geen plaats meer.'

'Kijk dan maar in de bar. Of nee, ik haal het zelf wel.'

Van Sant bedacht net op tijd wat een ramp Delfosse in zijn bar zou kunnen aanrichten.

'Wat dacht je van een Chivas? Met ijs?'

'IJs, ijs. IJs is voor mietjes.'

'Kan ik iets meebrengen voor jou, Bonkers?'

'Nee, dank u, Van Sant. Ik hoef niets.'

'Het is niet beleefd om een gast alleen te laten drinken. Ik neem ook iets.'

'Echt? Is dat onbeleefd?' vroeg Delfosse.

De commissaris liet voor zijn geestesoog nieuwe mogelijkheden passeren om zijn leven te veraangenamen.

'Laure?'

'Een Perrier. Zonder ijs.'

Toen de drankjes waren uitgedeeld, nestelde Van Sant zich achter zijn bureau. De anderen namen plaats op de sofa's. Laure ging naast Delfosse zitten.

De commissaris deed opnieuw het hele verhaal, met veel details deze keer, enkel onderbroken door wat gekuch en gehoest. Bonkers betuigde zijn medeleven. Delfosse aanvaardde het met een ruime armzwaai. Het bleef even stil terwijl iedereen de feiten liet bezinken.

'Waarom denk je dat Eleonore gevaar loopt, commissaris? Zij heeft toch niets met de zaak te maken?'

'Die mensen zijn tot alles in staat, Laure. Twee doden voor een portefeuille, dat stemt tot nadenken. Ze weten dat ik de dader kan herkennen. Dat is een serieuze tegenvaller voor hen, dat kunnen ze zo niet laten. Ik ben ervan overtuigd dat er een prijs op mijn hoofd staat. Misschien zullen ze mij willen treffen door Eleonore iets aan te doen. Ik wil niet dat haar iets overkomt.'

Delfosse werd waarachtig een beetje week. Zijn stem dreigde te breken.

'Ze hebben plannen, geloof mij. Kwalijke plannen. Alleen, ik heb niet het minste idee wie of wat hier achter zit.'

Bonkers zat met gesloten ogen na te denken.

'Heb jij een plan, Delfosse? Je kunt je hier toch niet voor de rest van je leven blijven verstoppen?'

Van Sant verslikte zich in zijn whisky. Hij wilde Delfosse met plezier een tijd onderdak geven, maar er zijn grenzen aan gastvrijheid.

'Vanavond komt Annelies Pierijns verslag uitbrengen over de stand van zaken. Als er vandaag geen ernstige aanwijzingen zijn over de identiteit, de verblijfplaats of de motovatie van de dader, ontstaat er een probleem. Dat kan enkel betekenen dat hij door de mazen van het net is geglipt en dan wordt de kans kleiner dat hij binnenkort gevat wordt.'

'Zei je niet dat er vijftig mensen bezig zijn met de zaak? Wat kun je van hieruit dan nog meer doen?'

'Meneer Van Sant, onderschat deze oude zak niet. Al die mankracht heb je nodig op het terrein, maar het denkwerk gebeurt hier.'

Delfosse tikte met zijn wijsvinger tegen zijn slaap.

'Het klinkt verontrustend', zei Van Sant. 'Ik moet toch geen tanks verwachten of een luchtaanval? Of een bataljon commando's om het kasteel stormenderhand in te nemen? Dat zou ik niet willen meemaken.'

Bonkers dacht na.

'Hoewel...'

'Zo'n vaart zal het niet lopen. Een frontale aanval lijkt me onwaarschijnlijk. Ze zullen wel iets subtieler te werk gaan. Die lui werken altijd in de schaduw.'

Van Sant schoof nerveus heen en weer op zijn bureaustoel. De tendens van het gesprek beviel hem niet. Hij had met de hele zaak niets te maken, had alleen onderdak willen bieden aan mensen in nood. Was hij niet een beetje te ver gegaan als gastheer?

'Zou de vijand weten dat je hier zit?' vroeg Laure.

'Enkele telefoontjes volstaan om daar achter te komen. Er is altijd wel ergens een onnozele ziel te vinden die wil helpen. Je moet altijd rekening houden met het slechtste scenario. Die filosofie is me al meer dan eens van pas gekomen.'

'Kan ik vandaag misschien al iets doen?'

Van Sant detecteerde een soort gretigheid in de stem van zijn dochter waar hij niet gelukkig mee was. Maar Delfosse hield de boot af.

'Vandaag niet, meiske. Alles hangt af van wat Annelies Pierijns vanavond te vertellen heeft.'

25

'Wat bedoel je, je weet niet waar commissaris Delfosse uithangt?'

Coudron keek ijzig naar zijn ondergeschikte. De kolonel kromp inwendig in elkaar bij het zien van het verkrampte gezicht van zijn baas.

'Het is een kwestie van tijd, patron.'

'Kwestie van tijd, mijn gat. Die man heeft een reputatie. Hij kan veel schade aanrichten. Ben je de zaak-Van Hogendorp al vergeten?'

'De commissaris is getrouwd met een zekere Eleonore Perez. We hebben zijn huis een tijdje in het oog gehouden. De woning is verlaten, de auto weg. Ik veronderstel dat man en vrouw ergens ondergedoken zijn.'

'Ik veronderstel, ik veronderstel. Feiten, Ressen, feiten. Hoe denk je dat koppel terug te vinden? Ga je hen misschien als vermist bij de politie aangeven?'

Coudron lachte vreugdeloos om zijn flauwe grap. De kolonel was op zijn hoede. Een grapje van zijn baas was vaak een veeg teken.

'De beste strategie bestaat erin ons te concentreren op de adjunct-commissaris van de lokale recherche. Die zit om een of andere reden mee in het onderzoek. Pierijns, of hoe heet ze ook alweer? Een vrouw, nota bene.'

'Mijn beste man, je stapelt de fouten op. Onderschat nooit een vrouw. Je weet toch wat ze beweren over het brein van vrouwen? Vroeg of laat moeten de ex-commissaris en de adjunct-commissaris contact zoeken. Delfosse was de baas van commissaris Goossens, die in de explosie is omgekomen. Hij is nu met pensioen, maar hij is toevallig bij de affaire betrokken geraakt. God weet of hij lucht heeft gekregen van het plan. En hoe? Ook de Arabier moet hebben gemerkt dat iemand hem op de hielen zat, anders had hij niet zo heftig gereageerd.'

Ressen voelde dat Coudron zijn suggesties aannemelijk vond.

'We schaduwen Pierijns 24 uur per dag. Zodra zij contact zoekt met Delfosse, zullen we het weten.'

Ressen aarzelde even voor hij Coudron een glimp liet opvangen van zijn methoden.

'We zouden de vrouw kunnen oppikken en haar wat pijn doen, als het sneller moet gaan.'

'Ben je gek geworden, Ressen! We moeten geduld hebben en voorlopig op de achtergrond opereren. Als haar iets overkomt, barst er een nieuwe hel los. Dan kunnen we opnieuw van nul af aan beginnen.'

'Goed. Het is niet persoonlijk, maar ik zou wel graag zelf met haar de rekening vereffenen.'

'Bedwing je lusten, Ressen. Dat libido van jou wordt nog eens je ondergang. Je moet die rare hobby van jou niet op het werk laten wegen.'

De kolonel bevochtigde zijn bovenlip. Het vooruitzicht op een persoonlijke behandeling van de adjunct-commissaris veroorzaakte een opstoot van adrenaline in zijn lijf. Een politievrouw verdiende wel wat extra aandacht.

'Stel dat we weten waar de commissaris zich schuilhoudt. Wat dan? Elimineren?'

'Laat me daar nog even over nadenken. Ik ga ervan uit dat hij gevoelige informatie heeft en die heeft doorgespeeld aan de politie. Dat kunnen we niet ongedaan maken. We moeten dat incalculeren. Ik vraag me af of we het plan niet moeten aanpassen. We hebben nog een half jaar. Het succes van een onderneming hangt af van de juiste beslissing op het juiste moment. Nietwaar, Ressen?'

Ressen zweeg.

Coudron sloeg met de vlakke hand op zijn voorhoofd.

'We hadden de Arabier eerst moeten confronteren met de situatie. Het was een stommiteit om hem zo snel uit de weg te ruimen. Die fout kan ons nog zuur opbreken. Als de politie een link legt met de uitgebrande auto in Esneux, zijn ze een hele stap verder en wij een stuk kwetsbaarder. Heb je verder nog iets vernomen? Het voorval met de uitgebrande auto heeft wel aandacht getrokken, maar vooral aan de andere kant van de taalgrens.'

'Ik heb me geïnformeerd. De brand heeft de sporen van het graven uitgewist. Anders waren ze wel gaan delven onder het wrak. Er zijn op het terrein geen sporen gevonden van banden van andere voertuigen. De verbrande resten zullen geïdentificeerd worden als die van een lokale crimineel. Dan verdwijnt de belangstelling vanzelf wel. Alles lijkt op een afrekening in het milieu.'

'Laten we hopen dat er geen getuige opduikt, want dan kan de bal opnieuw aan het rollen gaan.'

'De locatie is zeer afgelegen. Ik heb de operatie persoonlijk opgezet. Ik verzeker u dat niemand iets heeft gezien.'

Ressen wilde hem geruststellen zonder aan Coudrons neus te hangen dat hij zelf de trekker had overgehaald.

'Wie is de eigenaar van het huis?'

'Malherbe. Van Malherbe & Partners, het advocatenbureau in Brussel. Malherbe bezoekt zijn verblijf in de Ardennen hoogst zelden. Hij was op het ogenblik van de feiten in Zürich.'

Wat hij er niet bij vertelde, was dat Malherbe het pand verhuurde aan een Antwerps bedrijf.

'Een hoogst merkwaardige constructie, Ressen. Was er geen andere mogelijkheid om een schuilplaats op te zetten?'

'Eerder goed bedacht. De politie zal wel serieus nadenken voor ze een bekende advocaat het leven zuur maakt.'

Ressen schraapte zijn keel.

'Euh, baas. Er is nog een klein probleem.'

De kolonel wreef met zijn duim en wijsvinger over elkaar.

'Wat? Geld, bedoel je?'

'Alles gebeurt cash. Geen digitale sporen.'

'Hoeveel?'

Ressen aarzelde. Het bedrag vond hij zelf sterk overdreven.

'Komaan, man.'

'Vijftigduizend euro, onmiddellijk. Volgende week ongeveer hetzelfde bedrag. Er zijn nogal wat onkosten.'

Coudron keek zijn werknemer recht in de ogen.

'Elke cent moet verantwoord worden, Ressen. Dat zul je wel beseffen zeker, na dat vuurwerk in het station?'

'Spreekt vanzelf, baas.'

Coudron dacht na. Hij had de som in baar geld in zijn kluis liggen.

'Ik doe het nodige. Kom morgen op hetzelfde uur het geld maar ophalen.'

Ressen vloekte inwendig. Hij had de pest aan vroeg opstaan. Vandaag had hij ook al aan zijn ontbijt moeten verzaken om op tijd in Brussel te zijn.

Coudron keek de kolonel na toen hij de kamer uitliep. Hij rilde. Zoals die man eruitzag. Keek die kerel weleens in een spiegel? Met dat haar zo plat tegen de schedel achterovergekamd, compleet ontbrekende wenkbrauwen en die gezwollen oogleden die hem iets dierlijks gaven... Coudron moest de neiging onderdrukken om aan de man te ruiken om erachter te komen of hij ook een dierlijke geur verspreidde. Ressen keerde zich bij de deur nog even om, groette met een handgebaar en grijnsde. Hij had een gouden tand, die zichtbaar werd als de man lachte of grijnslachte. Een reliek dat iets vertelde over zijn karakter.

Het was een kwestie van tijd voor Ressen zich tegen hem zou keren. Hij voelde de verdoken vijandschap, het nauwelijks verhulde gebrek aan loyaliteit. Coudron nam zich voor het probleem niet op de lange baan te schuiven, maar de zoektocht naar Delfosse had absolute voorrang. De kolonel had naast enkele ziekelijke kantjes in de psychoseksuele sfeer een al even ongezonde obsessie met geld, gemakkelijk geld. Dat was een karaktertrek die hij kon uitbuiten om de man onder controle te houden.

26

De man in de Toyota maakte een beginnersfout. Toen Annelies Pierijns voor de toegangspoort van het kasteel stationeerde en uitstapte om op de bel te kunnen drukken, kon hij natuurlijk niet zomaar stoppen. Hij wist blijkbaar niet dat de straat doodliep op de poort, want in plaats van de parking op te rijden van een van de twee restaurants aan de overkant, vond hij er niet beter op dan achteruit te rijden. In het kasteel hield Bonkers via de monitors de toegangspoort en de straat in de gaten. Hij zag het meteen. Met wat geluk hadden ze goede opnamen van het gezicht van de chauffeur en de nummerplaat van de donkerblauwe Toyota.

'Adjunct-commissaris Pierijns voor commissaris Delfosse.'

'Gelieve even uw badge voor de lens van de camera te houden. Blijf even wachten. We sturen iemand.'

De poort bleef gesloten. Annelies deed wat haar gevraagd werd en stapte weer in haar auto. Een minuut later kwam een man in een maatpak de kasseistrook afgelopen naar het hek. Zijn kostuum was zichtbaar een maatje te klein. De man sprak enkele woorden in een portofoon. De poort gleed open.

'Bonkers. Security.'

Pierijns liet de ruit van haar portier omlaagglijden. De veiligheidsagent bleef op een afstand. Pierijns negeerde zijn begroeting. Zoals elk lid van de politiemacht wantrouwde ze leden van een privébeveiligingsfirma.

'Ik heb een afspraak met commissaris Delfosse.'

Bonkers kwam een stapje dichterbij.

'Weet u dat u gevolgd werd? Een blauwe Toyota?'

Annelies voelde het bloed uit haar gezicht wegtrekken.

‘Gevolgd? Hoe weet u dat?’

‘We houden de bewegingen rond het kasteel nauwlettend in de gaten. Waarom bent u eigenlijk alleen? U laat zich een volgende keer beter begeleiden.’

Pierijns herstelde zich na de terechtwijzing.

‘Ik kan mijn mannetje staan.’

‘Daar twijfel ik niet aan, mevrouw. Het is maar een suggestie.’

Annelies reageerde niet op dat ge‘mevrouw’. In andere omstandigheden had ze het meteen rechtgezet.

‘U kunt daar parkeren.’

Bonkers wees in de richting van een gebouw met vier in een lelijk groen geschilderde garagepoorten. Er stond alleen een motorfiets geparkeerd. Annelies reed ernaartoe. Toen ze uitstapte, stond Bonkers haar al op te wachten.

‘Gaat u voor, alstublieft. De grote deur die uitkomt op het bordes is open.’

In de hal hield Bonkers haar staande.

‘Ik wil u eerst iets laten zien.’

Hij opende ergens een deur en maakte een uitnodigend gebaar. Annelies keek naar binnen in de controlekamer, waar de beelden en signalen van alle camera’s en sensoren werden verzameld. De man die de schermen in het oog hield, keek niet op.

‘Imposant’, zei Pierijns.

Ze wist nu dat ze te maken had met professionelen. Op de koop toe waren het koele kikkers en macho’s, zoals het helemaal bij dat beroep past.

Van Sant en Delfosse waren Pierijns tegemoet gelopen. Van Sant had al gemerkt dat Pierijns niet hield van plichtplegingen, maar hij kon het niet laten zijn respect te tonen. Hij was telkens onder de indruk van haar verschijning. Ze deed hem aan iemand denken, maar kon zich niet direct voor de geest halen aan wie… Heel ongewoon om een zo mooie, jonge vrouw te ontmoeten die lid was van de politie.

'Zullen we naar mijn bureau gaan? U hebt er toch geen bezwaar tegen als Bonkers bij het gesprek aanwezig is?'

'Ik had de commissaris liever onder vier ogen gesproken.'

'Geen sprake van', sneerde Delfosse.

Pierijns trok haar schouders op.

'Als het dan moet...'

Ze wilde niet met Delfosse in de clinch gaan. Op dit ogenblik verscheen Laure op het toneel. Alsof ze op de loer had gelegen.

'Ah, mijn dochter Laure. Zij zal ook van de partij zijn. Dit is adjunct-commissaris Pierijns van de politie.'

Er viel even een stilte, terwijl de twee vrouwen elkaar van kop tot teen monsterden.

Annelies Pierijns droeg een donkerbruin leren jasje, een grijze trui en een beige lange broek met een smalle ceintuur. Laure herkende het merk van het jasje. 'Mer du Nord', betaalbaar maar toch stijlvol. Ze had weleens een foto gezien in een van de glossy magazines. Maar wat haar kippenvel bezorgde, was de intense blik die Annelies haar toewierp. Laure zag grote grijsblauwe ogen, blond halflang haar, hoge jukbeenderen en kleine, discreet aangezette lippen. Dit was een van de mooiste vrouwen die ze ooit had gezien. Wat stom van haar om in jeans en slobbertrui te verschijnen. Laure onderdrukte de neiging om naar haar kamer te vluchten om zich om te kleden.

Laure stak haar hand uit. Annelies gaf haar een handdruk met een seconde vertraging. Ze trok haar hand snel terug. Was het een opstoot van statische elektriciteit die de tinteling veroorzaakte of was dat inbeelding? Laure merkte op dat de vrouw geen ring droeg, ook niets om haar hals, geen enkel zichtbaar juweel.

'Annelies Pierijns', herhaalde de politievrouw.

'Laure Van Sant.'

Het klonk te kort.

'Het begint hier op een volkstoeloop te lijken.'

Annelies keek met opgetrokken wenkbrauwen naar Delfosse, die op zijn beurt zijn schouders ophaalde. De ontmoeting begon in een gespannen sfeer.

'Ik begrijp niet waarom we hier zo veel mensen bij moeten betrekken. Dit is gevoelige informatie, niet voor het publiek bestemd.'

'Laat het begrijpen maar aan mij over, adjunct-commissaris', antwoordde Delfosse met de klemtoon op haar rang.

Van Sant kwam de gemoederen sussen.

'Als de commissaris iets in zijn hoofd heeft... u kent waarschijnlijk zijn reputatie, euh... mevrouw.'

'Juffrouw', flapte Pierijns eruit.

Een seconde later had ze daar spijt van. Juffrouw klonk zo ontzettend ouderwets. Ze keek naar Laure, die haar maar bleef aanstaren.

'Nu weet ik het. U lijkt op Annelies Beck van de tv. En jullie hebben dezelfde voornaam.'

Laure grijnsde.

'Toch geen familie?'

Pierijns, die de opmerking al honderdmaal had moeten aanhoren, schudde het hoofd. Haar blonde haren maakten een dansje. Delfosse werd een beetje week.

'Zullen we dan maar? Ik zal voorgaan.'

Van Sant trok aan de arm van de commissaris.

Toen iedereen in de zithoek van de werkkamer van Van Sant had plaatsgenomen, verscheen Dio om te vernemen hoe hij van dienst kon zijn.

'Voor mij hetzelfde als vanmorgen', zei Delfosse nog voor de butler zijn mond kon opendoen.

Hij wist de bediening in het kasteel ten volle te appreciëren. Van Sant wilde koffie, Bonkers een glas water zonder prik. Laure en Annelies wilden niets. Delfosse maakte een summiere samenvatting van de stand van zaken, maar deze keer zonder commentaar. Iedereen luisterde gespannen en er was niemand die hem onderbrak. Ten slotte zakte hij achterover in zijn zetel en dronk gulzig uit zijn glas.

'Droge keel gekregen van al dat gepraat. En, Pierijns? Enig nieuws van jullie kant?'

'We hebben een spoor. In feite twee pistes, maar na vandaag blijft er maar eentje over. Al de rest, passagierslijsten, autoverhuurbedrijven, ga maar door, alles negatief.'

'Het spoor, Pierijns, het spoor', porde Delfosse haar aan.

Annelies haalde haar notitieboekje tevoorschijn.

'Een klant van Hotel Antigone op de kaai beantwoordt aan de beschrijving. De receptionist was formeel. De gast had zich ingeschreven als Daniel Autteuil, de naam van een Franse filmacteur, maar dan wel met een schrijffout. Een zwijgzame gast. De man kreeg een formuliertje mee met het verzoek om het voor het uitchecken ingevuld af te geven, maar dat heeft hij aan zijn laars gelapt. Naar een identiteitskaart werd niet gevraagd. Dat gebeurt wel meer in dit soort hotels. De man had cash betaald voor een week. Hij heeft niet eenmaal in het hotel gegeten en is zelfs nooit verschenen voor het ontbijt. De receptioniste herinnert zich één ding: telkens als de man het hotel in- en uitliep, begon de hond te blaffen, iets wat hij anders nooit doet. Het beest heeft een vaste plaats op een stoel in de lobby.'

'Heeft allemaal niet veel om het lijf. En het tweede spoor?' wilde Delfosse weten.

'Vals alarm. Iemand in het Hilton Hotel. Het onderhoudspersoneel had gemeld dat alle bagage uit zijn kamer was verdwenen. Het ging mogelijk om iemand die niet wilde betalen. Maar die klant is opnieuw opgedoken in de late namiddag.'

'Hotel Antigone op de kaai. Dat is toch dat gebouw met de witblauwe *blaffeturen*?'

'Juist. Geliefd bij toeristen en zakenmensen met een klein budget.'

'De kamer, Pierijns, de kamer.'

'Zijn kamer, nummer 14, op de eerste verdieping, is door een versterkt forensisch team onder handen genomen. Ze hebben

DNA in overvloed aangetroffen. Mogelijk heeft hij het hotel in zeven haasten verlaten zonder zich om sporen te bekommeren.'

Delfosse verzonk in gedachten.

'Camera's?' vroeg Bonkers.

'Helaas, de camera aan de ingang van het hotel is al maanden buiten dienst.'

Delfosse zette zijn leeg glas neer. Zijn vroege borrel maakte hem alert.

'Is er parkeergelegenheid in de buurt van het hotel?'

Pierijns was op haar tenen getrapt.

'We zijn niet achterlijk, commissaris. De opzichters van de parkeergarage zijn ondervraagd. Negatief. De garage heeft een betaalautomaat. Ze hebben de afgelopen week niets speciaals opgemerkt.'

'Pech. Heeft het hotel misschien nog ergens parkeerplaatsen afgehuurd? Het is in die buurt niet eenvoudig om je auto kwijt te raken.'

'Daar moet toch camerabewaking zijn?' vroeg Bonkers.

'Klopt, maar de uitrusting is beperkt. De videobanden worden al na 24 uur gewist. Ook alle tapes van de verkeerscamera's in de buurt zijn opgevraagd. Het kan een tijdje duren. Je weet hoe het gaat...'

Delfosse zocht een strohalm om zich aan vast te klampen.

'Ga eens na of er parkeerboetes zijn uitgeschreven in de omgeving van het hotel. Ook voor auto's met buitenlandse nummerplaten. Of auto's die er verdacht lang hebben gestaan, uren van komen en gaan van de verdachte... Breng een bezoekje aan restaurants en cafés in de buurt. Hij moet toch ergens gegeten hebben.'

Het werd Pierijns een beetje te gortig. Toen ze sprak, was de opkomende frustratie in haar stem goed te horen.

'Alle onderzoeksdaden staan in mijn rapport, commissaris. Ik zal u een kopie laten bezorgen.'

'De spoeling is maar dun, Pierijns. Als een verdachte niet binnen de eerste 48 uur wordt opgepakt, is de zaak al half verloren. Dat weet jij ook. Ofwel is hij allang met de noorderzon verdwenen, ofwel is hij ergens ondergedoken. In het laatste geval geniet hij bescherming.'

Er viel een korte stilte.

'Misschien is hij al dood en begraven.'

Laures stem kwam uit het niets. Annelies keek haar aan met een laatdunkende blik van 'waar bemoei jij je mee'.

'Een terechte opmerking, Laure', antwoordde Delfosse.

'Het zou kunnen dat de dader een te groot risico betekende voor zijn opdrachtgever. Een spoor dat zo snel mogelijk moest verdwijnen.'

Laure glimlachte fijntjes. Ze vermeed in de richting van Annelies te kijken.

'Ik heb nog een opdracht voor Annelies. Elk verdacht overlijden, alle verdwijningen van de laatste dagen. Stel dat er ergens een lijk gevonden wordt... Onmiddellijk de link onderzoeken, Pierijns, nu we toch over DNA beschikken.'

'Er valt nog iets te melden, commissaris', zei Bonkers.

De man nam zelden deel aan gesprekken. Iedereen keek hem dan ook terstond afwachtend aan.

'De adjunct-commissaris werd vanmorgen gevolgd toen ze naar het kasteel reed. Een blauwe Toyota. De chauffeur reed achter haar aan de straat naar het kasteel in, en begon achteruit te rijden toen ze hier voor de poort stopte. We hebben de nummerplaat kunnen ontcijferen.'

Annelies klemde haar tanden op elkaar. Ze zou de volgende keer beter moeten uitkijken. Ze voelde hoe het schaamrood haar naar de wangen steeg. Delfosse toonde zich barmhartig en zei er niets van.

'Was de chauffeur alleen of waren ze met meer?' wilde Delfosse weten.

'Twee man. Ze droegen petten met lange kleppen. Onherkenbaar op de videobeelden, vrees ik.'

'Twee man, hé? Dat belooft niets goeds. Je rijdt beter mee met haar terug, Bonkers, ik voel nattigheid.'

'Is het niet beter dat juffrouw Pierijns blijft overnachten? Voor haar eigen veiligheid?'

Laure keek vragend naar Annelies.

'Geen sprake van. Ik laat me niet uit mijn lood slaan door twee pubers met petten. Ik heb trouwens nog andere plannen vanavond. Toch bedankt voor het aanbod, juffrouw Van Sant.'

Annelies zat kaarsrecht in haar zetel, met de knieën tegen elkaar aangedrukt. Ze wendde zich tot Bonkers.

'Maar ik zou graag de videotapes meenemen.'

'Geen probleem. Ik zorg voor een kopie.'

Bonkers gaf een instructie door via zijn portofoon.

'Nog iets, Pierijns?' vroeg Delfosse.

'Nee, dat is het.'

'Is de hotelkamer verzegeld?'

'Ja, nog een paar dagen. Tot het rapport van de technische dienst klaar is.'

Toen gebeurde er iets merkwaardigs. Tsjechov, de kasteelkater, die niet veel ophad met indringers op zijn terrein, verscheen op het toneel en kwam stapje voor stapje dichterbij, recht naar de voeten van Annelies. Iedereen zweeg en hield de kat in de gaten. De kat snuffelde aan de schoenen en de broek van Annelies, zette een stapje achteruit en sprong op haar schoot. De agente liet begaan. Tsjechov strekte zich behaaglijk uit en legde zijn kop in haar schoot.

'Brave poes', zei Annelies en ze begon met gestrekte vingers zijn rug te masseren, tegen de haren in.

De kat begon luid te spinnen. Van Sant en Laure keken gefascineerd toe. Zoiets hadden ze nog nooit meegemaakt. Tsjechovs oren gingen platliggen en zijn haren kwamen overeind staan als iemand nog maar een meter in zijn richting bewoog. Van Sant was de enige die een uitzonderlijk voorrecht genoot. De poes sliep soms op zijn bed, zij het op een ruime afstand. Maar zelfs zijn baasje waagde het niet om intiemer te worden. En nu was Tsjechov plots veranderd in een lieve kater die lag te genieten op de schoot van iemand die hij nog nooit had gezien.

'Tsjechov, vuile onderkruiper', siste Laure boos. Ze was onder de indruk. Zij was de enige op het kasteel die de poes mocht aanraken. Had ze de kater beledigd en moest ze het nu bekopen? Het beest zette zijn oren recht, toonde zijn tanden bloot en blies naar haar. Delfosse en Bonkers keken geamuseerd toe.

'Je hebt blijkbaar een nieuw vriendje, Pierijns', grinnikte Delfosse. 'Eentje met vier poten en een lange staart.'

De commissaris bulderde van het lachen om zijn eigen flauwiteit. Annelies friemelde aan de indrukwekkende kaken van de kat. Tsjechov kreeg iets wat op een orgasme leek. Toen hield hij het voor bekeken, sprong van haar schoot op het bureau en vandaar op de kast, waar zijn kussen lag. Dat was een van zijn vaste uitkijkposten en een geliefde slaapplaats.

'Leuke kat', zei Annelies, terwijl ze vergeefs de achtergebleven kattenharen van haar broek probeerde te vegen. 'Zo, dan vertrek ik nu. Ik neem contact op als er nog iets nieuws te melden valt.'

Ze stond op. Bonkers deed hetzelfde. De adjunct-commissaris stak afwijzend haar hand op.

'Dank u wel. Ik rij graag alleen, doe geen moeite.'

Bonkers keek naar Delfosse, die zijn ogen ten hemel sloeg.

Laure stond op.

'Ik laat je wel uit.'

Annelies maakte geen bezwaar. Toen ze door de hal liepen, vroeg Laure: 'Wat denk je van de situatie?'

'Het is totaal onverantwoord dat Delfosse hier buitenstaanders bij betrekt. Hij beschouwt het als zijn persoonlijke probleem, omdat zijn vriend hierbij is omgekomen. Een scenario uit een slechte B-film. Ik vrees dat hij op eigen houtje wrekertje gaat spelen. Zo te zien heeft hij rijke vrienden. Dat is een verrassing.'

'Hij heeft ons een geweldige dienst bewezen, en daar zijn wij hem dankbaar voor. Bovendien vind ik het wel spannend. Wat afwisseling in ons saaie bestaan.'

'Dit is geen spelletje, Laure. Dit zou weleens totaal uit de hand kunnen lopen. Ik heb een naar voorgevoel. Delfosse denkt er overigens ook zo over.'

'Zullen we gsm-nummers uitwisselen? Je weet maar nooit.'

Laure haalde haar toestel uit haar zak. Annelies aarzelde even.

'Het kan nooit kwaad.'

De dames tikten de nummers in op hun toestelletjes.

'By the way, je lijkt helemaal niet op een politievrouw. Eerder op een...'

Annelies onderbrak haar.

'Het verhaal van mijn leven.'

Ze keek Laure onbeschaamd aan.

'En als we het dan toch over clichés hebben: moet jij niet op een duur jacht liggen aan een of ander exotisch strand? Met een ladykiller op de achtergrond die naar je tieten staat te gluren?'

Laure liet de gelegenheid niet ontsnappen. 'Misschien kunnen we dat eens samen doen?'

'Waarom ook niet?'

Laure voelde dat ze een punt had gescoord.

Annelies ook.

Bonkers wenkte Van Sant.

'Nog iets?'

'Een opdracht voor Dio. Laat hem contact opnemen met de leveranciers. Allemaal, zonder uitzondering. Ze mogen alleen personeel sturen met wie het keukenpersoneel vertrouwd is. Alle bestelwagens blijven buiten de poort. Ze moeten hun waren maar afzetten aan de straatkant. Al wat het kasteel binnenkomt, wordt door ons gecheckt.'

'Jezus, Bonkers, is dat niet wat overdreven? Verwacht je een inval of zo? Met helikopters waaruit para's naar beneden glijden? Of denk je dat ze ons gaan vergiftigen? Rattenvergif in ons brood?'

Bonkers kon er niet om lachen.

'Meneer Van Sant, zolang ik de vijand niet ken, wil ik op alles voorbereid zijn. Zitten we op dezelfde golflengte?'

'Goed, goed, ik zal Dio meteen je instructies overbrengen. Ik maakte maar een grapje.'

27

'Waar zeg je? In Bazel? In een kasteel? Kasteel Lissekerke...'

Erwin Ressen dacht na.

'Zozo. Hoelang is ze in het kasteel gebleven? Was ze alleen?'

De man aan de andere kant van de lijn had zijn informatie klaar.

'Anderhalf uur. Ze kwam alleen in een anonieme wagen en reed na afloop alleen terug naar het bureau, en dan naar haar eigen huis.'

'Blijf haar schaduwen. Discreet, begrepen? Ik wil niet dat ze iets merkt.'

'Euh, patron. Er is een klein probleem.'

De nekharen van de kolonel kwamen overeind. Hij had het moeilijk om zijn stem neutraal te laten klinken.

'Ik luister.'

'Het kasteel heeft camerabewaking aan de straat. Toen ik moest stoppen, kwam een van de camera's in beweging.'

'Jij idioot. Je bent toch niet gestopt aan de poort?'

De man aan de andere kant van de lijn aarzelde.

'Nee, nee. Ik heb hoogstens wat trager gereden.'

'Driedubbele idioot. Je had evengoed je adres kunnen achterlaten! Haal die auto uit de circulatie en laat de nummerplaat stante pede verdwijnen.'

'Het is er eentje uit de verzameling. Geen probleem.'

'Geen probleem, dat zeg jij. Voor mijn part hebben ze een levensgrote foto van je puistige gezicht.'

Ressen zuchtte en besloot dat het geen zin had om de man uit te kafferen. Had hij dan echt alleen neanderthalers in dienst met het IQ van een kip?

'Zeg tegen je kompanen dat ze met uiterste voorzichtigheid te werk gaan. Dankzij die flater van jou weten ze nu dat ze in het oog worden gehouden. Heb je dat goed verstaan?'

'Begrepen. Het zal niet meer gebeuren.'

'Het is je geraden. Er zwaait wat als je nog een keer met slecht nieuws komt opdraven. Morgen zelfde tijd. En gebruik een andere gsm.'

Toen hij weer alleen was, vloekte Ressen alle helbewoners bij elkaar. Hardop. Het begon er stilaan op te lijken dat Lucifer zelf stokken in de wielen stak. Maar voor de afloop was hij, Ressen, alleen verantwoordelijk. Als het misliep, kon hij het wel schudden. Dat zou het einde betekenen van een lucratieve loopbaan. Maar daar zou het niet bij blijven. Heel de planeet zou achter hem aanzitten, opgejaagd door Coudron. Dat was een zekerheid zo groot als de piramide van Cheops.

Toen de opwinding wat weggeëbd was, tikte Ressen een nummer in op zijn gsm. Hij hoefde nooit nummers te zoeken, want hij kende alle nummers in zijn gsm uit het hoofd. Een handigheidje dat hij te danken had aan zijn fenomenale geheugen voor cijfers.

'Matthieu? Erwin hier. Ik heb een karweitje voor je. Stoor ik niet?'

'Jij stoort nooit, Erwin. Dat weet je wel. Wat kan ik voor je doen?'

'Ik heb informatie nodig en het is dringend.'

'Bij jou is het altijd dringend. Nooit anders geweten. Maar je bent bij de juiste man. Wat heb je nodig?'

'Het klinkt misschien wat raar maar het gaat over een kasteel. In Bazel. Dat is op het grondgebied van Kruibeke aan de E17. Kasteel Lissekerke in Bazel. Ik wil alles weten over de eigenaar en zijn familie. Ik heb ook een plattegrond nodig. Als je iets te weten kunt komen over het personeel, eventuele gasten die er verblijven en vaste leveranciers, dan is dat meegenomen. Ik wil weten wanneer en door wie daar een scheet wordt gelaten, versta je?'

'Jezus, Erwin, dat is niet niks. Daar is een serieuze kost aan verbonden.'

'Laat me het zo stellen, Matthieu: je hebt carte blanche deze keer.'

'Dat klinkt mij als muziek in de oren. Zo hoor ik het graag.'

'Alleen, je moet uiterst discreet te werk gaan. Dat is ontzettend belangrijk.'

'Heb ik in het verleden al ooit een steek laten vallen? Je kunt op beide oren slapen. Hoeveel tijd heb ik?'

'De tijd die nodig is. Wat denk je van een week?'

'Krap, maar te doen. Hoe spreken we af ?'

'Ik ga je een gsm-nummer sms'en. Geef een seintje als je alle informatie hebt, dan spreken we ergens af.'

'In orde. Ik ga meteen aan de slag. Je hoort nog van me.'

Ressen overliep de feiten. Een lid van de lokale recherche, een vrouw, rijdt met een anoniem voertuig naar het kasteel. Het is niet erg waarschijnlijk dat ze tijdens kantooruren een vriend of vrijer opzoekt. De commissaris op rust, die méér weet, en zijn vrouw hebben het hazenpad gekozen. De oud-politieman weet meer dan goed voor hem is. Zou het kunnen dat het koppel ondergedoken zit op het kasteel? Is die locatie een soort 'safehouse' van Justitie? Dat is moeilijk te geloven, want het is niet zomaar een huis, maar een kasteel. Is de eigenaar een vriend? Door een stommiteit weet de politievrouw dat ze in het oog wordt gehouden. Iedereen zal nu dubbel op zijn hoede zijn. Als de oud-commissaris haar informatie heeft doorgespeeld, wat aannemelijk lijkt, dan zitten we dik in de shit.

De kolonel werd bleek. De situatie was erger dan hij had gevreesd en dreigde te zullen ontsporen. De kans op ontmaskering spookte door zijn hoofd... Hij moest nu even niet aan de gevolgen denken, maar een plan bedenken om iedereen een stap voor te zijn. Maar daarvoor had hij informatie nodig. Er waren te veel onbekenden. Voorlopig kon hij alleen maar wachten. Maar er was tenminste wel iets dat hij zijn baas kon vertellen: de vermoedelijke schuilplaats van de getuige. Hij was ervan overtuigd dat de oud-commissaris zich gedeisd hield in het kasteel – of was het intussen een versterkte burcht? Dat was dan een tegenvaller, maar niet onoverkomelijk. Ressen begon ernstig na te denken over wat hij de eerstvolgende uren kon ondernemen.

28

Van Sant keek ernaar uit. Een diner met Eleonore en zonder Delfosse en Laure, die alle twee hadden afgezegd. De commissaris wilde in zijn eentje brainstormen. De bar in zijn kamer was aangevuld met een karton Leffe en Dio had voor een broodje gezorgd. Hij had geen zin om te worstelen met ingewikkeld bestek terwijl zijn echtgenote hem constant op de vingers keek.

Een tête-à-tête met een fascinerende vrouw. Het had iets van een onverwachte date. Van Sant had aan de keuken opdracht gegeven om er iets speciaals van te maken. Dio mocht voor de gelegenheid de laatste fles Romanée-Conti uit 1989 uit de kelder halen en de fles op de ideale temperatuur van 16 °C uitschenken. Van Sant had terloops bij de commissaris gepeild naar de *plats préferés* van Eleonore, maar haar echtgenoot was eens te meer op alle fronten in gebreke gebleven.

'Frans of Italiaans?'

'Euh...'

'Mediterrane keuken of oosters?'

'Euh...'

'Gaan jullie nooit uit eten in een restaurant dan?'

'Jawel, jawel, maar altijd naar hetzelfde restaurant, de River Kwai.'

'De River Kwai? Ken ik niet. Waar is dat ergens?'

'Op de kaaien.'

'Is dat Chinees, Thais misschien?'

'Thais, denk ik.'

'Wat eet je daar dan?'

'Ik neem de 8 en de 38 met gebakken rijst.'

'En je vrouw?'

'Dat weet ik niet. Het duurt en duurt altijd zo lang voor ze gekozen heeft. Iets met eend of scampi of zo. De nummers ken ik niet uit het hoofd.'

Van Sant zuchtte diep.

'Bestel jij de wijn?'

'Ik? Nooit. Eleonore zorgt daarvoor. Ik lust het wel, maar ik drink liever bier. Als je het mij vraagt, is die hele toestand rond wijn een opgeblazen circus. Ik doe daar niet aan mee.'

'Juist. Bedankt voor de inlichtingen, Delfosse.'

Van Sant drong niet verder aan. Delfosse was een onverbeterlijke barbaar wat gastronomie betrof. Dat zou wel zo blijven tot hij zijn laatste adem uitblies. Arme Eleonore. Een leven lang opgescheept met een boer. Hij dacht aan Marie-José, zijn eigen bekakte madam. Die verbleef, godzijdank, het hele jaar in mondaine kringen in Cannes. Hij wou dat hij mocht ruilen met Delfosse. Het idee van Marie-José en Delfosse als koppel was zo grappig dat hij in lachen uitbarstte.

Delfosse klopte aan bij Laure. Hij hoorde wat gestommel in de kamer voor er werd opengedaan. Laure verscheen in de deuropening, alleen gekleed in een slipje en bh, doorzichtige rode spulletjes die niet veel aan de verbeelding overlieten. Delfosse zette een stap achteruit en bekeek haar onbeschaamd van kop tot teen.

'Jij bent ook niet preuts. Ontvang jij de mensen altijd in je blootje?'

'Hoezo bloot? Ik wou juist een bad nemen.'

Op de achtergrond hoorde Delfosse water stromen.

'Kom binnen. Je geneert je toch niet in aanwezigheid van een naakte vrouw?'

'Nee, nee', kon Delfosse nog uitbrengen, maar zijn stem zat een octaaf lager dan normaal.

'Kom toch binnen. Het tocht hier met de deur open.'

Laure draaide zich om. Delfosse fixeerde zijn blik op haar billen. Hier en daar werd een van zijn klieren abrupt uit zijn winterslaap geschopt, die dan al zijn opgespaarde hormonen in zijn bloedbanen begon te pompen.

'Zal ik misschien later eens terugkomen?'

'Maar nee, commissaris. Ik heb iemand nodig om mijn rug te wassen. Dat wil je toch wel doen voor mij? Ik zal het niet aan Eleonore vertellen, hoor.'

Laure schoot in de lach. Een oudere man opgeilen, netjes was het niet, maar dat zou het onverhoopte extraatje van de dag worden.

Ze verdween in de badkamer en liet de deur openstaan. Delfosse sloot de ogen, wreef zijn klamme handen af aan zijn broek en verliet de kamer op de tippen van zijn tenen. Hij sloot de deur zachtjes achter zich en in de gang deed hij een poging om zijn ademhaling onder controle te krijgen. Hij keek naar links en naar rechts om zich ervan te vergewissen dat niemand hem had opgemerkt.

29

De volgende morgen gaf iedereen present aan de ontbijttafel. Van Sant was in een opgewekte stemming. Het souper met Eleonore was een succes geweest en de gastheer genoot nog na van de uitgewisselde intimiteiten. Om de lippen van Eleonore zweefde een glimlachje. Ook zij had van het tête-à-tête genoten. Laure deed alsof haar neus bloedde. Delfosse vermeed in haar richting te kijken. Hij had aan het voorval in haar kamer een onrustige nacht overgehouden. Enkel de bar had soelaas gebracht.

'Iedereen goed geslapen? Aan die kleine oogjes van jou te zien heb jij een kort nachtje gehad, commissaris. Te veel met de zaak bezig geweest?'

Van Sant knipoogde naar Eleonore.

'Je ziet eruit als een schotelvod, Delfosse. Heb je dan zo slecht geslapen? Last van je geweten?'

De commissaris maakte een brommend geluid. Vervolgens deed hij een loffelijke poging om geruisloos van zijn koffie te drinken.

'Jullie kennen mijn man ondertussen een beetje. Als hij zich in een zaak vastbijt, vertoeft hij op een andere planeet. Een gelegenheid als deze laat hij niet voorbijgaan.'

'Oh ja?' vroeg Laure op een plagende toon.

Ze boog zich voorover om Delfosse wat inkijk te geven in haar decolleté. Zijn kop koffie bleef onderweg naar zijn schoteltje in de lucht zweven. Hij kreeg het gevoel dat hij rood aanliep. Delfosse schraapte zijn keel.

'Genoeg gepalaver. Het is tijd dat er iets nuttigs wordt gedaan. Ik heb een opdracht voor jou, Laure.'

'Ik ben een en al oor, commissaris.'

Het duiveltje in Delfosse nam gretig over.

'Toch meer borst dan oor, zo te zien.'

Laure wreef zich in de handen. Het gezicht van Van Sant betrok. Bij Eleonore ging er een wenkbrauw omhoog. Dio, die verse koffie bracht, spitste zijn oren.

'Ik zou willen dat je naar het hotel gaat waar de Arabier verbleef. Hotel Antigone, aan de Jordaenskaai, je weet wel. We kunnen ons niet veroorloven iets over het hoofd te zien. Er moet opnieuw met het personeel gesproken worden. Het is te belangrijk. Die lui van de recherche, daar kun je geen staat op maken tegenwoordig. Ze vergeten altijd wel iets. Ik wou dat ik zelf kon gaan maar in de gegeven omstandigheden...'

'Ik ben er helemaal klaar voor. Eindelijk een beetje actie. Je moet me wel precies zeggen hoe ik het moet aanpakken, commissaris.'

'Bonkers gaat mee. Anders gaat het niet door', onderbrak Van Sant op strenge toon.

'No problema. Met een stoere ridder aan mijn zijde kan er niets verkeerd gaan.'

'Als jou iets zou overkomen, dan vermoordt Marie-José mij. Weet je nog hoe ze reageerde op het nieuws van je ontvoering?'

'Wat niet weet, niet deert, zo gaat dat spreekwoord toch? Je hoeft het niet meteen aan haar neus te hangen, papa.'

Eleonore wilde ook wat weerstand bieden.

'Ik weet niet of dit zo'n goed idee is, Delfosse. Erger nog, ik vind het onverantwoord van je.'

'Wil je misschien zelf gaan? Ik kan toch moeilijk een oud mens sturen, niet?'

Zijn woorden waren nog niet koud of Delfosse besefte dat hij zwaar in de fout was gegaan. Eleonore sprong op en wierp haar servet op tafel. Dit keer was ze hevig in haar gat gebeten.

'Oud mens...! Heb je jezelf al eens goed in de spiegel bekeken? Maar goed dat je nog wat tanden hebt, anders was het helemaal niet meer om aan te zien.'

Delfosse kromp ineen. Dat beloofde wat voor de komende dagen. Van Sant wilde een sussende opmerking maken, maar kreeg de kans niet. Eleonore liep de kamer uit zonder iemand nog een blik te gunnen. Delfosse slaakte twee zuchten na elkaar.

'Vrouwen... altijd lichtgeraakt.'

'Je bent een ongelikte beer, commissaris. Kun je niet beter op je woorden letten?'

'Ja maar, ik bedoelde het niet zo.'

'Je kunt het hier niet bij laten. Ik zou maar excuses aanbieden.'

'Later, later.'

Geen haar op het hoofd van Delfosse dat eraan dacht enige actie in die richting te ondernemen. Excuses waren meer iets voor de paus, om zijn pedofiele personeel te verontschuldigen. Hij wendde zich tot Laure.

'Wist je dat Antigone zowat het enige hotel is aan de oevers van de Schelde?'

30

Bonkers parkeerde zijn Kawasaki ZZR1400 onder de hangars op de kaai, op honderd meter van het hotel. Het was bijna middag en al drukkend warm. Het wemelde van de toeristen die op de kaai massaal uit bussen werden gelost. Laure had genoten van de rit op het achterzitje. Spijtig van de helm die ze willens nillens van Danny had geleend. Het ding rook onfris en bezorgde haar een onaangenaam zweterig gevoel. Bonkers had zo te zien geen last van de warmte. Hij had zijn lederen pak inclusief handschoenen over zijn kostuum aangetrokken. Laure droeg een jeanspakje. De suggestie van de veiligheidsman om met de motorfiets naar de stad te rijden, was op algemene instemming onthaald. Het gaf hun een voordeel in het onwaarschijnlijke geval dat ze halsoverkop aan de haal zouden moeten gaan. Laure had onderweg haar armen onbehoorlijk laag om zijn middel geklemd en Bonkers had aan die niet onaangename sensatie een erectie overgehouden, voor het eerst in zijn leven op de motorfiets.

'Wat doen we met de helmen?' vroeg Laure terwijl ze haar hoofd schudde om haar kapsel te fatsoeneren.

'Meenemen, vrees ik. Anders worden ze gegarandeerd gestolen.'

'Erg onhandig, die dingen.'

Het koppel wandelde met de helmen onder de arm de parking af.

Aan de balie stond een hotelgast op luide toon in gebroken Frans zijn probleem uit te leggen aan de receptioniste. De vrouw luisterde maar half, nam af en toe een slok van haar koffie en voegde ostentatief een woord toe aan het kruiswoordraadsel in haar krant. Laure ging naast de ontevreden man staan en zwaaide met de politiepenning die ze van Delfosse had gekregen. Haar duim bedekte de foto van de commissaris.

‘Politie. Kunnen we even met u spreken?’

De luidruchtige klager schrok en maakte zich haastig uit de voeten. Een harig mormel op een dure stoel naast de balie grommelde, meteen in het defensief.

‘Politie? Alweer? Komt u de kamer vrijgeven? De gasten op de verdieping stellen aldoor vragen. En intussen kan ik die kamer niet verhuren. Wie gaat mij hiervoor schadeloos stellen?’

De vrouw had vettig piekhaar en een van de glazen van haar brilletje vertoonde een barstje.

‘Ik ben inspecteur Bouttlegier.’

Laure liet de identiteit van haar collega in het midden. Delfosse had met opzet een naam bedacht die niemand langer dan één minuut kon onthouden.

‘Ik heb alles al verteld. Ik weet niets meer.’

De vrouw plaatste haar ellebogen op de balie en keek Laure vastberaden aan. Laure keek even vastberaden terug.

‘Er zijn nogal wat onregelmatigheden vastgesteld in dit hotel. De sociale zekerheid heeft een dossier geopend’, blufte ze.

De vrouw verbleekte zichtbaar.

‘Onregelmatigheden? Weet ik niks van.’

‘Bent u de eigenaar?’

‘Nee, nee, ik ben de zaakvoerder.’

‘Luister, mevrouw, we zijn hier niet om u het leven zuur te maken. We willen alleen even spreken met de persoon die de kamers schoonmaakt. Meer bepaald kamer, euh… 14, is het niet?’

Delfosse had gesuggereerd dat het middaguur het geschiktste tijdstip was. Het uur waarop de poetsvrouwen in actie komen, omdat de meeste kamers dan leeg zijn.

‘Donata?’

‘Is dat haar naam? Welke nationaliteit?’

‘Poolse’, zei de vrouw. ‘Ingeschreven volgens het reglement. Alles perfect in orde.’

‘Dat wil ik best geloven’, suste Laure. ‘Is ze aan het werk? Kunnen we haar nu even spreken? Het zal niet te lang duren.’

'Ze spreekt niet goed Vlaams. Ze kent wel een woordje Duits.'
'Geeft niet, we zullen ons wel uit de slag trekken.'
'Zal ik haar roepen? Ze heeft dienst tot vier uur.'
'Nee, laat maar. We vinden haar wel. Donata... hoe?'
'Donata Waldec. Je herkent haar aan haar rode hoofddoek.'

Bonkers was al op weg naar de trappen. Hij liep te dicht langs de stoel waar de hond lag te gluren. Het beest hief zijn kop op en begon astmatisch te blaffen.
'Braaf hondje', probeerde Bonkers.
'Stil, Benji.'
De hond luisterde niet.

Ze vonden Donata op de eerste verdieping achter haar wagentje met poetsgerief en vers linnen. Laure zwaaide met de badge.
'Mevrouw Waldec? Politie.'
De Poolse keek achterom alsof ze een vluchtweg zocht en blokkeerde de gang met haar karretje.
'Enkel een paar kleine vraagjes', zei Laure op zachte toon. 'Over de gast in kamer 14.'
'Ikke weit niks van gast in kamer. Politie al geweest.'
Ze wees naar de repen plakband die de kamer verzegelden.
'Hebt u als laatste de kamer gedaan?'
'Bazin zeir zufrieden. Fragt immer nach Donata.'
'Daar twijfelen we niet aan, Donata. Mag ik Donata zeggen?'
Het kamermeisje leek wat gerustgesteld.
'Ikke moet noch viel kooisen, viele zimmer.'
'Ik heb naar één klein vraagje. Dan laten we je rustig verder werken. Kijk, Donata, de man in kamer 14 is een zeer gevaarlijke man, een gangster. We moeten zo veel mogelijk weten over hem. Is je iets speciaals opgevallen toen je de kamer deed? Elk detail heeft zijn belang. Heb je dat begrepen?'
Donata knikte instemmend en keek naar de grond.
'Ikke alles verstaan.'

Laure was niet echt opgetogen over haar ondervragingstechnieken.

'Heb je zijn bagage gezien? Stond zijn koffer soms open? Wat lag er op zijn nachttafeltje?'

De Poolse schudde het hoofd.

'Niks koffer, kamer immer leer.'

Laure kreeg het benauwd. Hier viel niets te rapen. Ze waagde een ultieme poging.

'Heb je zijn vuilnisbakje leeggemaakt? Lag er iets in? Denk goed na, Donata, er moet iets zijn wat ons kan helpen.'

Het kamermeisje haalde haar schouders op. Bonkers had het tafereel met lede ogen aangezien en greep in.

'Kom nu, Lau... euh, inspecteur. Het heeft geen zin. Deze vrouw weet niets.'

Bijna had hij zich versproken. Toneelspelen was niet zijn sterkste kant.

'Goed. Dan gaan we maar', zei Laure, zwaar ontgoocheld omdat ze Delfosse niets nuttigs zou kunnen melden.

Ze keerde Donata de rug toe en maakte aanstalten om te vertrekken. Toen ze drie stappen ver was, hoorde ze: 'Allo. Ik heb wel papiertje. Lag onder bed.'

Laures hart sloeg een paar slagen over. Ze draaide zich om.

'Papiertje? Welk papiertje?'

De Poolse stak een hand in de zak van haar schort en haalde er een stukje papier uit. Het leek op een blad dat uit een boek was gescheurd.

'Mag ik het zien?' zei ze bijna smekend.

'Ikke heb bewaard. Voor als man wieder komt.'

Laure griste het papier uit haar hand. Bonkers was naderbij gekomen en keek over haar schouder. Hij zag onmiddellijk wat het was.

'Het is een bladzijde uit een handleiding. Aan de icoontjes te zien: van een auto. De betekenis van de symbolen op de display die aangeven wat er fout gaat.'

Laure's brein begon warmte te produceren.

'Jezus. Hier hebben we tenminste iets aan.'

'Dank je wel, Donata, je hebt ons goed geholpen.'

Laure wilde haar iets toesteken, maar bedacht net op tijd dat politie-inspecteurs geen fooien geven.

'Mag ik het papiertje houden?'

Het kamermeisje knikte en mompelde iets onverstaanbaars. Laure gaf het aan Bonkers, die het direct in zijn zak stak. Halverwege de trap naar beneden vroeg ze: 'Ken je iets van auto's? Kunnen we het merk achterhalen? Ik heb nergens een aanwijzing gezien.'

'Aan de icoontjes te zien is het een recente wagen. Kan van alles zijn. Je wilt toch niet alle dealers aflopen?'

'Ben je gek? Dat laten we aan Delfosse over. Die weet wel raad met dit soort zaken.'

De receptie lag er verlaten bij toen ze weer beneden stonden. Alleen de hond hield een oogje in het zeil. Laure kon het niet laten en gromde tegen de hond. Toen brak de hel los. De hond kwam overeind en begon wild te blaffen. Bijna meteen werden zijn korte blafgeluiden afgewisseld met een soort doodsreutels.

'Dat beest gaat erin blijven. Laten we maken dat we hier wegkomen.'

Laure en Bonkers verlieten haastig de lounge. Bij de deur botsten ze bijna tegen een man met een ouderwets valiesje aan.

'Je hebt toch recentelijk nog een tetanusspuit gehad, hoop ik?' riep Laure tegen de nieuwe gast.

Het koppel reed terug naar het kasteel en trommelde iedereen op om naar de werkkamer van Van Sant te komen. Delfosse bestudeerde de uitgescheurde pagina met zorg.

'Onder het bed, zeg je? Aha...'

Laure toonde haar ongeduld.

'Wel?'

'Knap gedaan, meisje. Dit zou weleens een doorbraak kunnen betekenen.'

Laure glunderde. Ze keek naar haar vader, die de lippen stijf opeengeklemd hield.

'Ik had al zo'n vermoeden', zei ze triomfantelijk. 'Je vertelt Pierijns toch wel hoe we daaraan gekomen zijn, hè? Ik zou haar gezicht wel willen zien.'

'Later misschien. We hebben haar nodig om het type auto op te sporen.'

Delfosse toetste het oude nummer van Goossens in op zijn gsm.

'Pierijns? Ik ben het. Ja, Delfosse. Zeg, je moet iets voor mij doen. Luister goed.'

De commissaris legde uit wat hij wilde. Hij gaf Laure te kennen dat ze moest noteren.

'E-mailadres.'

Delfosse dicteerde. Laure schreef het adres op een blocnote van haar vader. Er volgde een korte stilte. Delfosse hield het toestel op armlengte en hief zijn ogen ten hemel.

'Nu niet, Pierijns, later. Eerst doen wat ik heb gevraagd. We sturen je zo dadelijk een e-mail.'

'Het is van een BMW', zei Delfosse.

'Hoe kun je dat zo ineens weten, commissaris?' vroeg Laure verwonderd.

'Van Servaes, mijn dode vriend Servaes. Die had een BMW zien wegrijden bij het tankstation. Maar meer weet ik niet. Ook niet de kleur. Op dat moment heb ik er niet aan gedacht meer details te vragen. Maar met een stukje uit de handleiding kunnen we makkelijk het type opsporen.'

'Volgende stap nu. Luister, ik wil dat je Pierijns een kopie stuurt van de pagina. Voor- en achterkant.'

Laure noteerde de boodschap op de blocnote.

'En nog iets, Laure', zei Delfosse toen ze klaar was met schrijven.

'Zeg er niet bij dat het een BMW is. We moeten het ze ook niet te gemakkelijk maken. Vergeet niet een kopie voor ons af te drukken.'

Van Sant wees de commissaris met de vinger.

‘Achterhouden van informatie in een moordzaak, commissaris. Daar staan strenge straffen op, niet?’

‘Wat gaan ze doen? Mij in de gevangenis steken? Dat zie ik nog niet zo snel gebeuren.’

Delfosse had ‘een kopie voor ons’ gezegd. Dat gaf Laure het warme gevoel dat ze erbij hoorde. Ze dacht aan Annelies en die gedachte deed nog wat extra bloed naar haar onderbuik vloeien.

31

'Hé, Meuris, jij bent toch een autofreak? Herken je dit soms?'

Pierijns duwde een kopie van het afgescheurde blaadje onder de neus van de speurder. Meuris was opgetogen dat hij eindelijk wat aandacht kreeg van 'Miss Oudaan'. Annelies liet haar borsten zowat op zijn schouders rusten terwijl ze over zijn schouder geleund afwachtte wat hij te zeggen had. Hij keek opzij, rook een parfum van zuivere zeep en was vanaf dat moment de man die het meeste van Pierijns borsten had gezien.

'Dit is een stuk van de gebruiksaanwijzing van een BMW X3', zei Meuris zonder aarzeling.

'Hoe weet je dat zo zeker?'

'Heel zeker. Mijn broer heeft er recent eentje gekocht. Veel te duur voor mijn portemonnee, spijtig genoeg. Ik was erbij toen hij hem kocht. We hebben samen een testrit gemaakt. Vandaar.'

'Je hebt me uitstekend geholpen, Meuris. Ik sta bij jou in het krijt. Je weet toch wat dat betekent?'

Pierijns verliet Meuris zonder verdere uitleg. Meuris hief zijn arm omhoog en rook onder zijn oksel. Het rook niet onfris. De man had gelezen dat een lijfgeur voor vrouwen de eerste afknapper was. Maar een dergelijke fout had deze jongen alvast niet gemaakt. Meuris zou de rest van de dag in totale euforie doorbrengen.

Adjunct-commissaris Pierijns had geen moeite om een volledig bataljon manschappen aan het werk te zetten. Er werden zonder morren overuren gedraaid. Over onkosten werd in deze zaak niet moeilijk gedaan. De Dienst Inschrijving Voertuigen bood enige weerstand, maar een telefoontje van een hoge instantie deed wonderen. Een etmaal later beschikte Pierijns over twee listings. De lijst met de geregistreerde BMW's en die van de verkochte wagens bij Belgische dealers. Het aantal liep op tot een paar honderd, een cijfer dat duidde op een commercieel succes. Er zat niets anders op dan elke X3 te traceren om de eigenaars te ondervragen. Een titanenwerk dat in andere omstandigheden weggelachen en opgegeven zou worden.

Pierijns zat een teamvergadering voor. Zij had de reputatie daarin niet te hoeven onderdoen voor haar mannelijke collega's.

'Iemand een suggestie? Niemand?'

Annelies zwaaide met de lijsten. Coppens, een jonge, ambitieuze inspecteur, stak zijn hand op. Hij had, in tegenstelling tot de anderen, zijn jas aangehouden.

'Ja, Coppens?'

'We moeten een voorselectie maken, anders zijn we met Pasen nog bezig.'

Op de laatste rij klonk afkeur over zo veel ijver.

'Aandacht, alstublieft. Alle voorstellen zijn welkom. Nu, wat houdt dat zoal in, inspecteur?'

Coppens kuchte en trok een ernstig gezicht. Spreken in een vergadering was zijn ding niet, maar hij kon er niet meer onderuit.

'De kans is klein dat de moordenaar de eigenaar is van de BMW. Hij kan gestolen zijn. Daar kunnen we vlug achter komen. Maar naar mijn mening is de wagen gehuurd of geleased. Geleased door een andere persoon en dan uitgeleend, dat kan ook.'

Coppens keek Annelies vragend aan. Zijn ogen smeekten om een signaal van appreciatie. De rest van de mannen leek alvast onder de indruk van zo veel doorzicht.

'Keiverstandig, Coppens. Jij gaat het nog ver brengen.'

De inspecteur liep rood aan. Hij had niet door dat Annelies er een ironisch schepje bovenop deed. Iemand gaf de inspecteur een schouderklopje.

'In het vervolg mag je haar tasje dragen, Coppens.'

Pierijns negeerde de opmerking. In feite had ze dezelfde piste toch al in haar hoofd gehad. Niet dat het speurwerk hierdoor gehalveerd werd of zo. Ze wist dat het grootste deel van de duurdere wagens vandaag door leasingmaatschappijen werd aangekocht.

'Nog ideeën? Komaan, mannen, zet die hersencellen aan het werk.'

Pierijns keek rond. Hoofden werden ingetrokken, blikken op oneindig gericht. De stilte werd pijnlijk.

'Verkeerscamera's? Camera's van benzinestations?' zei iemand.

'Ben jij dat, Meuris?'

'Euh, ja.'

Inspecteur Meuris maakte zich klein. Hij wist dat hij een fout had gemaakt. De man naast hem keek hem meewarig aan. Meuris was nog maar een paar maanden bij het korps en hij moest nog leren hoe men hier oervervelende karweitjes moest omzeilen.

'Goed. Dan ben jij verantwoordelijk voor de videobeelden. Kies nog twee collega's en begin er maar aan.'

Dat maakte de straf volledig. Pierijns was verlost van de taak om iemand met de opdracht op te zadelen en Meuris zat met de gebakken peren. De leerschool was hard voor iedereen, en hoe sneller hij dat besefte, hoe sneller hij ingeburgerd zou zijn.

32

ANTOINE COUDRON KEEK STOMVERBAASD naar zijn informant.

'Van Sant? Victor Van Sant? Dat meen je niet.'

'Toch wel. We zijn absoluut zeker.'

Erwin Ressen hield er niet van als zijn woorden in twijfel werden getrokken, zeker niet door de baas.

'Dus commissaris Delfosse en zijn echtgenote zijn ondergedoken bij Van Sant?'

'Die twee kennen elkaar toch. De zaak-Van Hogendorp, weet u nog? Van Sant staat bij Delfosse in het krijt, vandaar. Eenvoudige conclusie.'

'Ik vind die hele situatie maar niks. Samen hebben die twee de middelen en capaciteiten om stokken in onze wielen te steken.'

Coudron wreef over zijn kin.

'De shit stapelt zich steeds hoger op. En nog iets: Delfosse voelt zich bedreigd. Dat betekent dat hij veronderstelt dat de moordenaar van zijn vriend ook achter hem aan zit. Die lastpost gaat niet rusten voor de dader gevonden is en veilig achter de tralies zit.'

'De kans dat hij gevonden wordt, is totaal verwaarloosbaar.'

'Dat geloof jij, Ressen. Ik heb geleerd altijd met het onwaarschijnlijke rekening te houden. De zwarte zwaan, of heb je daar nog nooit van gehoord? Alles wat kan gebeuren, gebeurt. Het is een kwestie van tijd. Dat weet ik nog uit de lessen natuurkunde.'

'Als die overijverige ex-commissaris ooit een link kan leggen tussen mij en de aanslag, zitten we in de puree. Met Van Sant in de buurt is dat fataal. Begrijp je nu de ernst van de situatie, kolonel?'

Zijn toon beviel Ressen niet. Het woord 'kolonel' vond hij misplaatst, zeker uit de mond van zijn baas.

'Wat doen we met Delfosse? We kunnen hem het zwijgen opleggen. Moeilijk in de gegeven omstandigheden, maar niet onmogelijk.'

Coudron keek Ressen strak in de ogen. Het antwoord kwam met enige vertraging.

'Ik ben bereid te luisteren naar je plannen, Ressen. Maar voor een ingreep is het nog te vroeg. Ik herhaal: waag het niet om op eigen houtje aan iets te beginnen. Ik ken je beter dan je denkt. *Capito?*'

Het gesprek werd onderbroken door een overgaande telefoon. Coudron reikte naar de hoorn.

'Ja?'

Hij wuifde Ressen de kamer uit.

'*Merde alors*. Nu?'

Een half uur later overhandigde een politieman het document aan een zwaar geïrriteerde Coudron.

'Wat betekent dit? Een bevel tot huiszoeking?'

'Bovendien verzoeken wij u om met ons mee te gaan. De onderzoeksrechter wil u spreken op het politiebureau.'

'Wat als ik weiger om mee te gaan?'

De officier wendde zich tot zijn collega.

'Veekmans, het andere document.'

De man haalde een dichtgeplakte envelop uit zijn binnenzak.

'De onderzoeksrechter heeft rekening gehouden met deze mogelijkheid. We kunnen dit ook gebruiken. De keuze is aan u, meneer Coudron.'

'Ik sta erop mijn advocaat te bellen. Ik heb mijn rechten.'

'Geen probleem. U hebt een minuut.'

Coudron verbeet zijn opkomende razernij over zo veel arrogantie.

'Wat was uw naam ook weer? En die van uw collega?'

33

Het leven op kasteel Lissekerke beviel Delfosse uitstekend. Hij sliep ongestoord tot een stuk in de voormiddag en verscheen nooit meer aan de ontbijttafel. Van Sant en Eleonore hadden de gewoonte aangenomen om samen te ontbijten en die twee schenen ook een flink stuk van de rest van de dag in elkaars gezelschap door te brengen. Laure was zo vroeg nergens te bespeuren, en daarna kwam en ging ze zoals het haar beliefde. Diane zorgde voor het secretariaat. Van Sant had het grootste gedeelte van zijn professionele activiteiten overgelaten aan Adriaan Van Tichelt en werd alleen nog geraadpleegd over belangrijke beslissingen. De kasteelheer had dus tijd zat en in Eleonore had hij nu een maatje gevonden. Zijn collectie voorhistorische objecten en kunst uit de oudheid in de museumkelder vond ze fascinerend.

'Legaal of gesmokkeld?' wilde Eleonore weten.

'Beide', bekende Van Sant. 'Uitzonderlijk kan ik op veilingen iets op de kop tikken. Er wordt nog maar zelden een interessant stuk aangeboden. Tony reist de wereld rond, op zoek naar waardevolle voorwerpen. Hij is kunsthistoricus en doet eigenlijk wat ik graag had willen doen. Hij is een fanaat zoals ik en zeer onderlegd in de materie. Maar maak je geen zorgen: ik heb bij testament bepaald dat alles wordt teruggegeven aan het land van herkomst. Ondertussen geniet ik van de collectie. Jij bent een van de weinige mensen die van het bestaan ervan af weten. En een van de nog kleinere groep mensen die de schoonheid ervan appreciëren.'

Eleonore was gecharmeerd door zijn vertrouwen. Delfosse gunde haar het plezier en de spanning. Zij genoot met volle teugen van de aandacht van de miljardair en hij vond dat zijn echtgenote een nieuwe aanbidder verdiende. De commissaris meende dat hij te oud was voor jaloezie.

De keuken was de klok rond bemand en je kreeg op het kasteel de service van een vijfsterrenrestaurant. Je hoefde maar de telefoon op te nemen om iets te bestellen. Marthe en Louis woonden al jaren op het kasteel en verlieten het domein hoogstens een keer of twee per maand voor een uitstapje of een dagje shoppen in de stad. Ze waren zeer verknocht aan Van Sant. Diane had haar eigen kamer met badkamer. De secretaresse aanbad Van Sant in alle discretie. Zij zou zonder nadenken voor hem door het vuur gaan.

Delfosse bracht het grootste deel van de voormiddag door met kranten inkijken. Het kasteel was geabonneerd op zes belangrijke kranten en een rits van gespecialiseerde tijdschriften. Alleen de glossy magazines van Laure liet hij links liggen. De postbode van dienst reed gewoonlijk met zijn lading tot bij de ingang. Voor dat 'ongemak' kreeg hij een wekelijkse compensatie in de vorm van een fles oude jenever en de belofte op een extraatje met Nieuwjaar. De ronde die langs het kasteel liep, was dan ook zeer gegeerd.

Maar nu moest de postbode de stukken deponeren in de overmaatse brievenbus aan de ingang en hij vroeg zich af of hij nu zijn fles zou mislopen.

Bonkers zag geen enkele mogelijkheid over het hoofd. Een dienstwagentje van de post is vlug gestolen en hij wist wat voor schade een Trojaans paard kan aanrichten. In het algemeen baarde de situatie de veiligheidsman zorgen. Dat Pierijns in het oog werd gehouden, beviel hem niet. Een plattegrond van het historische pand kon je probleemloos op internet inkijken. Dat was een zwak punt. Maar de gesofisticeerde alarminstallatie was van Amerikaanse makelij, apparatuur die nog altijd niet te koop was in Europa en die een eigen noodgenerator omvatte voor het geval iemand de stroomkabel zou doorsnijden. Wat Bonkers het meeste dwarszat, was dat de vijand geen gezicht had. Uit de informatie van Delfosse was hij niet veel wijzer geworden. Betrof het een enkel individu? Of een georganiseerde bende? Zat de lokale maffia hier achter of was het een van de nieuwe clans uit het Oostblok die een rekening wilde vereffenen? Of een of ander kopstuk dat een fout wilde verdoezelen? De commissaris dacht in de richting van een terroristische groep. Bonkers had zo zijn twijfels. Er waren geen nieuwe ontwikkelingen en hij voelde de aandacht van de media verslappen. Waren ze met een kanon op een mug aan het schieten? Misschien stelde het allemaal niet zo veel voor. Hoewel, de brutaliteit van de moord en de explosie sprak dat tegen.

Tot overmaat van ramp wilde Laure leren schieten. Ze zeurde aan Bonkers' hoofd tot hij uiteindelijk toegaf. Sinds haar ontvoering bewaarde ze een Smith & Wesson 340 in haar nachtkastje. In het park van het kasteel had Bonkers een kleine schietstand ingericht. De kasteelbewoners waren gelukkig op tijd op de hoogte gebracht. Bonkers stond te kijken van het schiettalent van Laure. Ze genoot. Met de ervaring en trukendoos van Bonkers ontpopte Laure zich in een mum van tijd tot de nieuwe Annie Oakley. Ze verkoos gevulde blikjes Perrier om haar schietkunst op te oefenen. Die gaven een spectaculair effect als het containertje als watervuurwerk uit elkaar spatte. Ze liet dagelijks een voorraad aanrukken, waarop ze vuurde met gestrekte arm, gehurkt, vanuit de heup... alles leek haar te lukken. Na afloop van elke oefensessie verspreidde Laure een intense kruitgeur. Bonkers was onder de indruk. Toen de kogels op waren en het voorlopig gedaan was met de pret, vroeg Laure Bonkers om extra munitie te bestellen – genoeg om een kleine oorlog te beginnen. Gezien haar overduidelijke talent aarzelde hij niet.

34

De lijst met verkochte BMW X3's werd twee dagen later omstreeks tien uur afgeleverd op het kasteel. Per speciale koerier. Pierijns vond het niet kunnen om politie-informatie naar een privépersoon te mailen. De lijst bevatte een paar honderd namen van verkooppunten en kopers, en de registraties waren handig gerangschikt, op naam van bedrijven, leasingfirma's en particulieren.

Delfosse keek niet bepaald enthousiast bij het overlopen van de lijst.

'Dat valt hier zwaar tegen. Er is blijkbaar nog wel wat overbodig kapitaal in dit land...'

'Wat bedoel je daarmee, Delfosse?' vroeg Van Sant geïrriteerd.

'Niets, niets, ik dacht aan het... milieu en zo.'

'Ach zo, ik meende een spoor van jaloezie te bespeuren.'

'Geld maakt niet gelukkig, zegt de volksmond.'

'Beschouw het eerder zo, commissaris, geld maakt...'

'Zullen we het een andere keer over geld hebben, Victor? We hebben wel iets anders te doen dan de filosoof uit te hangen.'

'Jij bent begonnen, Delfosse.'

Alsof ze iets geroken had, kwam Laure de werkkamer van haar vader binnengestormd. Ze was net uit haar bed gerold, op blote voeten en in een pyjama die half openhing.

'Ook een goedemorgen. Aankloppen is blijkbaar niet de gewoonte in dit huis. Kun je misschien iets fatsoenlijks aantrekken in aanwezigheid van gasten?'

Laure deed alsof ze hem niet hoorde.

'Is er nieuws, Delfosse? Wat is dat?'

Laure wees naar de papieren die Delfosse in de hand hield.

'De fameuze lijst met de BMW's. Ik stel voor dat we het werk in drieën verdelen. Laat jullie intuïtie werken. Kruis elke verkoop aan die aandacht verdient. Pierijns verwacht suggesties van ons. We mogen haar niet teleurstellen. Aan het werk, dame en heer.'

Van Sant keek verbijsterd en licht afkeurend naar de commissaris. Het was de eerste keer in jaren dat iemand hem een opdracht gaf. Het was een eigenaardig gevoel een bevel te krijgen van iemand die te gast was op zijn kasteel, en bovendien een politieman. De miljardair hield de lippen stijf op elkaar toen hij zijn lijstje in ontvangst nam.

'Moet dat echt?' probeerde hij.

'Papa, heb je iets om te schrijven?'

'Voor mij ook', vroeg Delfosse, die vermaard was om zijn collectie kogelpennen, maar er nooit eentje op zak had.

Van Sant had dat al eerder ondervonden. Hij stond op en haalde twee bics uit een doos op zijn bureau, aarzelde en legde dan één bic terug en verving hem door een half potlood.

'Hier.'

Delfosse merkte niets van de subtiele hint.

'Koffie of iets sterkers?'

De kasteelheer zocht een uitvlucht om het karwei uit te stellen. Delfosse wuifde afwijzend. Hij was al druk in de weer met zijn lijst. Van Sant zuchtte en bekeek vluchtig het eerste blad. Plots ging hij rechtop zitten.

'Hé, dat is een toeval.'

De twee anderen keken verbaasd op.

'Heb je al iets?' vroeg Delfosse.

'Mercom.'

'Wat Mercom?'

De commissaris en Laure stonden op en tuurden over de schouder van Van Sant.

'Hier, Mercom', wees hij. 'Ik ken die firma. Telecommunicatie. Iets met onderdelen voor satellieten. Ik geloof zelfs dat ik ooit aandelen in dat bedrijf heb gekocht.'

'Is dat alles?' vroeg Delfosse.

Er klonk ontgoocheling in zijn stem.

'Nee, dat is niet alles. Weet je wie de hoofdaandeelhouder van Mercom is? Coudron. Mijn oude vriend, Antoine Coudron. Allemachtig!'

'Is dat niet die man die lid was van jullie clubje? Een van de drie rijkste mannen van het land?'

'Klopt. Vroeger was Coudron een logevriend. Tot een jaar of tien geleden. Toen is hij opgestapt na een hevige ruzie over een futiliteit. De scheldwoorden en bedreigingen waren niet uit de lucht. De man had alle redelijkheid verloren, ging compleet uit de bol. Een maand later bestond het clubje niet meer. Coudron was altijd al een geslepen opportunist. Ik herinner mij een aantal aangebrande transacties: wapens, Congolese grondstoffen, omkoping van lokale machthebbers... Maar in de grond was hij een ziekelijk jaloers jongetje, dat niet kon verdragen dat iemand meer succes had dan hij. Hij moest de grootste zijn, de rijkste, de invloedrijkste, koste wat het kost. Een gevaarlijk mannetje, totaal onbetrouwbaar op het laatst, van het soort dat nooit vergeet, laat staan vergeeft. Omringde zich met ongure individuen die het vuile werk voor hem deden.'

Van Sant deed zijn uitleg in één ruk, en naarmate hij vorderde, keek hij almaar bedrukter, alsof hij er al innig van overtuigd was dat hier iets aan de hand was dat te dicht bij zijn persoon kwam.

'Jezus, Victor, denk je dat die Coudron in het complot zit?'

Delfosse wreef heftig over zijn kin. Nog even en hij zou op de duim van zijn linkerhand beginnen te blazen, een teken dat hij zich aan het opwinden was.

'Dat is een voorbarige conclusie, commissaris. Het kan natuurlijk gewoon toeval zijn.'

'Toeval, toeval, ik voel aan mijn kloten dat er een verband is.'

'Oh, als mannen hun ballen laten spreken...' wierp Laure ertussen.

'Niet alleen de ballen, ook een ander orgaan.'

Delfosse tikte op zijn neusgaten.

'Coudron zal het allerminst appreciëren als ik in het plaatje opduik – als hij hier inderdaad iets mee te maken heeft', zei Van Sant.

'Ik denk dat hij het al weet. Denk eraan: iemand heeft Pierijns geschaduwd. Dat is een onweerlegbare link met het kasteel.'

'*Holy shit*', vloekte Van Sant.

'*Holy shit*', beaamde Laure.

'Er is nog iets', bedacht Van Sant.

'Wat dan? Spreek op, man!'

Delfosse schoof heen en weer op zijn stoel. Deze keer blies hij heftig op zijn hand.

Van Sant plantte zijn vinger op de adresgegevens op zijn lijst.

'Het adres. De kantoren van Mercom zitten in die pas gerestaureerde wijk achter de kaaien. Ik kan even niet op de naam komen.'

'Op loopafstand van Hotel Antigone. Godverdomme.'

'Inderdaad. Een rij van toevalligheden, toch?'

'Toevalligheden? Vertel geen onzin, hé.'

'Wat nu?' vroeg Laure.

'We volgen deze piste, zeker weten', zei Delfosse met overtuiging.

'Ik...'

'De handleiding', riep Laure.

'Juist, meiske. Je neemt me de woorden uit de mond. Als we in die BMW een handleiding vinden met een uitgescheurde pagina hebben we prijs. Serieus prijs.'

'Moeten we Pierijns niet op de hoogte brengen, commissaris? Je weet hoe ik denk over het achterhouden van informatie in een moordzaak.'

'Victor, je begint op mijn zenuwen te werken. Pierijns kan nog even wachten.'

'Wie gaat deze klus klaren? Ik ben kandidaat.'

Laures ogen glinsterden.

'Geen sprake van. Ik verbied het. Je gaat onder geen beding in het hol van de leeuw rondsnuffelen.'

Laure trok een pruillip. Ze keek vol verwachting naar Delfosse.

'Je vader heeft deze keer overschot van gelijk, vrees ik. Dit is veel te gevaarlijk.'

'Ik kan mijn mannetje staan. Ik heb leren schieten. Vraag het maar aan Bonkers.'

'Dat hebben we allemaal uitgebreid kunnen horen. Maar stel dat je opnieuw ontvoerd wordt? De tweede keer in wat, twee jaar?'

'Ja, zeg. Hoe dikwijls moet ik dat nog horen?'

Delfosse leunde achterover en masseerde zijn nek. Ook Laure bleef stil. Ze dacht aan die vreselijke week, toen ze vastgeketend aan een bed op een zolder vernederingen en ontbering had moeten ondergaan. Onzeker over haar lot en met als enige menselijke contact een individu met een bivakmuts uit wie geen woord kwam. Bonkers en zijn maatjes hadden haar bevrijd toen ze ongeveer alle hoop had opgegeven. Haar vader en Adriaan hadden de hulp ingeroepen van Delfosse, die haar dankzij vernuftig speurwerk had weten te bevrijden.

'Dit is meer een klus voor een van de vriendjes van Bonkers. Hoe heet die ook alweer? Danny? Danny de sloper? Vergeet niet, er moet ingebroken worden, een auto gekraakt zonder dat iemand daar lucht van krijgt. Iets voor een professioneel, Laure, dat begrijp je toch.'

Voor Delfosse was de discussie hiermee afgesloten. Laure deed nog een laatste poging.

'Ik kan toch iets doen? Op wacht staan of zo? Of chauffeur spelen van de vluchtwagen.'

Van Sant kon zich amper bedwingen. Die verdomde koppigheid van Laure was een onderdeel van die helft van haar genetische materiaal die ze van haar moeder had geërfd – stuk voor stuk foute genen.

'Stop, Laure, geen woord meer.'

Zijn dochter stond op en liep naar de deur.

'Mannen, allemaal dikke egoïsten', zei ze nog, voor ze de deur achter zich dichtsloeg.

Van Sant en Delfosse keken elkaar aan.

'Een geluk dat jij geen kinderen hebt, commissaris. Eeuwige kleuters! Je beseft niet aan wat voor toestanden je bent ontsnapt.'

'Laure is een buitenbeentje, Victor. Heb je je daar nu nog niet mee verzoend?'

'De enige man die haar had kunnen temmen, is Adriaan. Op een bepaald ogenblik dacht ik dat het iets zou worden tussen die twee, maar het is op niets uitgedraaid. Helaas.'

'Wat niet is, kan nog komen. Hoe oud is ze nu?'

'Vijfendertig, of is ze nu zesendertig? Ik twijfel.'

'Heeft ze geen vast vriendje?'

'Vast vriendje? Laat me niet lachen. Ze neukt met alles wat een broek aanheeft. De raarste kwieten eerst, als je het mij vraagt. Niemand kan de tel bijhouden. Het is een komen en gaan hier op het kasteel. Vroeger had ze tenminste haar eigen flatje... Maar ze kwam zogezegd niet rond met haar toelage, ze heeft het te druk met haar sociale leven om werk te zoeken en ik vertik het om haar meer geld te geven.'

'Wat zegt haar moeder?'

'Marie-José is al even onmogelijk als haar dochter. Ze vindt het vreselijk dat Laure nog niet getrouwd is – liefst met iemand van adel. Dat is altijd haar geheime hoop geweest. Ik bemoei me daar allemaal niet mee.'

'Wel, ieder huisje heeft zijn kruisje.'

'Jij mag in elk geval niet klagen, met Eleonore. Een vrouw uit duizenden. Ik begrijp niet hoe ze het zo lang heeft kunnen volhouden met een brompot als jij.'

'Dat gaat mijn petje ook te boven. Misschien ben ik wel haar grote liefde. Ze is een Maagd en dat betekent koele, maar diepe liefde. Zo staat het op de koffiemok die ze thuis gebruikt. Al haar goede en slechte eigenschappen kan ik niet alleen ondervinden, maar ik kan ze elke morgen van haar mok aflezen. Ik ken ze zelfs uit mijn hoofd.'

'Noem dan eens een slechte eigenschap als je kunt.'

Ondanks zijn boude bewering moest Delfosse diep nadenken.

'Euh, nu je het zegt... Wacht, ik weet iets: "omgeven van praatjes".'

'Omgeven van praatjes? Wat bedoelen ze daarmee?'

'Een slechte vertaling, denk ik. Het klinkt niet juist in de oren.'

Van Sant nam zich voor om het internet te raadplegen, want hij was wel benieuwd naar de andere attributen die aan een Maagd worden toegeschreven.

'Wacht eens eventjes, ik denk aan iets. Die firma, Mercom zei je, hoeveel mensen werken daar?'

'Heel precies weet ik dat niet, maar indertijd ging het om veertig of vijftig mensen. Ik heb onlangs in *De Tijd* gelezen dat ze plannen hebben om naar de beurs te gaan. Ik heb het bedrijf niet van dichtbij gevolgd. Het zouden er vandaag een pak meer kunnen zijn.'

'Dat wil zeggen dat er zeker personeelsleden met de auto naar het werk komen. Beschikken ze daar over een ondergrondse parkeergarage?'

'Hé, Delfosse, nu vraag je te veel. Ik ben daar nooit geweest.'

Terwijl de commissaris in gedachten verzonk, ging er een lichtje op bij Van Sant.

'Ik weet waar je naartoe wilt.'

'Oh ja? Kun je nu ook al gedachten lezen?'

'Sommige andere mensen beschikken ook over hersenen, Delfosse. Dat ego van jou moet nogal wat schade hebben aangericht bij de recherche.'

'Ik moet toegeven: er was nogal wat verloop op mijn verdieping. Maar dat hadden ze uitsluitend aan zichzelf te danken', verdedigde de commissaris zich.

'Dat zal wel! Je bent hier pas een paar dagen en we kibbelen al meer dan we praten. Ik had niet graag in de schoenen van je ondergeschikten gestaan.'

'Victor, ik word nerveus van dit gezeik. Kom ter zake. Wat was het nu eigenlijk?'

'De parkeergarage. Kleinere firma's met kantoren in de stad beschikken niet altijd over voldoende parkeerruimte. Daarom huren ze standplaatsen in de dichtstbijzijnde ondergrondse parkeergarage. Op jaarbasis, voor een gunstig tarief.'

'Je bent helemaal mee, Victor. Dat was ik inderdaad aan het bedenken. Hoe heet die garage? Parking Grote Markt?'

Delfosse haalde zijn gsm tevoorschijn en begon verwoed op de toetsen te drukken. 'Die idioten denken echt dat iedereen Japanse vingertjes heeft', grommelde hij nog maar eens.

35

DANNY DE SLOPER VOELDE ZICH WAT ONGEMAKKELIJK in het gezelschap van Delfosse en Van Sant. Was het omdat er een politieman tegenover hem zat? Danny had een crimineel verleden als inbreker en had vier jaar gevangenis achter de rug, een ervaring die hem trouwens heel slecht bevallen was. Hij had in zijn cel duizendmaal gezworen dat dit hem nooit meer zou overkomen. Bonkers was erin geslaagd hem op de personeelslijst van Whitestream te laten inschrijven. Niet zonder moeite, want de personeelschef had nogal wat bezwaren geopperd, maar hij had de speciale talenten van Danny goed benadrukt, en dat hielp. Danny had het weten te waarderen en sindsdien stond hij voor eeuwig bij Bonkers in het krijt.

'Hoe raak je in een BMW X3...?' vroeg Delfosse op de man af, en hij keek Danny strak aan.

Hij zag een kleine, pezige man met achterovergekamd zwart haar, samengebonden in een staartje. Hij leek zo uit een goedkope gangsterfilm te zijn gestapt.

'... zonder sporen na te laten', voegde hij er fijntjes aan toe.

'Een BMW X3? Moeilijk.'

'Ja, als het gemakkelijk was, kon ik het ook. Kun je de code van de autosleutel niet onderscheppen met een of ander apparaatje?'

'Vroeger wel, vóór de jaren negentig. Maar tegenwoordig gebruiken ze een code die telkens verandert. Door de chip wordt een willekeurige reeks cijfers gevormd met een *random number generator*. Die code is dezelfde in zender en ontvanger. Er bestaan miljarden combinaties. Het zou jaren in beslag nemen om de code te vinden. Vergeet dat maar.'

Delfosse had zijn uitleg niet helemaal begrepen, maar was behoorlijk onder de indruk.

'Bestaat er niet zoiets als een universele autosleutel?'

'Yep, dat bestaat. Iedereen kan dat kopen op het internet. Het is eigenlijk een setje van tien stuks, allemaal sleutels met vreemde golfjes en kartels. Soms heb je er twee nodig om één slot te kraken.'

'En? Werkt dat dan niet bij een BMW?'

'Heel waarschijnlijk niet. Zeker niet op de laatste modellen. De sleutels zijn nog populair omdat je er de meeste Japanse auto's mee kan openmaken – vooral Toyota's zijn gevoelig – maar op andere merken werken ze niet meer.'

'Hoe zou jij het dan aanpakken?' vroeg Van Sant, die nieuwsgierig begon te worden.

'De eigenaar mag niets merken? Ik moet alleen iets uit de auto wegnemen? Is dat de bedoeling?'

Danny sprak een grappig taaltje, half beschaafd en half dialect.

'Helemaal', zei Delfosse.

'Ik zou gewoon de sleutel pikken. Voor een tijdje, net voldoende tijd om de klus te klaren. Waar staat de auto trouwens?'

Danny wist dat ze hem niet voor niets geroepen hadden. Hij moest zich bedwingen om niet in zijn handen te wrijven. Hij wist precies hoeveel maanden een recidivist voor een dergelijk karwei kon verwachten, en zijn tarief was navenant. Met een goudschijtend ezeltje als Van Sant in het complot was dat vast geen enkel probleem.

'We gaan ervan uit dat hij in een parkeergarage staat. Dat moet nog uitgezocht worden.'

'Maakt het wat ingewikkelder. Een garage thuis is handiger. De mensen steken de sleutelbos in hun zak of leggen hem op een tafeltje in de gang.'

Delfosse werd ongeduldig.

'Ik hoef dat allemaal niet te weten, man. Bespaar mij de details.'

'Hoeveel?' wilde Danny weten.

Hij wreef duim en wijsvinger over elkaar.

De commissaris keek meewarig naar Danny en dan naar Van Sant.

'Ik? Moet ik daarvoor opdraaien?'

'Voor de goede zaak? Moet kunnen, Victor.'

Van Sant schraapte zijn keel.

'Wat is het tarief?'

Danny voelde de warmte in zijn buik opstijgen. Dit was een van de aangename momenten des levens, voor een man die in geldnood was geboren en daar nooit helemaal uitgeraakt was. Bij een stinkend rijke opdrachtgever kon hij misschien een extraatje loswringen. Hij had nog gokschulden openstaan voor een paar duizend euro. Het ging hier tenslotte om een misdrijf en wie liep hier het risico?

'Twintigduizend', zei Danny op een toon die aangaf dat de prijs niet voor discussie vatbaar was.

'Wat? Twintigduizend? Daarvoor kun je iemand laten vermoorden. Voor die prijs doe ik het zelf wel. Afzetter.'

Delfosse had duidelijk zin in een robbertje baas-boven-baas. Danny zweeg en keek naar Van Sant, alsof de redding van die kant moest komen. Van de tarieven in het criminele milieu had de kasteelheer geen kaas gegeten, maar van onderhandelen wel.

'Vijftien, te nemen of te laten', gokte Van Sant.

Danny veinsde dat hij aan het rekenen was. Inwendig sprong hij een gat in de lucht. Vijfduizend meer dan hij gehoopt had! Deze keer zou er een cadeautje voor Bonkers af kunnen.

'Oké, vijftienduizend dan. Cash. De helft als voorschot.'

'Luister, slopermans, ik wil wel op de hoogte gehouden worden van elke beweging. Dag en nacht. Begrepen? Dit is mijn gsmnummer...'

Delfosse begon de cijfers te dicteren.

'0 4 7 4...'

Na het vierde cijfer bleef hij steken.

'Godverdomme, stomme cijfertjes', vloekte hij.

Van Sant wilde te hulp komen. Hij was een crack in het onthouden van telefoonnummers en kende er minstens honderd vanbuiten, een handigheidje dat in het verleden vaak zijn nut had bewezen. Maar Delfosse was hem voor.

'Laat maar. Het is misschien niet verstandig hem mijn nummer te geven. Als iemand erop uitkomt... Bel maar met Bonkers als er iets is.'

'Hoeveel tijd heb ik?' vroeg Danny.

'Vierentwintig uur', antwoordde Delfosse zonder nadenken.

'Dat is wel heel krap. Er kan altijd iets misgaan.'

'Voor die prijs kun je wel wat overuren doen, niet?'

'Ik zal mijn best doen.'

'Dat is je dan geraden.'

'Je gsm, Delfosse', onderbrak Van Sant.

De commissaris hoorde de laatste tijd niet altijd de beltoon van zijn gsm. Hij haalde het toestel uit zijn broekzak en luisterde, met zijn ogen dicht om zich beter te kunnen concentreren.

'Goed.'

Delfosse stopte het toestel terug waar het vandaan kwam.

'Je moet hem laten vibreren, commissaris, dan voel je het als er een oproep is', zei Van Sant.

De commissaris keek verrast op.

'Kan zo'n ding vibreren? Echt?'

'Laat maar. Nog iets vernomen?'

Op het gezicht van de commissaris was te lezen dat hij een nieuwtje had.

'Luister, heren. Mercom huurt, luister goed, tien standplaatsen in de garage aan de Jordaenskaai. Zo, Danny, daarmee weet je genoeg, aan de slag!'

'Hoezo, genoeg? Ik weet niet eens wat ik in de auto moet zoeken. Een wapen? Drugs? Documenten?'

'De handleiding, man, de handleiding. Heb ik dat dan nog niet gezegd?'

Danny begon te grinniken. Dit was de vreemdste opdracht die hij ooit had gekregen.

'We willen uitvissen of er een bladzijde ontbreekt. De pagina met de verklaring van symbolen die in geval van een panne op het dashboard verschijnen. Is dat duidelijk?'

'Ken je het paginanummer? Dat bespaart tijd.'

Delfosse tastte in het rond op zoek naar iets om Danny naar het hoofd te gooien. Die vond het tijd om van het toneel te verdwijnen.

'Doei.'

Danny liep naar de deur. Met de klink in de hand draaide hij zich om.

'Jullie praten wel met Bonkers? Ik wil niets achter zijn rug doen.'

Hij verdween zonder op een antwoord te wachten.

36

ARMAND VELDEMAN, MINISTER VAN JUSTITIE, reed op de E17 richting Gent tegen 120 kilometer per uur, met cruisecontrol. Het boordklokje wees vijf voor elf aan. Zijn persoonlijke chauffeur was aan het zorgen voor haar zieke kind. Dat was geen probleem, want de minister zat graag zelf achter het stuur van zijn Mercedes E63 AMG, zelfs na een zwaar uitgelopen, uitputtende crisisvergadering in Brussel. De zoveelste flater in de hogere rangen van Justitie had het land in rep en roer gezet. Wegens procedurefouten was een aantal mensenhandelaars, drugsmokkelaars en geweldenaars op vrije voeten gesteld, tot grote verontwaardiging van de burger. Voor de zoveelste keer snapte de man in de straat er geen jota van. Tientallen dossiers bleken besmet te zijn en de vele wraakroepende invrijheidstellingen waren al gauw uitgemond in een regeringscrisis. De voltallige oppositie deed verwoede pogingen om de regering hiermee voetje te lichten. Advocaten en magistraten speelden de hete aardappel naar elkaar door, tot groot jolijt van de media.

Op het viaduct van Gentbrugge minderde hij snelheid tot de reglementaire 90 km/uur. Op hetzelfde moment merkte de minster in zijn achteruitkijkspiegel het geflikker op van blauwe zwaailichten. Hij keek naar de snelheidsmeter en week uit naar het rechter rijvak. Een minister in functie kon zich zeker niet veroorloven opgezadeld te worden met een verkeersboete. Dit waren vreemde tijden. Het gerucht ging dat de politie erop aasde om politici op de bon te gooien, als wraakactie vanwege het gedwongen ontslag van de federale politiechef. Die had zijn persoonlijke secretaresse een fikse, niet-gerechtvaardigde opslag gegeven, wat door een jaloerse collega aan de kaak was gesteld. De minister van Binnenlandse

Zaken had het probleem op zijn bord gekregen. Een delicate aangelegenheid, want de politiechef was blijkbaar geliefd bij zijn achterban en, erger nog, bij de vakbonden, ongeacht hun kleur.

De auto met het zwaailicht op het dak reed de Mercedes voorbij, minderde vaart en ging dan voor de auto uit rijden. De minister, die drie glazen wijn had gedronken, begon hard in en uit te ademen. Een trucje om de alcohol in zijn adem te verdunnen. Hadden ze de nummerplaat met de 'A' niet opgemerkt? Of deden ze een controle juist omdat ze hadden opgemerkt dat het een plaat van een regeringslid was? De richtingaanwijzers van de auto voor hem begonnen te knipperen. Minister Veldeman deed hetzelfde, vertraagde, week volgzaam uit naar de pechstrook en drukte zijn rempedaal in. Op hetzelfde ogenblik hield ook een andere personenwagen halt achter de Mercedes. Armand Veldeman voelde een onbestemde ongerustheid zijn bewustzijn binnensijpelen. Wat was hier in godsnaam aan het gebeuren? Hij zag een man in burger uit de eerste auto uitstappen en op hem toelopen. Armand Veldeman drukte de knop van de centrale vergrendeling in om alle ruiten te vergrendelen. Hij keek in zijn achteruitkijkspiegel. De voorbumper van de wagen achter hem stond vlak tegen zijn achterbumper aan. Er was niemand uit de auto gestapt. Zijn vier pechlampjes floepten aan en uit. De man in burger tikte tegen zijn zij en hield iets wat op een politiepenning leek op leeshoogte. Veldeman was bijziend en had een leesbril nodig om te lezen. Maar zelfs met een bril op had hij niet kunnen zien dat het om een vervalsing ging. De minister liet het ruitje tien centimeter zakken.

Hij deed een poging om autoritair over te komen. 'Ja? Wat moet dit betekenen?' vroeg Veldeman.

'Minister Veldeman? Armand Veldeman?'

'Inderdaad.'

De auto achter hem reed een meter of twintig achteruit.

'Wilt u uitstappen, meneer?'

'Ik stap niet uit voor ik een verklaring heb voor wat hier aan de hand is. Dit is hoogst ongebruikelijk.'

'We hebben informatie onderschept. Er zijn aanslagen gepland op verschillende leden van de regering. Het is mogelijk dat iemand geknoeid heeft met uw dienstwagen. We kunnen en mogen op dit moment niets uitsluiten. Onze opdracht komt rechtstreeks van de minister van Binnenlandse Zaken. Wilt u hem misschien spreken?'

De politieman liet hem maar even de tijd om zijn woorden te laten doordringen.

'Ik verzoek u dringend om uit de wagen te stappen.'

Armand Veldeman vertrouwde het zaakje niet.

'Ja, dat zal ik doen', antwoordde hij, 'Nadat ik contact heb gehad met mijn collega.' Hij haalde zijn gsm uit de houder.

De oproepnummers van alle regeringsleden stonden voorgeprogrammeerd en hadden allemaal een letter van het alfabet toegewezen gekregen als voorkeurstoets. Terwijl hij door de lijst scrolde, werd er weer tegen de ruit getikt. De minister keek op, recht in de loop van een pistool.

'Ik zou dat toch maar niet doen, meneer de minister.'

Armand Veldeman schrok niet overdreven. Hij voelde geen paniek. Zijn intuïtie had hem toch al doen aanvoelen dat hier iets helemaal fout zat. Het had geen zin om het ruitje te sluiten, de loop stak een paar centimeter naar binnen, en het glas kon toch niet veel tegenhouden.

'Ik zal niet aarzelen om u neer te schieten als u mijn instructies niet opvolgt. Is dat duidelijk?'

De man sprak langzaam en nadrukkelijk. Veldeman knikte. Hij overliep opnieuw zijn opties. Als ze hem hadden willen ombrengen, was dat allang gebeurd. Ze hadden dus andere plannen met hem. Ontvoering voor losgeld? Chantage? Was iemand op de hoogte van zijn escapades uit het verleden?

'Leg uw gsm op het dashboard, ontgrendel alle portieren en ga in de passagierszetel zitten. Nu.'

De minister gehoorzaamde. Hij klauterde moeizaam in de andere zetel. Hij overwoog even om hard op de claxon te duwen of de koplampen aan te steken, maar deed het niet. De kans dat een van de voorbijrazende auto's zou stoppen, was nihil. Zeker niet als er een auto met zwiepend zwaailicht aan de kant stond. Een hand wrong zich door de opening boven het geopende ruitje en opende de portiervergrendeling. Hij hoorde iemand instappen en op de achterbank plaatsnemen. Er werd een stuk ijskoud aanvoelend metaal in zijn nek geduwd. Armand Veldeman had al vele watertjes doorzwommen, maar dit beloofde niet veel goeds. Deze mannen waren geen amateurs maar criminelen met ervaring. Dat ze geen bivakmutsen droegen, vond hij dan ook bijzonder onrustbarend. Veldeman voelde zich verstijven van angst. Een minister ontvoeren was geen klein misdrijf. Wat waren deze mannen van plan? De minister concentreerde zich op zijn ademhaling en bleef strak voor zich uitkijken. De tweede man stapte in, ging achter het stuur zitten en drukte de vergrendelingsknop weer in. Veldeman voelde hoe zijn hemd aan zijn huid begon te plakken, een gevoel dat hij absoluut onuitstaanbaar vond.

'Wat zijn jullie van plan? Als jullie mij nu laten gaan, dan komen jullie hier nog mee weg. Ik beloof op mijn erewoord dat ik de politie niet zal verwittigen.'

Armand Veldeman moest slikken tussen deze twee zinnen in. Die laatste woorden kwamen er maar beverig uit. De man naast hem kreeg het op zijn heupen.

'Nog één woord en ik zal met plezier uw tanden bewerken.'

Zijn kompaan op de achterzetel tikte hard met de loop van het pistool op zijn schedel. Veldeman kromp ineen bij deze eerste gewelddaad. Toch deed hij nog een ultieme poging en wreef duim en wijsvinger over elkaar.

'Geld? Kunnen we over geld praten? Ik kan meer betalen dan uw opdrachtgever. Niet?'

De beide mannen vonden dit blijkbaar een grappige gedachte, want ze begonnen te gniffelen.

De drie auto's zetten zich gezamenlijk in beweging en voegden in op een geschikt moment. Veldeman merkte op dat het zwaailicht intussen uitgeschakeld was. Hij keek niet op of om, staarde alleen maar naar zijn handen, die op zijn knieën lagen. De rit verliep in volstrekt stilzwijgen.

Toen ze bij uitrit 14 de snelweg verlieten, vermoedde hij dat ze op weg waren naar zijn huis in Sint-Martens-Latem. In zijn darmen begon het te rommelen. Veldeman moest zich op zijn sluitspier concentreren om de mest op te houden.

37

Rond drie uur in de namiddag reed Danny Deloddere richting Antwerpen-centrum. Het had nog niet opgehouden met regenen en de stad lag er troosteloos bij. De man met de bijnaam 'de sloper' droeg een zwarte pet met een grote klep waarvan het logo van Texaco was verwijderd. Danny reed langs de kaaien, tevergeefs op zoek naar een parkeerplaats in de buurt van de Suikerrui. Hij reed dan maar de overdekte kaaien op en vond een vrije plaats naast een opzichtige rode Porsche, die hij afgunstig monsterde. Hij stopte met tegenzin een muntstuk in de ticketautomaat en stak de rijweg over naar de parkeergarage aan de overkant. De opzichter in zijn glazen lokaaltje zat gebogen over een krant en keek niet op toen Danny voorbijliep. De voorbehouden plaatsen van Mercom lagen op de benedenverdieping, dicht bij de ingang. Ze waren aangeduid met verbodstekens met een afbeelding van een auto die getakeld wordt en nummerplaten. De naam van de firma was nergens te bekennen.

Een auto met Nederlands kenteken reed de garage in en Danny wachtte tot hij uit het zicht verdwenen was. Hij merkte op dat negen van de tien gehuurde plaatsen bezet waren. Er stond een metaalgrijze BMW X3 geparkeerd tussen een Audi en een Landrover. Hij had geluk, de informatie van Delfosse bleek accuraat te zijn. De BMW glom alsof hij rechtstreeks van de carwash naar hier gereden was. De aluminium velgen leken wel licht af te geven. Danny Deloddere memoriseerde de nummerplaat en herhaalde de cijfers met gesloten ogen. Hij spiedde in het rond om te zien of er iemand in de buurt was en onderwierp de auto aan een vlugge externe inspectie. De portieren waren alle vier vergrendeld. Op de passagierszetel lagen een opgevouwen krant en een paraplu. De krant zag eruit alsof ze niet gelezen was. Danny kon niet zien of het er een van die dag was. Hij besloot dat hij voorlopig niets meer kon doen en ging weer naar buiten. De opzichter was blijkbaar een fervent lezer, want hij zat nog in precies dezelfde houding over zijn krant gebogen.

Toen Danny buitenkwam, was de regen in intensiteit toegenomen. Hij trok zijn pet dieper over zijn voorhoofd en stak zijn handen in zijn zakken. Hij ging tegen een gevel staan en wachtte vijf minuten. Het was hopeloos, op een parkeerplaats in de buurt van de garage zou hij niet moeten rekenen. Als hij de BMW in het oog wilde houden, was de enige optie op de enige onbezette voorbehouden staanplaats van Mercom te gaan staan. Dat hield het risico in dat hij aangesproken zou worden, maar dat moest hij er dan maar bij nemen. Onderweg naar zijn auto broedde hij op een smoesje voor als het zover zou komen.

Danny Deloddere had opnieuw geluk. Een kwartier nadat hij zijn Toyota op de uiterst rechtse staanplaats van Mercom had geparkeerd, reed er een auto uit de tegenoverliggende rij de garage uit. Prompt manoeuvreerde hij de Toyota achterwaarts in de vrijgekomen ruimte. Van daaruit had hij voldoende zicht op de huurplaatsen. Hij keek op zijn horloge. Kwart over vier. Danny legde het parkeerticket naast zich neer en haalde een speelconsole uit het handschoenkastje om de tijd te doden met Tetris, het blokkenspelletje waaraan hij verslaafd was. Daarvoor liet hij zelfs zijn Japanse pornoboekjes liggen, gespecialiseerd in scènes met schoolmeisjes met witte bloesjes, blauwe rokjes en kousen tot juist boven de knie.

Na een paar uur at hij een chocoladebroodje dat hij had meegekregen uit de keuken en druppelde op het gevoel wat gel in zijn linkeroog, tegen een opkomende bindvliesontsteking. Af en toe stapte Danny uit om zijn benen te strekken. Hij was het gewend te zitten wachten en verloor alleen zijn geduld als hij er niet voor betaald werd.

Zoals verwacht werd het drukker in de garage naarmate het tegen zes uur aanliep. Uit de Mercomstaanplaatsen was nog geen enkele auto weggereden. Om tien over zes floepten de achterlichtjes van de BMW aan. Danny Deloddere hield onwillekeurig zijn adem in. Even later verscheen er een man, gekleed in een trendy regenjas en een hoed. Hij opende het achterportier, trok zijn natte jas uit en gooide die op de achterbank. Toen schudde hij de waterdruppels van zijn hoed en stapte in. Danny startte de motor en besefte in een flits dat hij een flater had begaan. Hij griste zijn ticket van het dashboard, sprong uit de auto en rende als een bezetene naar de betaalautomaat, in zijn broekzak graaiend naar munten. Het was een meevaller dat hij maar een kleine afstand moest afleggen. Tot zijn opluchting stond er niemand bij de betaalautomaat, terwijl er voor de slagboom drie auto's stonden aan te schuiven. Vloekend en buiten adem kroop Danny achter het stuur en sneed een Renault Mégane de pas af. De chauffeur claxonneerde uit protest twee keer hard na elkaar. In andere omstandigheden was hij als eerste weggereden, maar hij kon onmogelijk raden welke richting de auto zou inslaan. Mogelijkheid om te draaien was er niet en tijdens de spits was het hier aanschuiven geblazen. Hij zag de BMW voorbij de slagboom links afslaan. Opgelucht liet Deloddere de lucht uit zijn longen ontsnappen. Hij was behoorlijk kwaad op zichzelf. Het scheelde niet veel of hij had de auto door een blunder laten ontkomen.

Het verkeer op de kaaien verliep stapvoets. Danny wurmde zich in de file. Er reden vier auto's tussen de BMW en zijn Toyota. Het ging heel langzaam richting A12. Op dit moment van de dag waren er onvermijdelijk congesties bij alle verkeerslichten. In Aartselaar verloor hij vijf minuten omdat een vrachtwagen het kruispunt was opgereden en hij geen gelegenheid kreeg het juiste baanvak op te rijden. Toen het licht op groen sprong, had de bestuurder van de vrachtwagen de optrekkende bestuurders op het andere vak de pas afgesneden. Het kostte twintig minuten om de volgende tien kilometer af te leggen. De BMW verliet de A12 via de afrit Willebroek-Noord en ging zich invoegen richting Dendermonde. De provincieweg naar Buggenhout is een tweebaansweg waar het tijdens de spitsuren onmogelijk is om in te halen. De BMW voerde geen ongewone manoeuvres uit en Danny wist zeker dat de chauffeur zich van geen achtervolger bewust was. Waarom zou hij ook?

Na de scherpe bocht in Lippelo was de auto plots verdwenen. Danny trapte zijn rempedaal in zonder rekening te houden met zijn achterligger, wat hem veel woedend geflikker van koplichten opleverde. Hij ging aan de kant staan en stak zijn vinger op toen de auto voorbijreed. De BMW moest na de bocht de eerste afslag of oprit genomen hebben, er was geen andere mogelijkheid. Danny zette de motor uit, stapte uit en liep het eind terug. De eerste straat rechts na de bocht gaf toegang tot een bosrijke villawijk. Hij spotte de BMW op de oprit van een huis met twee garages. De benedenverdieping baadde in het licht. Danny bekeek aandachtig de omgeving. Het zou een makkie worden. De villa was omgeven door bomen en halfhoge struiken en kon gemakkelijk ongezien benaderd worden. Een permanente uitnodiging voor inbrekers. De bewoners moesten dat ook weten en zouden allicht een degelijke alarminstallatie geplaatst hebben. Danny haalde een miniatuurverrekijker uit zijn zak en tuurde naar de voordeur. Hij ontwaarde een paneel met toetsen. Hij lachte, stopte de kijker in zijn zak en wandelde terug naar zijn auto.

38

Minister Armand Veldeman zat in zijn draaistoel, die tot in het midden van de kamer gerold was. De carjackers kenden de indeling van zijn villa op hun duimpje. Ze waren de garage ingereden nadat ze hem hadden aangepord om de poort te openen met de afstandsbediening. De auto die hen de hele tijd had gevolgd, was weggereden. Vervolgens hadden ze hem de alarminstallatie laten uitschakelen, hem de trap opgeduwd en hem in zijn werkkamer op zijn bureaustoel laten plaatsnemen. De minister was hevig aan het zweten. Hij knipperde met zijn oogleden telkens als een zoute druppel in zijn ogen liep. Hij ademde zwaar, als iemand die hyperventileert. Het koffertje dat de tweede man bij zich had, maakte hem nerveus. Het was een zwart koffertje met ribbels en rode klikknoppen, het type waarin een boormachine wordt bewaard.

'Heb je een kluis?' vroeg de man die de leiding had.

Veldeman knikte.

'Waar?'

'Achter dat schilderij.'

De minister wees naar een doek waarop de contouren van een naakte vrouw te zien waren, geschilderd met een vettige grafietstift.

'De code?'

'In ruil voor mijn vrijlating?'

De stem van Veldeman sloeg over. Er kwam niet meer uit zijn keel dan een hees geschraap. De man stond op het punt compleet in te storten. Zijn kidnapper had het in de gaten. Het was voor iedereen beter als de minister niet te vlug in shock raakte, dus toonde hij zich inschikkelijk.

'Kan over gesproken worden.'

Veldeman greep het strohalmpje wanhopig aan.

'Lena.'

De man haalde het schilderij van de muur. Hij zag een kleine kluis, een ouder type met een mechanisch slot.

'Lena, hé. Een oud liefje, misschien?'

'Een foute code wordt beloond met een gaatje, Veldeman. Begrepen?'

De man wees naar het koffertje.

'Laat eens wat zien, poepie.'

Zijn maatje lachte twee rijen nicotinetanden bloot. Hij legde het koffertje op het bureau, opende de kleppen en haalde de boormachine tevoorschijn.

'Lena is correct', prevelde Veldeman.

'Hoeveel is je record ook alweer, poepie? Vertel het eens aan meneer de minister.'

De man die de leiding had, sprak zijn maatje aan als een pubermeisje.

'Zeven. Zeven gaatjes. Eerst de knieschijven. We werken van onder naar boven. De ogen houden we voor het laatst. Hihi...'

De man met de boor sprak een afschuwelijk dialect.

'Ik moet hem soms wat intomen, hij is verslaafd aan het gekrijs van de boor en van het slachtoffer.'

'Ik moet naar het toilet, het is dringend', wist Veldeman uit te brengen.

De man met het pistool aarzelde. Een natte broek – en erger – had hij al te vaak meegemaakt op dit punt in de procedure.

'Goed. Doe maar. Wij zijn geen onmensen', grapte hij.

Hij gaf het pistool aan de man met de boormachine.

'Niet de badkamer. Het gastentoilet onder aan de trap. Laat de deur openstaan.'

Veldeman stond moeizaam op. Hij slofte de kamer uit als een man van negentig. Toen de minister en de folteraar de kamer hadden verlaten, concentreerde de andere man zich op de kluis. Hij trok zijn latex handschoenen wat vaster aan en voerde de code in. De kluis ging zonder probleem open. Ze was groter dan hij had gedacht. De helft van de ruimte werd ingenomen door een veelkeurige stapel mapjes met documenten. Er lag een pistool boven op een envelop waarop met een marker '€ 20.000' geschreven stond. Naast het stapeltje mappen lag een fles Glenfiddich. De man onderzocht het wapen, een Walther PPK, het lievelingspistool van James Bond. Het tuig was geladen. Hij stak het in zijn vestzak en haalde de dichtgeplakte envelop uit de kluis. Hij scheurde ze open en haalde de biljetten uit de enveloppe. Nominaties van tweehonderd euro, kraakvers. Hij splitste het bundeltje op zicht in tweeën en stak de helft terug in de envelop, die in zijn andere vestzak verdween. De overige biljetten legde hij weer in de kluis. Hij sloot de safe en hing het schilderij weer op zijn plaats. Hij zette een stap achteruit om zich ervan te vergewissen dat het recht hing.

De kidnapper die Veldeman naar de wc had begeleid, moest hem ondersteunen op de trap en toen ze de werkkamer weer betraden. De minister zeeg als een vod neer, met het hoofd tussen de schouders. Hij was gekraakt en besefte maar al te goed dat het oponthoud op het toilet het ergste alleen had uitgesteld.

'Ter zake nu, meneer de minister.'

Veldeman kromp nog verder ineen.

'Meer geld? Ik heb veel geld', prevelde hij en begon te hoesten.

'We hebben ons deel al genomen, ik zou er niet van wakker liggen.'

De man klopte op zijn binnenzak.

'Wij aanvaarden trouwens enkel cash voor geleverde prestaties.'

Hij haalde een doorschijnend plastic zakje uit zijn jaszak en legde het op het bureau. Het was met nietjes dichtgemaakt en bevatte een wit poeder.

'Twintig gram. Coke. Onversneden, zuiver. Ik garandeer u, dit is straf spul.'

Hij prikte met een piepklein mesje een gaatje in het zakje en legde, als een volleerde gebruiker, een lijntje op het bovenblad. Een extra lang en dik lijntje. Marktwaarde: om en bij de honderd euro.

'We hebben enkele inlichtingen nodig over een collega van u, de minister van Landsverdediging. Een persoonlijke vriend, als mijn informatie correct is.'

Veldeman was in de war. Hij begreep niet wat dit allemaal moest betekenen. Cocaïne, in godsnaam. De man met de boor voelde met de top van zijn wijsvinger aan de kop van de machine.

'Er kan nu een bijzonder pijnlijk intermezzo volgen, meneer de minister. Aan u de keuze. Wat zal het zijn?'

'Vraag maar wat je wilt weten.'

39

'WAT BEDOEL JE, ER LAG GEEN HANDLEIDING IN DE AUTO?'

Delfosse deed geen poging om de ontgoocheling in zijn stem te verdoezelen. Van Sant en Bonkers keken net zo teleurgesteld.

'Ik zeg het toch. Geen handleiding. Niente. Noppes. Geloof je me niet?' antwoordde Danny kregelig.

'Jawel, jawel. Alleen, ik had iets anders verwacht. Dit is wel een serieuze tegenvaller.'

Er viel een stilte. Iedereen dacht na over de gevolgen. Van Sant was de eerste om te reageren.

'Vreemd, niet? Ik bedoel, dat er geen handleiding in het kastje lag. Iedereen bewaart dat boekje in zijn handschoenenkastje. Ik in elk geval.'

Bonkers knikte. Zoals gewoonlijk onthield hij zich van commentaar.

'Dat is juist, Victor. Ik vrees alleen dat we een bezwarend bewijsstuk zijn misgelopen. Met het boekje en het uitgescheurde blaadje hadden we een stevige zaak gehad, nu hebben we, wel... nul de botten. Wat we nu op tafel kunnen leggen, wordt weggelachen door elke onderzoeksrechter.'

Delfosse blies op zijn duim.

'Nog iets anders te melden, Danny?'

'Er lag enkel een onderhoudsboekje van een garage in het handschoenenkastje. Verder niets.'

'Schrijf het adres eens op, Bonkers. Dat kan nuttig zijn. Hoe is de inbraak verlopen?'

'Een fluitje van een cent, commissaris. Ik heb de trucjes nog niet verleerd. Het zit me nog helemaal in de vingers.'

Bonkers gaf Danny een teken dat hij mocht opstappen.

'Bedankt, man. Tot het volgende karweitje dan maar.'

Danny bleef drentelen aan de deur.

'Oh, ja. Het geld. Zou ik nog vergeten.'

Van Sant greep naar de enveloppe die klaarlag op zijn bureau.

'Hier, Danny, toch knap gedaan.'

De inbreker nam met enige schroom het geld in ontvangst.

'Moet je het niet natellen?' plaagde Van Sant.

'Nee, nee, het zal wel kloppen.'

'Spijtig, anders had je gemerkt dat er nog een extraatje bij zit. Misschien moeten we nog weleens van je diensten gebruikmaken. Vandaar.'

Zelfs een doortrapte crimineel kan rood aanlopen. Alle aanwezigen zagen hoe een blos zijn wangen kleurde. Hij maakte zich uit de voeten als een verlegen kleuter. Van Sant, die het dichtst bij de deur stond, hoorde nog net een gesmoord 'merci'.

Delfosse stak een vinger op.

'We zitten in een patstelling. Heeft iemand een idee? Ik dacht het al. Jullie zijn een even grote hulp als een klemmende achterdeur. Ik zal het weer zelf moeten uitzoeken, zoals altijd.'

Bonkers staarde onverstoord voor zich uit. Van Sant keek met getuite lippen naar het plafond. Uit de woorden van Delfosse leidde hij af dat de commissaris al een ingeving had gehad.

'Waar is die verdomde lijst met de BMW's?'

'In de zak van je jas, waar je hem gisteravond in hebt gestopt', zei Van Sant.

'Dank, Van Sant, ik kan ook wel zonder je betutteling.'

Delfosse zag meteen het onredelijke van zijn uitval in.

'Sorry, Victor, zo bedoelde ik het niet.'

'Al goed, Delfosse, al goed. Het is toch te laat om iets aan je opvoeding te doen. Zelfs Eleonore heeft de handschoen in de ring gegooid.'

'Waarom zijn alle heksen vrouwelijk?' wilde Bonkers blijkbaar opeens weten.

'Hier, dat kan nog spreken ook!'

Delfosse wendde zich tot de veiligheidsman.

'Omdat de duivel een man is, jongen, eentje met twee staarten. Waarom anders? Ken je je gewijde geschiedenis niet?'

'Maar nu je van de duivel spreekt: zou Laure even hier kunnen komen? Ik heb haar even nodig.'

Van Sant keek op zijn horloge en greep naar de telefoon.

'Ik vraag Dio om haar te halen. Ik betwijfel of ze al wakker is.'

Laure verscheen tien minuten later, gekleed in een jeansbroek en een rode trui met rolkraag. Ze had gedoucht en hier en daar glinsterden er druppeltjes tussen haar blonde lokken. Ze leek geërgerd omdat ze tijdens haar toilet gestoord was.

'Er zijn deftiger uren om een vrouw op te vorderen. Hebben jullie dan geen enkel besef van schaamte?'

Delfosse hief zijn wijsvinger.

'Als je het spel wilt meespelen, moet je op elk moment van de dag beschikbaar zijn, jongedame.'

'Ik ben er toch?'

'Luister. Je moet naar een garage bellen, de garage waar de BMW is gekocht. Je doet je voor als een secretaresse van Mercom. Van Sant, ik heb je speciale anonieme gsm nodig. Het laatste wat ik wil, is dat mijn nummer ergens op een schermpje verschijnt.'

'Laure, hou op met rimpels trekken. Dit is wat je moet zeggen...'

Laure sloot haar ogen om zich een beetje in haar nieuwe rol te kunnen inleven.

'Hallo, garage Meeusen? U spreekt met Rita, secretaresse bij Mercom. Ik heb een vraagje. Is de handleiding die we bij jullie hebben besteld al binnen?'

Laure had blijkbaar een vriendelijke man aan de lijn.

'Goed. Jawel, voor een BMW X3. Ik wacht wel even.'

Ze moest een halve minuut geduld oefenen voor ze antwoord kreeg.

'Ha, ze ligt al een paar dagen klaar.'

Laure zag hoe Delfosse hevig begon te gesticuleren. Ze hield een hand over het mobieltje om naar hem te luisteren zonder dat de man aan de andere kant van de lijn het kon horen.

Ze knikte en bracht het toestel weer naar haar oor.

'Dat is goed nieuws. We sturen iemand om ze op te halen... een Marc Claes, ja, van bij Mercom. A propos, hebben jullie de oude handleiding ook nog bij de hand? Die we bij jullie hadden binnengebracht? Die hadden we ook graag teruggekregen. Ja, ik wacht wel even.'

Iedereen in de kamer hield zijn adem in. Delfosse sloot de ogen in afwachting.

'Ze is er nog. Samen in één pakje met de nieuwe handleiding.'

Delfosse wreef zijn duim en wijsvinger over elkaar.

'Hoeveel bedragen de kosten? Wat zegt u? Geen kosten aan verbonden. Oh, dank u wel, dat zal mijn baas zeker appreciëren. Daaag...'

'Bingo', zei Delfosse.

Hij wendde zich tot Laure en keek haar aan met een vaderlijke blik in de ogen.

'Goed gespeeld, meisje. Je had actrice moeten worden.'

Ze liet haar stem een octaaf zakken.

'Ach, zo zie je maar. Iedereen onderschat mijn talenten.'

Ze lachte en trok haar truitje omhoog tot over haar felrode bh.

'Laure, alsjeblieft, manieren.'

Vader Van Sant schudde zijn hoofd.

'Wanneer ga je eens volwassen worden?'

Delfosse liet er geen gras over groeien.

'Mark Claes, je weet de weg.'

Bonkers sprong op.

'Komt in orde, commissaris.'

Hij haastte zich met een knikje naar Laure en Van Sant de kamer uit.

40

'DAARMEE WETEN WE GENOEG. Zo zie je maar, meneer de minister, een beetje medewerking kan heel wat pijn besparen.'

Veldeman zat dubbel gebogen op zijn stoel wezenloos naar het tapijt te staren. Hij wachtte gelaten af wat hem nog te wachten stond. Hij koesterde niet de minste hoop om levend uit dit avontuur te komen. De leider van het tweetal gaf het pistool aan zijn kompaan. Hij rolde een briefje van twintig euro tot een pijpje. Hij wees op het lijntje cocaïne op de glimmende, houten rand van het bureau.

'In één keer krachtig opsnuiven. Met dit dure goedje wordt niet gemorst. Klaar?'

'Waarvoor is dit nodig? Ik heb u toch alles al verteld.'

Veldeman raapte al wat hem aan moed overbleef bij elkaar.

'Dit kost jullie minstens twintig jaar gevangenis. Het gerecht zal niet rusten voor jullie achter de tralies zitten. Een minister in functie gijzelen is een zeer ernstig feit. Denk maar aan Vanden Boeynants.'

'Die saucissendraaier? Een klucht. Trouwens, Haemers en zijn handlangers waren stuk voor stuk amateurs. Alleen Murat had talent, als het op ontsnappen uit de gevangenis aankwam. Nu dan, meneer de minister, snuiven maar. Alles.'

De man met de boor stak de stekker van de verlengdraad in een stopcontact. Hij drukte een paar keer kort op de knop. Het schrille geluid deed Veldeman ineenkrimpen. De minister boog zich over het lijntje cocaïne, drukte één neusgat dicht en snoof het poeder op. Het gevolg liet zich raden. De hoge concentratie van de drug schroeide zijn slijmvliezen. Het voelde aan alsof iemand bijtend zuur in zijn neus goot. Veldeman gierde van de pijn en kneep als een bezetene in zijn neus. Zijn ogen schoten vol tranen. Het duurde een volle minuut voor de pijn weg begon te ebben. Uit zijn neusgat liep een straaltje bloed. Veldemans mond viel open. Kwijl liep uit zijn mond en zijn stembanden produceerden een onaards gereutel. Zijn lichaam schokte heen en weer. Vijf minuten later was minister Veldeman niet meer bij zijn positieven.

De gangster haalde het pistool van Veldeman uit zijn zak, duwde de draaistoel met het bewegingloze lichaam weer naar het bureau toe en stopte de loop van het wapen in de open mond van de minister, tegen het achterste gedeelte van het gehemelte. De minister kreunde en kokhalsde. De man met de boor keek aandachtig toe hoe zijn baas het hoofd achteroverdrukte, zich zo ver mogelijk terugtrok en de trekker overhaalde. Het schot maakte merkwaardig weinig geluid, aangezien de mondholte als een soort geluiddemper fungeerde. Het lichaam van de minister schokte nog één keer en viel als een slappe vod onderuit. De kogel doorboorde de hersenpan, want het kaliber was niet van die aard dat hij in de hersenen zou blijven vastzitten. Een straal roze smurrie spatte over het tapijt. De man met de boor week een stap terug.

'Niet erg proper', zei de moordenaar ontevreden.

Zonder zich te haasten omklemde hij de hand van Veldeman zodanig dat die op het pistool vingerafdrukken aanbracht en vervolgens liet hij het wapen naast de dode man op de grond vallen.

'Poepie, berg je gereedschap maar op en zorg dat je geen sporen achterlaat. Je kent de dril. De kolonel houdt niet van slordig werk.'

'Oké, baas. Veel lol hebben we hier niet gehad.'

Er klonk ontgoocheling in zijn stem.

'Volgende keer beter. Het kan niet altijd kermis zijn. Er komen nog wel andere gelegenheden om je hobby te beoefenen.'

'Wat nu?' vroeg de man met het rare koosnaampje.

'We gaan een tijdje naar Montevideo.'

'Monte... dinges, waar is dat?'

'In Zuid-Amerika. Paraguay. Je weet wel, het land waar de nazi's naartoe gevlucht zijn. Tussen haakjes, hoe zit het tegenwoordig met je Spaans?'

'*Vamos a la playa. Una cerveza, por favor, senorita. Quanta costa?*'

'Geweldig, poepie, je bent een krak.'

Zijn maatje grijnsde breed.

41

Louise Van Gelderen, langer dan een decennium de huishoudster van minister Veldeman, was degene die het lijk even na negen uur de volgende ochtend aantrof. Haar werkgever vertrok thuis altijd stipt om zeven uur om op tijd in Brussel te zijn. Ze kon het achteraf niet verklaren, maar ze had een naar voorgevoel gehad toen ze naast de voordeur de toegangscode had ingetikt. In een opwelling was ze een kijkje gaan nemen in de garage. De auto van haar werkgever stond er nog. Uit de krant wist ze dat er weer eens een crisis was in de wetstraat. Haar werkgever had dus waarschijnlijk tot laat in de nacht in de hoofdstad vergaderd, een stugge gewoonte bij Belgische politici. Waarschijnlijk was hij nu aan het uitslapen. Dat zou de eerste keer niet zijn. Ze ging naar de keuken, waar de minister in zo'n geval vaak een berichtje voor haar achterliet. Niets, deze keer. Louise werd een beetje ongerust. Zo stil als ze kon liep ze de trap op naar boven, maar ze kon niet beletten dat haar enkels en knieën kraakten. Ze zag de deur van het bureau op een kier staan en wilde die net dichttrekken toen ze een vreemde geur waarnam, een vage zweetgeur en iets dat haar aan barbecue deed denken. Ze was vijfenvijftig en leed al aan reuma en artrose, maar haar snuffelaar was voor iemand van haar leeftijd ongewoon gevoelig. Louise voelde haar hartslag versnellen. Ze ademde diep in en duwde de deur open. Ze sloeg een hand voor haar mond om haar schreeuw van ontzetting te dempen.

De huishoudster greep met beide handen haar hoofd vast, week een paar stappen terug, draaide zich om en liep met twee treden tegelijk de trap af zonder zich om de pijnscheuten in haar gewrichten te bekommeren. Ze moest naar buiten. Totaal in shock rende ze met de armen in de lucht hysterisch gillend de oprit af en de straat op. Het waren de laatste seconden van haar leven. Een witte bestelwagen die met hoge snelheid voorbijreed, katapulteerde de arme vrouw metershoog de lucht in.

Victor Van Sant hoorde het nieuws in het journaal van elf uur op de gewestelijke radiozender, die het lugubere verhaal van de dood van de minister en zijn huishoudster in primeur bracht. Hij pleegde meteen een telefoontje en vernam uit goede bron dat de politie voorlopig de zelfmoordhypothese aanhield. Vreemd genoeg was er geen afscheidsbrief gevonden die enige verklaring kon bieden voor deze wanhoopsdaad. Minister Veldeman had een lange reputatie van integriteit, maar toch wilde men in gerechtelijke kringen chantage niet helemaal uitsluiten. De regering zat voor de tweede keer in vierentwintig uur in crisisberaad. Had de zelfmoord iets te maken met de recente problemen bij Justitie? Er volgde een korte beschrijving van de loopbaan van de minister. Louise, zijn trouwe, jammerlijk verhakkelde huishoudster, kwam nauwelijks ter sprake.

Van Sant zette zijn televisie aan. Onderaan op het scherm met de seizoensbeelden rolde in een lus de aankondiging van een extra nieuwsuitzending om twaalf uur. Er werd aangeklopt en Delfosse kwam op zijn pantoffels naar binnen sloffen, zonder op toestemming te wachten.

'Heb je het al gehoord? Van Veldeman?'

'Goedemorgen, commissaris. Ja, komt u maar binnen.'

'Heb ik dat verhaaltje vorige keer goed begrepen, Victor? Was Veldeman eerst een vriendje van Coudron om daarna zijn aartsvijand te worden?'

'Dat klopt, de minister en Coudron waren copain-copain. De industrieel heeft de politieke carrière van de minister altijd door dik en dun gesteund. Met vriendendiensten en hopen geld voor de partijkas. Tot Coudron door toedoen van een overijverige ambtenaar met het gerecht in aanraking kwam. Voor zogoed als bewezen fraude. De bedragen die in de aanklacht werden vermeld, waren enorm. Toen is de vriendschap bekoeld, omdat Veldeman, althans naar de buitenwereld toe, "de scheiding der machten" moest respecteren en niet tussenbeide kon of wilde komen.'

'Denk je dat hij zelfmoord heeft gepleegd? Het schandaal van de laatste dagen kan de laatste druppel geweest zijn. Dat kun je toch niet uitsluiten?'

'Ik heb zo mijn twijfels, commissaris. Veldeman was een sterke persoonlijkheid. Ik ken hem vrij goed. Hij heeft meer dan één crisis overleefd. De problemen bij Justitie zullen hem natuurlijk geen goed gedaan hebben. Ook mentaal niet. Hij was op een bepaald moment echt kop van jut in de Wetstraat. Maar de manier waarop hij het tij deed keren, was bewonderenswaardig.'

'Hmm...'

Delfosse plofte neer in een zetel, schudde zijn pantoffels uit en begon zijn linkervoet te masseren. Zijn mond voelde aan als schuurpapier. Hij moest dringend iets te drinken hebben.

Van Sant zuchtte en ging door het venster naar buiten kijken.

'Die huishoudster had ook brute pech. Wat voor een trut laat zich zo overhoop rijden?'

'Een beetje respect voor Louise, Delfosse. Ik ben een keer bij Veldeman thuis geweest. Het was een vriendelijke vrouw, die haar werkgever als een familielid beschouwde.'

'God beware mij. Uit op zijn geld, neem ik aan. Die huishoudsters zijn getraumatiseerde moeders, gefrustreerde minnaressen of geslepen dievegges. Of een combinatie. Ik kan het weten.'

'Jij ziet alleen het slechte in de mensen. Overigens, Eddie, kan ik het niet waarderen als iemand in mijn bureau zijn ledematen komt behandelen.'

Delfosse stopte met zijn massage en trok zijn pantoffels aan. Fout, zo bleek, want toen hij wilde opstaan, viel hij bijna omver.

'Dat is ook aan vervanging toe, dat schoeisel van jou, Delfosse. Het is nog lang geen Nieuwjaar, maar je kunt Eleonore misschien alvast een suggestie doen.'

Delfosse kon heel gemeen kijken en dat deed hij ook. Van Sant voelde dat hij een gevoelige snaar had geraakt.

'Denk je soms dat mijn vrouw onder de indruk is van jouw Italiaanse schoenen, Van Sant?'

Van Sant liep lichtjes rood aan. Die opmerking over de pantoffels had hij misschien beter ingeslikt.

'Wanneer ga je Pierijns inlichten over wat je hebt ontdekt, commissaris? Het wordt nu toch wel de hoogste tijd. Je kunt niet eeuwig informatie blijven achterhouden.'

Delfosse grommelde ontevreden, maar zag hier de redelijkheid van in.

'Je hebt gelijk, Victor. Ik bel haar nu. Kunnen we meteen vernemen of er daar nog iets aan de oppervlakte gekomen is. Niet dat ik er veel van verwacht.'

Delfosse stak een vinger in de lucht.

'Maar eerst wil ik nog een ander raadseltje oplossen.'

'Raadseltje, welk raadseltje?' wilde Van Sant weten.

'*There is something rotten in Denmark*.'

'*In the state of Denmark*', verbeterde de gastheer in een reflex.

'Ja, ja, al goed.'

'Ik denk wel dat ik weet wat je bedoelt, commissaris. Je wilt uitvissen waarom de Arabier op die bewuste dag over de wagen kon beschikken.'

Van Sant pauzeerde even voor hij zijn redenering voltooide.

'De Arabier reed met een bedrijfswagen. Gestolen was hij niet, dat weten we nu. Maar het is niet makkelijk om van iemand een dure auto te lenen. Misschien stond de man op een soort van grijze loonlijst bij Mercom.'

'Op een loonlijst? Daar geloof ik geen snars van. Maar je hebt het bij het rechte eind, Victor, ik voel dat er hier iets niet klopt. Ik ga het uitzoeken.'

'Zou je dat niet beter aan Pierijns overlaten? Als je daar in een val trapt, zitten jij en enkele andere mensen serieus in de puree. Heb je daar al eens aan gedacht?'

Delfosse wuifde de bezwaren weg.

'Zover komt het niet. Heb je toevallig al op de website van Mercom gekeken? Ze hebben een vacature voor een "administratief bediende, man of vrouw". Misschien kunnen we Laure als Trojaans paard gebruiken?'

Bij het horen de naam van zijn dochter schoot Van Sant haast uit zijn vel. Zijn gezicht liep nu hoogrood aan en hij liet zijn vuist hard op het bureau neerkomen.

'*Over my dead body*, hoor je dat, Delfosse. Ik verbied het, en dat is het laatste woord dat ik hierover kwijt wil.'

Met deze man was volgens Van Sant geen conversatie te voeren zonder binnen de kortste keren van streek te raken.

De commissaris wist dat hij met zijn voorstel geen kans maakte, maar greep elke kans aan om Van Sant op stang te jagen. Hij kon het gewoon niet laten.

'Dan zal ik het maar weer zelf moeten doen. Zoals een generaal die in de eerste linie ten aanval trekt in plaats van op een heuveltje het slagveld te overzien.'

'Pierijns kan die klus perfect klaren. Ik zie niet in waarom jij deze zaak moet oplossen. Je bent een eigenzinnige steenezel.'

'We moeten subtiel te werk gaan. Ze mogen nooit de indruk krijgen dat we een spoor volgen dat in hun richting wijst. Dan wordt het pas echt gevaarlijk.'

42

Coudron werd uitzinnig van woede toen hij voor de onderzoeksrechter werd geleid. De arme magistraat kreeg een tirade van scheldwoorden over zich heen, maar wist wonderwel zijn kalmte te bewaren. Toen vloeken en tieren niets uithaalden, gooide de manu militari opgevorderde Coudron het over een andere boeg.

'U bent zich er toch van bewust dat deze misstap het einde van uw carrière betekent, meneer Praet? U weet toch wel met wie u te maken hebt?'

Coudron sprak langzaam, met schorre stem na zijn luidruchtige uitval. Onderzoeksrechter Van Praet was niet onder de indruk.

'Het is Van Praet, niet Praet.'

Hij had dit wel meer meegemaakt. Hij wist maar al te goed dat het hysterische individu in zijn bureau over meer geld en invloed beschikte dan hij in zijn stoutste dromen bijeen kon fantaseren. Een goede reden om vanaf nu alles strikt volgens het boekje te doen. Eén ernstige fout had hij zelf al begaan. Een verdachte onder druk zetten met behulp van een lege enveloppe om hem voor verhoor naar het politiekantoor te halen. Ongehoord, maar een berekend risico. Het moment was aangebroken om Antoine Coudron een lesje te leren en een kleine vernedering kon geen kwaad. De man had nog altijd niet het besef dat zijn imperium op instorten stond.

'Bedreiging van een magistraat in functie. Daarmee komt u geen stap vooruit, meneer Coudron. Integendeel, dat kan u heel zuur opbreken.'

In feite kon de bankier zijn loopbaan zelfs nu nog in een nachtmerrie veranderen.

'Ik weiger nog een woord aan deze affaire vuil te maken. Ik wacht wel op mijn advocaat.'

Coudron kneep zijn lippen op elkaar en richtte zijn blik strak op de muur, een meter naast de onderzoeksrechter.

'U begrijpt het verkeerd. Dit is geen ondervraging in de strikte zin van het woord, eerder een beleefde vraag om met ons te willen samenwerken. Onze experts hebben gewoon nog een aantal onbeantwoorde vragen. Dit is een heel complexe materie. Een kat zou er haar jongen niet in terugvinden. U zou er ons een uitstekende dienst mee kunnen bewijzen, dat is alles.'

Van Praet vermoedde wel dat dit niet veel zoden aan de dijk zou brengen. Maar het was zijn stijl, de beschuldigde een kans geven om het onderzoek vooruit te helpen. Het zou mooi staan op zijn palmares als hij de man kon overtuigen mee te werken. Niemand hoefde te weten dat hij buiten zijn boekje was gegaan. Gelukkig had Coudron met geen woord over de enveloppe gerept. Het net rond Coudron was intussen zodanig dichtgetrokken dat ontkomen niet langer aan de orde was. Het was allemaal een kwestie van tijd en geduld. Maar de miljardair koesterde blijkbaar nog illusies. Het had de gespannen aandacht en veel intens graafwerk van een lagere bediende op Financiën gekost om de zaak aan het rollen te brengen. Het discreet verzamelen van bewijzen van inbreuken had maanden gekost. Onderzoeksrechter Van Praet was van oordeel dat de belastinginspecteur een standbeeld verdiende.

'We moeten u verzoeken om in het land te blijven, meneer Coudron. In deze fase van het onderzoek is het nodig dat u ter beschikking blijft. Is dat een probleem?'

'Mijn...'

Op dat ogenblik werd er met aandrang op de deur geklopt. Een rijzige man met hoed en aktetas kwam het bureau binnen.

'Ah, meester Malfait, dat is sneller dan het licht. Neemt u plaats.'

'Hoeft niet', antwoordde de advocaat kort en bitsig. 'Ik kom mijn cliënt halen. U hoort nog van ons over deze onbeschaamde demarche.'

43

'MIJNHEER DE DIRECTEUR IS NIET BESCHIKBAAR.'

De fel geschminkte dame achter de onthaalbalie keek even in haar agenda.

'De hele week niet, vrees ik, hij vertoeft in het buitenland.'

De vrouw was even geschrokken toen Delfosse met zijn politiepenning voor haar ogen zwaaide, maar had zich snel hersteld. Toen hij met pensioen ging, had hij het vertikt zijn penning in te leveren. Niemand had het gewaagd hem op het reglement te wijzen. Het was zijn laatste daad van revolte geweest.

'Kan iemand anders u misschien van dienst zijn?'

'Wie vervangt hier de directeur?'

'Euh, dat hangt ervan af.'

Delfosse begon zijn geduld te verliezen. Hij trommelde met zijn vingers op de balie. De receptioniste deed of ze niets merkte.

'Dat is dan vandaag... even kijken... de personeelsdirecteur. Ja, meneer Van Dijck. Met ck', voegde ze eraan toe zonder een spier te vertrekken.

Bonkers, die zich op de achtergrond had gehouden, trok aan de mouw van de commissaris. Hij vreesde dat Delfosse de vrouw naar de keel zou vliegen. Op dat moment ging de telefoon op de balie over, een indrukwekkend apparaat met veel toeters en bellen.

'Een ogenblikje, alstublieft. Tanja? Luister, schat, nu even niet, ik ben bezig. Ik bel je zo meteen terug.'

Het geveinsde glimlachje was van haar gezicht verdwenen.

'Waar waren we gebleven?' vroeg ze gemaakt onschuldig.

'Komt er nog iets van, meiske?'

Delfosse boog zich nadrukkelijk voorover om de naam op haar badge te lezen.

'Sophie, met ph.'

De vrouw rolde haar stoel een halve meter achteruit en keek hem een beetje angstig aan. Ze was ervan overtuigd dat deze halve gare haar elk ogenblik kon molesteren.

'Waar zit die directeur? Vlug wat, anders nemen wij u mee wegens weerspannigheid.'

De onthaaldame was nu in paniek.

'Bovenste verdieping, einde van de gang. Wacht, ik zal iemand meesturen.'

'Hoeft niet, we vinden het wel. Wat een trut', zei hij tegen Bonkers, maar hoorbaar voor iedereen.

Delfosse gaf zijn vermeende collega te kennen dat hij hem moest volgen. Hij liet de lift links liggen en stormde de trappen op. De chef van het personeel zou hem niet ontsnappen. Aan het einde van de gang verscheen het hoofd van een vrouw uit een deuropening.

'Wat gebeurt er? Kan ik u helpen?'

Ze was klaarblijkelijk niet gediend met de aanwezigheid van onbekenden op haar verdieping, maar was er als de kippen bij om haar domein, een kleine ruimte die als keukentje was ingericht, te verlaten om hun de oren van het hoofd te vragen. Delfosse zoog hoorbaar lucht in zijn longen.

'Als we koffie willen, zal ik wel roepen, juffrouw. Politie. We zijn hier om een meneer Van Dijck te spreken. En vlug wat.'

Ze was het soort vrouw met lang blond haar en een grote boezem dat vooral personeelsdirecteurs associëren met grote vaardigheden. Delfosse wees op de openstaande deur, waarop hij geen naamplaatje kon onderscheiden.

'Is het daar?'

Zonder op antwoord te wachten, liep Delfosse langs haar heen naar binnen. Bonkers volgde en haalde zijn schouders op toen de vrouw verbouwereerd en verontwaardigd een stap opzij zette.

De personeelsdirecteur liet de deur van zijn kantoor altijd openstaan, om te laten uitschijnen dat hij te allen tijde voor het personeel beschikbaar was. Toen Delfosse en Bonkers het kantoor binnenstapten, was Van Dijck aan het telefoneren. Hij beëindigde abrupt zijn gesprek en stond op.

'Heren van de politie, naar ik verneem? Neemt u toch plaats.'

De personeelschef wees twee kleine metalen vouwstoelen aan voor zijn imposante bureau. Op het glimmend gepoetste houten bovenblad prijkten een laptop en een telefoon. Voor hem lag één enkel triestig mapje. De aanblik van het lege bureau moest elke bezoeker met een verontrustend gevoel opzadelen. Hier zat een man die alles in zijn hoofd had, een te duchten speler. Het was bovendien ongewoon warm in de ruimte. In het hoofd van Delfosse speelde zich onwillekeurig een scène af met zwetende sollicitanten die tijdens hun eindgesprek afgingen als gieters.

Marc Van Dijck was een man van een jaar of vijftig, met grijs haar en een dito snor. Ondanks de hoge temperatuur was hij onberispelijk gekleed in een maatpak van glanzende stof. Op zijn neus stond een zwart brilletje met kleine ronde glazen. Delfosse begon zijn jas uit te trekken en zocht naar een kapstok. Er was er geen. Van Dijck deed alsof hij niets gezien had.

'Iets te drinken, heren? Water? Koffie misschien?'

Een personeelschef moet de kandidaten op hun gemak stellen, een huiselijke sfeer scheppen om dan met subtiele vragen hun zielsleven bloot te leggen.

'Nee, niet nodig.'

Delfosse, die zijn hemd aan zijn rug voelde kleven, wist wat voor vlees hij in de kuip had. Een sluwe vos, welbespraakt, ogenschijnlijk joviaal en arrogant zonder dat zijn slachtoffer het opmerkte.

'Iets sterkers dan?'

Delfosse keek naar Bonkers. De aarzeling was Van Dijck niet ontgaan.

'Nee, laat maar. Deze keer niet.'

De personeelschef lachte zijn gebleekte tanden bloot.

'Waarmee kan ik u van dienst zijn, heren? Ik hoorde dat u de directeur wil spreken. Is er een probleem?'

'Wij willen u enkel een paar vragen stellen. U bent echter niet verplicht om te antwoorden.'

'Hmm, weet ik. Ik zal u echter graag te woord staan. Hebt u een soort van legitimatie? Neem me niet kwalijk dat ik dit vraag. *House rules*, begrijpt u.'

De commissaris bleef kalm. Hij kende de vertragingstechnieken. Een legitimatie wordt alleen gevraagd door mensen die iets op hun kerfstok hebben en door huisvrouwen die alleen thuis zijn.

'Hier.'

Van Dijck nam de penning in ontvangst, las de gegevens nauwkeurig en bekeek zelfs de achterzijde.

'Dat lijkt in orde, commissaris. En u meneer...?'

'Bonkers. Inspecteur Bonkers.'

Bonkers stak zijn hand in zijn binnenzak. Hij voelde een zweetdruppeltje naast zijn oor lopen.

'Niet nodig, inspecteur. Waarover gaat het dan, commissaris Delfosse?'

'We willen informatie over het gebruik van een auto, een BMW die geleased is door uw firma en die mogelijk betrokken is bij een crimineel feit. Welk type was het ook alweer, Bonkers?'

'Een grijskleurige BMW X3.'

'Wat betekent dat, commissaris, een crimineel feit? Een vluchtmisdrijf? Een overval? Heeft een van onze personeelsleden iets op zijn geweten?'

Delfosse wuifde de vragen weg.

'U bent verantwoordelijk voor het wagenpark?' gokte hij.

'Dat klopt. Maar de administratie wordt opgevolgd door een van onze medewerkers op de boekhouding.'

'Wat ik wil weten, is wie de auto heeft gebruikt over een bepaalde tijdspanne.'

Delfosse las de data af van zijn spiekbriefje.

'Dat moet kunnen. Een ogenblikje geduld, ik laat de informatie opvragen.'

Personeelschef Van Dijck greep naar de telefoon en toetste drie cijfers in. Terwijl hij wachtte, schoof hij zijn stoel iets achteruit.

'Ik ben opgelucht, commissaris, ik dacht eventjes dat het over Mercom ging. Maar voor wat een werknemer in zijn vrije tijd uitspookt, kunnen wij niet opdraaien.'

Hier komt de paraplu, dacht Delfosse.

'Wie heeft de wagen aangekocht? Het is een recente aanwinst, niet?'

'U bent goed geïnformeerd. Maar het contract is nog opgesteld door mijn voorganger, meneer Walgraeve. Die is intussen ergens in Spanje aan het rentenieren, de brave ziel.'

Het was duidelijk dat de huidige personeelschef een lage dunk had van zijn voorganger.

'De naam van de persoon die de auto gebruikt, graag?'

'Ah, de BMW heeft een speciaal statuut, commissaris. Het is in feite, hoe zal ik het omschrijven, een back-upbedrijfswagen. Wie panne heeft of zijn auto naar de garage heeft gebracht voor een onderhoudsbeurt, kan deze auto tijdelijk gebruiken. Het gebeurt soms ook dat wij hem uitlenen aan een belangrijke klant. Een attentie die zeer gewaardeerd wordt.'

'Zal wel', zei Delfosse.

Dit was belangrijke informatie.

De juffrouw met de grote cupmaat kwam binnen en overhandigde haar chef een A4'tje. Ze trakteerde beide politiemannen op een giftige blik.

'Dank je, Anita. Vergeet niet: ik wil je straks nog even spreken.'

De secretaresse verliet de kamer en deed een poging om daarbij haar kont in bedwang te houden. Van Dijck verschoof zijn brilletje en bestudeerde het document.

'Eigenaardig.'

Hij keek op, blijkbaar geamuseerd door het resultaat.

'De auto is helemaal niet gebruikt in de bewuste periode, commissaris, ik vrees dat u op een verkeerd spoor zit.'

Delfosse trok zijn wenkbrauwen op.

'Het staat hier, zwart op wit, dat de BMW toen, even kijken... twee volle weken in de garage is gebleven.'

Delfosse dacht koortsachtig na. Bonkers verroerde geen spier.

'Wie heeft een sleutel van de auto?'

'Wel, laat eens kijken. Uiteraard degene die er nu mee rijdt. De reservesleutel wordt bewaard bij de boekhouding.'

'Kan ik de sleutel zien?'

Van Dijck begon moe te worden van het spelletje.

'Jezus, commissaris, als ik u daarmee een plezier kan doen.'

De personeelschef nam de telefoon op.

'Michiel, er zijn hier mensen van de politie. Ze zijn geïnteresseerd in de reservesleutel van de BMW. Ja, je hoort het goed, ze willen de reservesleutel zien. Kun je die even opsnorren en naar mijn bureau brengen? Dank je.'

Het bleef even stil. Van Dijck keek op zijn horloge.

'U maakt mij wel nieuwsgierig. Kunt u iets meer kwijt over de zaak?'

'Integendeel, ik moet u beleefd maar dringend verzoeken geen ruchtbaarheid te geven aan dit gesprek. Het zou voor het onderzoek bijzonder hinderlijk kunnen zijn als hier iets over uitlekt. Begrijpt u wat ik bedoel?'

Van Dijck knikte. Hij begreep niet wat er zo belangrijk kon zijn aan een autosleutel, maar wilde ook niet blijven hengelen.

'Ha, Michiel. Kom binnen. Dit zijn de heren van de politie.'

Een man van middelbare leeftijd in een gesteven hemd met manchetknopen en een das bleef in de deuropening staan.

'Wel, heb je de sleutel bij je?'

Michiel schraapte zijn keel. Je zag op zijn gezicht dat hij met een ei zat.

'Euh, meneer Van Dijck, er hangt geen tweede sleutel in het kastje. Er is er... euh... bij mijn weten nooit een geweest.'

'Nooit een geweest? Is die dan zoek? Of houdt iemand anders die op zak? Is er dan nooit een sleutel bijbesteld?'

'Tot hier toe nog niet, meneer Van Dijck. Zal ik een bestelbon opmaken?'

'Ja, doe dat dan maar. En nog iets, hoort er een tankkaart bij de BMW?'

'Nee, dat was te ingewikkeld omdat meerdere personen de wagen gebruiken. De chauffeur brengt zijn bonnetje binnen, met een nota van de kilometerstanden. Om mogelijke misbruiken te vermijden.'

Met die laatste zin wilde Michiel aantonen dat zijn administratie in orde was. Hij was zelden of nooit op een onnauwkeurigheid betrapt, zeker als het over geld van de firma ging. Het was zelfs zo dat zijn reputatie als cijferbijter niet iedereen gelukkig maakte.

'Dank je, Michiel. Dat is wat we wilden weten.'

'Ik heb een listing meegebracht van de bewegingen van de laatste drie maanden, meneer Van Dijck. Namen, bedragen en kilometerstanden.'

'Dank, Michiel. Je kunt gaan.'

Van Dijck was niet opgetogen met de ijver van de boekhouder.

'Ik wil die lijst graag hebben', zei Delfosse.

'Ik heb daar een probleem mee, commissaris. *House rules*, weet u nog. Ik wil graag een officieel schriftelijk verzoek voor ik de lijst overhandig. Dat kan toch geen probleem zijn?'

Delfosse vloekte inwendig. Nu zou de man weer een andere reden hebben om op zijn hoede te zijn.

'Nee, geen probleem. Nu, dat was het dan. Dank voor uw medewerking. Hebt u een kaartje?'

'Nou, dat is even pech. Het doosje is leeg en ik verwacht elk ogenblik nieuwe.'

'Ik geef u in elk geval het mijne. Hier.'

Terwijl Delfosse zijn visitekaartje uitstak, pakte hij de lijst van het bureau en trok tegelijk zijn naamkaartje weer uit de vingers van Van Dijck. Hij draaide zich om en gaf het blad aan Bonkers. Deze vouwde het papier traag op en stak het in zijn binnenzak. De personeelschef keek verbouwereerd toe. Zo veel arrogantie had hij nog nooit meegemaakt. In zijn eigen bureau! Hij kreeg de tijd niet om te reageren, want op hetzelfde moment verscheen Anita opnieuw de deuropening.

'Er staan twee heren van de politie aan de receptie. Ze vragen naar iemand die het wagenpark beheert. Zal ik ze binnenlaten?'

Nog voor ze was uitgesproken, begon Delfosse te hoesten.

'Het wordt tijd om op stappen. Bedankt voor uw tijd, meneer de directeur.'

Van Dijck was met stomheid geslagen. Op de gang gebaarde Delfosse naar Bonkers dat ze dit keer de trap naar beneden zouden nemen.

44

'Ik weet het, Pierijns, ik weet het. Ik ben wat over de schreef gegaan.'

De onderlip van de adjunct-commissaris trilde van ingehouden woede.

'Over de schreef, noem jij dat? Man toch. Ik heb intussen een fameuze waslijst van strafbare feiten. Wil je dat ik ze één voor één opnoem?'

'Ben je gekomen om me de les te lezen, meiske? Dat eindeloze gezeur over details moet maar eens ophouden. Of wil je niet horen wat we te weten zijn gekomen?'

'Verdomme, Delfosse, ik ben je meiske niet! Ik heb hemel en aarde moeten bewegen om je uit de cel te houden. Geloof me, dat uitstapje van jou krijgt nog een serieus staartje. Veel vrienden heb je niet meer.'

Delfosse keek grimmig.

'Nooit gehad in die kringen. Liever geen vrienden dan tuig dat je bij de eerste de beste gelegenheid in de rug schiet.'

Van Sant vond het nu welletjes met dat gekibbel.

'Mensen, mensen, kalmeer nu even. Dat geruzie leidt tot niets. Jullie lijken wel pubers.'

Delfosse wees onbeleefd met zijn wijsvinger naar Pierijns.

'Zij is begonnen.'

Laure lachte hardop. Iedereen staarde naar haar. 'Ze is mooi als ze kwaad is. Vind je niet, papa?'

Pierijns deed zichtbaar moeite om haar kalmte te herwinnen. Ze keek naar Laure, naar de geamuseerde uitdrukking op haar gezicht, haar rode trui en haar blote benen. Laures korte rokje was tot halve dijhoogte omhoog geschoven. Ook Van Sant merkte het op.

'Heb je het niet te koud daar beneden? Je bent gekleed alsof het zomer was', zei hij vermanend.

Laure haalde haar schouders op en kruiste haar benen.

'Ter zake dan. Had de commissaris niet iets interessants te vertellen?'

'Jij eerst, Pierijns. Heeft jullie speurwerk nog wat opgeleverd?'

De adjunct-commissaris keek weer ernstig. Ze was in twee minuten uitgepraat. Gezien het ongewoon grote aantal ingezette politiemensen en werkuren, was het resultaat allesbehalve in verhouding. De hogere echelons begonnen hun geduld te verliezen. Pierijns voelde hun hete adem in haar nek. Gelukkig hadden de media een intussen een vette kluif aan de dood van Armand Veldeman, de minister van Justitie. De zelfmoordhypothese was voorlopig algemeen aanvaard, maar het onderzoek was nog niet helemaal afgerond.

'Amateurisme troef', zuchtte Delfosse. 'Niet te verwonderen dat er niets opgelost geraakt in dit land. En als ze dan eens een gangster achter de tralies krijgen, ontsnapt hij met een gemak dat je niet voor mogelijk houdt of moeten ze hem laten gaan wegens procedurefouten.'

'Je hebt gelijk, commissaris. Speurders zoals jij behoren tot een uitgestorven ras. Wij moeten alles strikt volgens de regeltjes doen en het vervolg laat zich raden.'

Delfosse wist niet of Pierijns het meende of hem stond uit te lachen.

'In elk geval, meiske, hebben de inspanningen van deze afgeschreven zak tenminste iets opgeleverd. Maar ik eis één ding. Hou iedereen hier aanwezig strikt buiten de zaak. Als mij iets aangewreven wordt, tot daaraan toe. Maar ik kan niet hebben dat iemand hier door de politie wordt lastiggevallen. Hebben wij elkaar goed begrepen?'

Pierijns aarzelde. De oud-politieman was zo onvoorspelbaar en eigenzinnig... Maar haar nieuwsgierigheid was gewekt.

'Goed, ik zal mijn uiterste best doen. Doe dan nu je verhaaltje maar, manneke.'

Het was arrogant, maar Delfosse had een olifantenvel. Dat had ze nu wel door.

'Het is nog vroeg, ik weet het. Maar ik heb iets nodig om mijn keel te smeren en ik ben geen koffieman. Een Leffe zou helpen.'

Delfosse loerde naar Van Sant.

'Hoe zit dat met je lever, Delfosse? Heb je die al eens laten onderzoeken?'

'Maak je geen zorgen, mijn organen zijn in orde. Het is allemaal een kwestie van training.'

Van Sant vatte de hint en drong niet aan. Hij gaf een teken aan Laure.

'Ik weer?'

45

Peter Van Lierde, de minister van Landsverdediging, lag achterovergezakt in zijn autozetel. Hij sliep en hoorde het geluid van de draaiende motor niet meer. De uitlaatgassen verdreven langzaam, maar ongenadig de lucht uit de garage. Het zou nog een kwartier duren voor de koolstofmonoxidemoleculen de hemoglobine in zijn rode bloedcellen zouden verzadigen.

Twee mannen hadden het koppel in huis opgewacht. De minister en zijn echtgenote hadden een toneelstuk bijgewoond, een voorstelling van de lokale amateurclub. Een acte de présence, om zijn stemmenaantal in de gemeente op peil te houden. De klucht was de mist ingegaan en lachsalvo's waren uitgebleven. Het praatje met de ontgoochelde acteurs en het verplichte rondje trakteren aan de toog achteraf had hij dan ook in snel tempo afgewerkt.

Toen Van Lierde op de lichtschakelaar drukte en de woonkamer binnenkwam, voelde hij meteen de loop van een pistool tegen zijn slaap. Een tweede man vuurde een kogel in het achterhoofd van zijn vrouw. Ze kreeg geen tijd om te gillen. Zwijmelend zette ze nog een paar stappen en dan viel ze voorover en raakte met haar voorhoofd de rand van de marmeren salontafel. Een mokerslag die op zich ook al fataal geweest zou zijn.

Van Lierde werd hardhandig op de divan geduwd. Op de salontafel stond een glas gevuld met water. De minister was in shock. Hij durfde zijn belagers niet in de ogen te kijken. De man die zijn echtgenote in het hoofd had geschoten, haalde een flesje uit zijn zak, flipte het plastic dopje eraf en schudde de volledige inhoud in zijn handpalm. Tien tweekleurige capsules gevuld met gele korreltjes. Hij toonde ze in zijn open handpalm aan de minister.

'Inslikken.'

Het waren de enige en ook de laatste woorden die Van Lierde nog zou horen. Hij was niet meer in staat zich te verzetten. Zijn hand beefde toen hij de eerste capsule in zijn mond stak. Slikken lukte niet goed, want hij moest kokhalzen. Hij greep naar het glas water om zijn kurkdroge mond en keel te bevochtigen.

'Is dat vergif?' kon hij met moeite uitbrengen.

Van Lierde kreeg geen antwoord maar kreeg de tweede capsule aangereikt.

'Waarom?'

Als antwoord werd het pistool hard tussen zijn ogen gedrukt. Van Lierde gaf alle weerstand op. Als een zombie slikte hij één voor één de pillen in. Na een laatste slok water leunde hij achterover, sloot zijn ogen en wachtte op wat komen zou. Hij hoopte dat het pijnloos zou verlopen.

Om kwart over zeven de volgende morgen liep een kleurling in een fluojasje langs de garagepoort. Het was een persoonlijke attentie van hem om de kranten niet in de bus aan de oprit te deponeren, maar ze op het bordes van het huis achter te laten. Plots bleef de krantenbezorger staan en haalde nadrukkelijk adem door zijn neus, om de geur te identificeren die hem opeens was opgevallen. Toen hij daar zo stil stond, ving hij een zoemend geluid op dat uit de garage scheen te komen. Hij legde zijn oor tegen de poort en luisterde met zijn ogen dicht. Het was onmiskenbaar het geluid van een draaiende motor. Zo dicht bij de poort was de gasgeur sterker. Hij keek naar het huis en zag dat de luiken opgetrokken waren. Heel vreemd op dit vroege uur. De krantenbezorger aarzelde, liep naar de voordeur en belde aan. Hij wachtte een volle minuut. Toen er geen reactie kwam, drukte hij opnieuw op de belknop. Geen teken van leven. Hij liep terug naar de garagepoort, stak zijn hand in de greep onderaan en rukte aan de hendel. Er was geen beweging in te krijgen. Daarop haalde de man zijn gsm uit zijn zak. Hij keek op de sticker met noodnummers op de achterzijde en toetste 101 in.

Tien minuten later arriveerden twee politiecombi's met loeiende sirenes. Het woord 'minister' had in de oproepkamer een ware stormwind veroorzaakt. De krantenbezorger belde zijn baas om te melden dat er een probleem was en dat het moeilijk zou worden om zijn ronde af te werken.

46

De adjunct-commissaris kon haar oren niet geloven. Haar gelaatsuitdrukking vertoonde om beurten intense verwondering en diepe irritatie. Ze moest zich inhouden en rustig ademhalen om Delfosse niet te onderbreken. De commissaris negeerde haar lichaamstaal. Toen hij uitgesproken was en de bewijsstukken op het bureau lagen, dronk hij zijn glas leeg.

'Wel, wat vind je ervan, Pierijns? Mooi staaltje van detectivewerk, niet?'

Hij wees op de uitgescheurde pagina uit de handleiding.

'Bewijsmateriaal dat we aan Laure te danken hebben. Knap gedaan, hé?'

Pierijns stond op, liep op Delfosse toe en boog zich voorover tot haar neus geen vijf centimeter van zijn gezicht verwijderd was. Toen liet ze zich gaan, briesend als een bedrogen echtgenote.

'Commissariske van mijn kloten! Dit is illegaal verworven informatie. Totaal ongeldig op de rechtbank. Alsof je dat niet zou weten, stomme lul.'

Delfosse schrok van de uitbarsting, maar was niet van plan zich zijn trofee zomaar te laten afsnoepen.

'Ja, ja, maar wat is nu belangrijk? Besef toch dat je een onverwacht spoor hebt, Pierijns. Hier kan toch extra bewijsmateriaal uit volgen. Je moet alleen het huiswerk afmaken, het spoor krijg je gratis en voor niks. Een kleine attentie van ons clubje. Je weet wat je nu moet doen.'

Pierijns kalmeerde. Ze bedacht hoe haar vader zou reageren. 'Voor alle wonden is er een pleister', zoals hij te pas en te onpas opwierp als er een probleem opdook in de familie.

'Wat dan? Ik luister.'

'Kijk eens naar deze lijst. Vergelijk de kilometerstanden en de ingebrachte bonnetjes voor brandstof. Hier, op deze lijn. Valt er je niets op? Je hebt er geen hogere wiskunde voor nodig.'

Pierijns bekeek het blad vluchtig.

'Zeg het zelf maar, commissaris, je hebt het lang genoeg kunnen bestuderen.'

Delfosse keek triomfantelijk in het rond.

'In de week van de explosie is er een gat van meer dan driehonderd kilometer. Goed gehoord? Driehonderd kilometer. Niemand bij Mercom heeft de lacune opgemerkt, waarschijnlijk omdat de afrekeningen aan het einde van de maand gebeuren, maar het had best ook nooit ontdekt kunnen worden. Het is tenslotte maar een detail en je moet goed kijken om de onregelmatigheid te vinden.'

Van Sant, die het gekibbel zwijgend had aangehoord, was niet onder de indruk.

'Maakt dit ons iets wijzer? Een onbekende persoon heeft de BMW gebruikt, *so what*? Iemand die over de sleutel kon beschikken. Maar waarom is dit een belangrijk spoor? Daar had ik wel graag een antwoord op, Sherlock Holmes.'

Pierijns trok haar blouse strak en zwaaide haar haren in de plooi, een beetje op haar qui-vive omdat ze had opgemerkt hoe Laure haar in het oog hield. De kasteeldochter leek niet langer geboeid door het verhaal van Delfosse. Het duurde allemaal wat lang voor haar.

'Je hebt zeker wel een hypothese, commissaris?' wilde Laure weten. Zelf had ze niet het flauwste idee wat dit alles kon betekenen.

'Er is maar één verklaring voor de feiten. Ik wil er mijn pensioen op verwedden dat de Arabier de chauffeur is geweest. Ik kan mij niet inbeelden dat hij rondjes gereden heeft in de stad. Nee, hij heeft een lange rit gemaakt. Een rit van een goede 150 kilometer. Heen en weer, dat maakt driehonderd. *Capito?*'

Delfosse greep naar zijn bijna lege glas en dronk het bodempje op. Hij tikte met het lege glas op het bureau. Niemand reageerde op de hint.

Er werd op de deur geklopt.

'Binnen', riep Van Sant.

Hij keek op zijn horloge. Eleonore stak haar hoofd naar binnen.

'Neem me niet kwalijk, maar hadden wij geen afspraak, Victor?'

'Dat is waar ook. Mijn excuses, Eleonore, ik was het uur uit het oog verloren. De schuld van uw echtgenoot, die een complot aan het ontrafelen is.'

Eleonore keek naar het lege bierglas. Om te voorkomen dat ze een venijnige opmerking zou maken, wendde Van Sant zich vlug tot Delfosse.

'Ik had afgesproken om met uw echtgenote over de inrichting van enkele kamers te praten. We zijn hier dringend aan renovatie toe. Nu er iemand met goede smaak in het kasteel is...'

Van Sant stond op en liep naar de deur.

'Ik kan wel even gemist worden, niet, commissaris? Ik laat jullie achter in goede handen, niet, Laure?'

'Je vader heeft zo zijn prioriteiten', zei Delfosse toen Van Sant de deur achter zich had dichtgetrokken.

'Straks hebben die twee nog een affaire', lachte Laure. 'Papa is compleet gecharmeerd van uw echtgenote. Hoe hij achter haar aanloopt, met zijn tong uit zijn mond... Ik zou maar opletten, Delfosje. Hier bloeit iets.'

De commissaris trok zijn wenkbrauwen op. Hij was niet erg opgezet met de wending van het gesprek.

'Eleonore? Die doet zoiets niet. Ik ken haar door en door. Zo trouw als een hond.'

'Ik zou er niet zo zeker van zijn. Eén op drie van de getrouwde vrouwen gaat vreemd, wist je dat?'

'Dat is zeker iets uit de *Flair*? Wel, in dat geval behoort Eleonore tot de twee op de drie in de brave categorie. Verdomme, Laure, we hebben geen tijd voor die flauwekul.'

Laure hield haar handen omhoog als teken van overgave. Daarbij gaf ze een stukje buik bloot. Pierijns had de indruk dat haar navel een knipoogje weggaf...

'Al goed, al goed.'

'Kijk, Pierijns, dit is wat er moet gebeuren. Trek een cirkel met Antwerpen als middelpunt en 150 kilometer als straal. Dat moet zoiets zijn als de afstand Antwerpen–Luik. Ga na of op de bewuste dag iets is gebeurd op de plaatsen waar de cirkel doorheen loopt. Een voorval dat de kranten heeft gehaald, een aangifte, iets waarbij de politie is ingeschakeld. Begrijp je wat ik bedoel?'

Pierijns knikte.

'Wacht eens.'

Delfosse sloeg met de vlakke hand op zijn voorhoofd. Hij dacht diep na.

'Nee, laat maar, ik dacht dat ik mij iets herinnerde. Zoek in alle kranten die op de dagen na de explosie verschenen zijn. Er moet iets uit de bus komen. Ik heb zelf iets opgemerkt... maar ben het intussen vergeten. Ik durf er een week drank op verwedden.'

Delfosse had meteen spijt van de inzet. Een week zonder drank leek hem een al te zware straf.

'Wordt voor gezorgd', zei Pierijns.

Plots schoot haar iets te binnen.

'Wacht even. Is er geen verkoold lijk en een uitgebrande auto gevonden op die dag? In Esneux als ik mij goed herinner. Ik heb het onthouden, omdat een vriend van mij daar elk jaar tegen zijn zin naartoe werd gestuurd, naar de vakantiekolonie van de Post.'

Delfosse verbleekte. Hij voelde het uitgescheurde stukje krant branden in zijn portefeuille. Het artikel over de uitgebrande wagen had zijn aandacht getrokken, maar een dag later was het bericht in een van de gaten in zijn geheugen verzeild. Hij kon de vergetelheid maar het best verzwijgen.

'Is het iets geworden met die vriend?' vroeg Laure.

'Het vriendje speelde liever met andere jongetjes. Alleen tranen en verdriet, dus.'

'Meisjes, laten we bij de zaak blijven. Jeugdliefdes horen daar niet bij. Ik wil dat dossier inkijken, Pierijns. Zo vlug als het kan.'

'Dat wordt moeilijk. De collega's aan de overkant van de taalgrens zijn niet zo happig om informatie door te spelen. Jij hebt dat toch ook ondervonden, commissaris.'

'Ze zijn gewoon op hun hoede. Bel naar Matthieu Lacoste, een oude vriend van mij. Die staat nog bij mij in het krijt. Hij zal je de weg wijzen. Ik zal hem wel een seintje geven.'

Pierijns schreef de naam in haar zwartlederen boekje.

'Zo is het wel gemakkelijk, als je overal je pionnen hebt.'

'Ik zal je iets zeggen, Pierijns: het politieapparaat kan alleen werken op die manier. Je hebt nog een lange weg te gaan.'

'Ja, dat zal wel.'

'Wel, je kent mij toch al, dat is een goede start.'

'Ik stap nu maar op. Ik houd je op de hoogte, commissaris.'

'Dat is je geraden, meiske.'

Pierijns snoof. Dat ge'meiske' kon ze maar moeilijk verteren. De adjunct-commissaris stond op en liep naar de deur.

Laure was geil. Haar hormonenconcentratie zweefde op een onweerstaanbaar peil.

'Heb je nog even tijd, Annelies? Ik wil je wat laten zien. Op mijn kamer.'

Laure ging haar voor op de trap naar de tweede verdieping. Annelies Pierijns staarde naar haar kuiten. De adjunct-commissaris was benieuwd. Wat zou ze te zien krijgen? Iets in verband met de zaak? Iets wat zij alleen wist? Waarom had ze dat dan niet aan Delfosse verteld? Ze voelde een soort van krachtveld rond deze vrouw, als statische elektriciteit.

'Hier is het. Kom binnen.'

Laure sloot de deur achter hen en draaide de sleutel om in het slot. Voor de dochter van een miljardair had ze de kamer sober ingericht, zonder persoonlijke dingen, als een anonieme suite in een vijfsterrenhotel. Laure nam plaats in een zetel. Ze legde haar handen op haar knieën en trok heel langzaam haar benen uit elkaar. Annelies slikte. Laure droeg geen slipje. Haar kutje was volledig geschoren. Annelies voelde een golf van opwinding door haar lichaam zinderen. Het exhibitionisme van deze vrouw liet geen twijfel over haar bedoelingen.

'Waar is de badkamer?' vroeg Annelies.

Laure wees naar een deur, zonder iets te zeggen. Ze had in haar bed gefantaseerd over de reactie die ze zou krijgen. Ze was niet ontgoocheld. Ze wist dat haar moment goed gekozen was.

Annelies Pierijns stond voor de spiegel. Haar oren begonnen te suizen, voor haar een teken van hevige opwinding. Ze begon zich uit te kleden. Toen ze haar slipje uittrok, zag ze een kleine vochtige vlek.

Annelies kwam de kamer binnen. Laure zat nog in de zetel. Haar truitje had ze uitgetrokken. Ze ademde zwaar en haar priemende tepels dansten op en neer. Annelies liep op haar toe en wurmde zich tussen haar benen. Laure duwde haar gezicht tegen de platte buik van Annelies aan. Terwijl ze haar navel likte, gleden haar handen van Annelies' knieën langs de dijen omhoog. Annelies sloot haar ogen. Toen Laures vingers haar kutje binnendrongen, kreeg ze haar eerste orgasme.

47

Niemand geloofde in toeval. Als er twee ministers in functie levenloos aangetroffen werden, dan waren daar duistere machten mee gemoeid. Twee zelfmoorden, zo kort na elkaar dan nog, het was ongezien. Het land was in crisis en de strubbelingen binnen de regering waren eindeloos, maar niet van dien aard dat twee eminente leden zelfmoord zouden plegen. Het was een waar festijn voor de media, hoewel de woordvoerder van Justitie slechts een minimum aan informatie had verstrekt. In een populaire krant werd het gebeuren desondanks uitgesmeerd over twintig bladzijden, een alltime record. De journalisten hadden om de drie bladzijden hetzelfde verhaal herkauwd, maar niemand zag daar graten in. De gretige lezer las en slikte het allemaal. België was het nieuwe Albanië. De maffia regeerde het land. Er werd gespeculeerd dat het een lieve lust was. De meeste kranten hielden het op een samenzwering, een lievelingsthema bij commentatoren. Over de taalgrens sprak men van 'Le Grand Complot', een titel die hun hele voorpagina in beslag nam. *De Standaard*, een kwaliteitskrant, kopte: 'Wie is de volgende?' en plaatste een foto van alle regeringsfunctionarissen onder die vraag. De hoofden van de twee dode ministers waren met rood doorgekruist. Een journalistieke uitschuiver waarvoor de hoofdredacteur later een berisping kon verwachten.

Het werden geen rustige dagen voor premier Decraene. Hem bleef niets anders over dan de zaak naar zich toe te trekken, nu de minister van Justitie uit het plaatje verdwenen was. Hij nam zowel de taken van Landsverdediging als die van Justitie over. Tijdelijk. Zijn reactie was snel en fors. Hij mobiliseerde en installeerde een uitgebreid crisisteam. De overige ministers kregen de klok rond bodyguards toegewezen, in pure Amerikaanse stijl. Alle bezoeken en manifestaties waar een minister zijn opwachting moest maken, werden afgelast. Een forensisch team uit de States werd overgevlogen om expertise te leveren. Internationale organisaties voor misdaadbestrijding, zoals Interpol, werden ingeschakeld. De aandacht van de wereld was af te meten aan de zwermen journalisten die als gieren op het land neerstreken.

Armand Coudron haalde een fles Dom Perignon uit zijn wijnkelder, helemaal achteraan, waar een ruim schap gereserveerd was voor champagne. Hij nam de eerste fles uit de rij. Op het etiket stond met een dikke viltstift het cijfer '2' geschreven. De andere, opstaande flessen droegen elk een nummer in een oplopende reeks tot '12'. De overige flessen in de rij waren niet genummerd. Toen hij weer boven stond, verwijderde hij de folie en het ijzernetje. Hij nam een servetje, wikkelde het rond de kurk en draaide heel voorzichtig. De kurk kwam los met een dof knalletje en een etherisch wolkje. Hij deed alles in een langzaam tempo, omdat hij dat gepast ceremonieel vond bij de succesvolle afloop van een nieuwe operatie.

Coudron rook aan de kurk, uit gewoonte. Hij was niet echt een liefhebber van champagne. Hij vond dat eerder een drankje voor vrouwen. Maar je kreeg tenminste geen barstende hoofdpijn na een bacchanaal met champagne, toch zeker niet met de duurdere merken. Coudron leefde al jaren met een sluimerende hoofdpijn, een soort spanningspijn boven de ogen. Hij kon daarmee leven, maar zodra de pijn ook maar een beetje verergerde, werd hij gereduceerd tot een wrak. De klassieke pijnstillers waren al lang opgeborgen. Op een dag had zijn huisarts als laatste mogelijkheid morfinepleisters gesuggereerd, maar dat had Coudron hooghartig afgewezen. Niets of niemand op de vijf continenten had hem kunnen helpen. Sindsdien had hij een lage dunk van de medische professie en haar beoefenaars.

De kolonel had goed werk geleverd, of beter gezegd: de opdracht goed uitbesteed. Op termijn, als het masterplan uitgevoerd was, zou de man een probleem worden, maar zolang hij zijn nut bewees... Coudron kon maar beter voorbereid zijn en iets regelen om hem te elimineren. Coudron twijfelde niet aan zijn loyaliteit, maar de kolonel had te veel boter op het hoofd en wist te veel.

Het was een zekerheid en een natuurwet. Vroeg of laat zou een pientere journalist of speurder één en één optellen en alles aan de oppervlakte spitten. En hoe meer mensen van de zaak wisten, hoe eerder de bal aan het rollen zou gaan. Zoals gebeurd was met die ambtenaar op Financiën die de fraudezaak aan het licht had gebracht. Coudron wist alles over hem. Het was een magere vijftiger met een zwart brilletje en rossig haar. Nooit getrouwd en sociaal geïsoleerd. Ook op het werk de eenzaat die met niemand contact zocht. Hij woonde in de stad op een klein appartement, meer een miniflatje met de afmetingen van een grote studio. Een man die met weinig kon rondkomen en van het leven alleen narigheid verwachtte. Telkens wanneer Coudron de foto's van de man bekeek, begonnen zijn handen te beven en werd de pijn boven zijn wenkbrauwen intenser.

48

De minister van Binnenlandse Zaken verdween vierentwintig uur nadat het crisisteam was geïnstalleerd. Theo Moerman – volgens zijn paspoort Theodore – was om tien uur 's avonds thuisgekomen, begeleid door een escorte motoragenten, voor en achter zijn dienstauto. Een politiecombi stond ostentatief op de oprit naast de villa geparkeerd. Alle ministers woonden tegenwoordig blijkbaar op domeinen, afgeschermd van de buren door een grote tuin met hagen en hoge bomen. De minister van Binnenlandse Zaken voelde zich niet bijzonder verontrust. Hij had, in zijn opinie, minder om zich zorgen over te maken, want hij had minder te verbergen dan sommige van zijn collega's. De volgende op het lijstje van doelwitten, als er al zoiets bestond tenminste, droeg een andere naam... Theo Moerman had hardnekkig geweigerd om politiemensen in het huis toe te laten. In ruil had het crisisteam met aan lichtsnelheid grenzende snelheid een '*surveillance kit*' laten installeren in en rond de woning. De signalen van de sensoren en de infraroodbeelden werden 24/7 beluisterd en bekeken in een anonieme bestelwagen die wat verderop in de straat had postgevat. Een aandachtige voorbijganger kon wel merken dat het geen gewone bestelwagen was, want de ruiten waren geblindeerd en uit het dak staken, naast enkele andere eigenaardige structuren, niet minder dan drie antennes.

De vrouw van Theo Moerman veranderde in een hysterisch wrak toen ze de verdwijning van haar man vernam. Een toegesnelde dokter moest de vrouw, een typisch resultaat van generaties Brusselse inteelt, een injectie met een krachtig sedatief toedienen, nadat de onderzoeksrechter, die haar als eerste ondervroeg, haar teleurgesteld had afgeschreven als een waardeloze getuige.

De verdwijning van de minister was een mysterie. Een serieuze blaam voor de politiediensten, die niet hadden kunnen voorkomen dat hun eigen baas van de aardbol was verdwenen. De reactie was spectaculair: de grootste zoekactie in de geschiedenis van het land. Alle buurtbewoners werden onderworpen aan het eerste en waarschijnlijk enige kruisverhoor uit hun leven. De ondervragers gingen niet fijnzinnig te werk. Elke loslopende persoon met een crimineel strafblad werd van de straat geschept en hard aangepakt. Er werd veel geld beloofd aan informanten, en er werd een miljoen euro uitgeloofd aan al wie inlichtingen kon verschaffen over het lot van de minister. Dat was meteen een precedent, afgekeken van Amerikaanse toestanden. De premier vroeg en kreeg zonder morren buitengewone volmachten. Enkele oude coryfeeën uit de vaderlandse politiek werden van stal gehaald om de gaten in de regering op te vullen. Een haastig aangepaste antiterreurwet deed het land lijken op een Oost-Europese republiek. De premier verscheen op de televisie om een geruststellende toespraak te houden. De media steigerden toen hun vrijheden werden beknot. Gelukkig konden ze er enige troost uit putten dat de oplagen van de kranten stegen tot aantallen waarover de hoofdredacteuren alleen hadden durven te fantaseren.

Eén feit werd breed uitgesmeerd. De twee in verdachte omstandigheden overleden ministers en het vermiste lid van de regering waren alle drie Vlamingen. Voor het Nederlandse landsgedeelte stond het als een paal boven water: hier was een onbekende francofone organisatie aan het werk die het land wilde destabiliseren. Aan de andere kant van de taalgrens was men genuanceerder: hier was een soort nieuwe Bende van Nijvel uit de as opgestaan. Met een heel andere strategie, want het systematisch ombrengen van leden van de regering was een veel subtielere werkwijze om het land in chaos te storten dan het afknallen van supermarktbezoekers.

Het zag ernaar uit dat ze op de goede weg waren.

49

Matthieu Lacoste sprak behoorlijk Nederlands. Het feit dat zijn moeder uit de Voerstreek afkomstig was, had daar alles mee te maken. Hij leek wat op Bruno Cremer, de acteur die Maigret speelt in de gelijknamige tv-serie. Zijn woordenschat was ruim, maar de aartsmoeilijke grammatica speelde hem parten. Annelies Pierijns stond naast hem en keek nieuwsgierig naar de Waal. De commissaris was lang en struis en had, voor zijn leeftijd, een flinke bos haar. Tussen zijn lippen hield hij een zwartbruine pijp waaruit zuinig rook opsteeg.

Het telefoontje van Delfosse had hem tegelijk verrast en verheugd. Zo kwam hij nog eens te weten wat de oude schurk zoal uitspookte. Zijn voormalige collega zocht alleen contact als hij iets nodig had, maar daar kon hij mee leven.

Pierijns en Lacoste stonden op het terrein waar de uitgebrande auto gevonden was. Er was een graafmachine opgevorderd om het terrein uit te spitten. Lacoste had een paar armen moeten omwringen om de zaak zo snel geregeld te krijgen.

'Tiens donc, Delfosse heeft nog eens van zich laten horen. Een briljante speurder. Ik kon goed met hem omgaan, ik herinner me nog de zaak van...'

Pierijns onderbrak hem. Ze had geen zin om oude indianenverhalen aan te horen.

'Ha! Daar is de graafmachine.'

Lacoste leek niet erg geïnteresseerd.

'Twee maanden met pensioen! Zo lang al! Wat vliegt de tijd toch snel. Wat doet de commissaris nu in zijn vrije tijd?'

'Delfosse houdt zich bezig met zaken die hem niet aangaan. Politiezaken nog wel. Vroeg of laat zal hem dat zuur opbreken.'

'Zo ken ik hem. Doet hij een onderzoek? Op eigen houtje? In deze affaire? Hij kan het, hoe zegt men dat, niet afleren, ja. Maar ik wil er alles van weten.'

Annelies knikte.

'Later.'

Ze keken toe hoe de kleine graafmachine voorzichtig aarde begon op te scheppen. Het forensisch team had Vostok erbij gehaald, de beste hond in dienst om lijkengeur op te sporen. Toen hij de grond had besnuffeld op de plek waar de verkoolde resten van een voertuig waren aangetroffen, begon het dier hevig te blaffen. Met zijn snuit en zijn poten begon hij de aarde om te woelen en de politievrouw had de grootste moeite gehad om het beest in bedwang te houden. Vostok kalmeerde pas nadat hij zijn beloning had gekregen.

Een kwartier later hield de machine op met graven. De bestuurder klom uit zijn cabine en keek in de kuil. Hij wenkte de politiemensen, die op afstand in een groepje stonden te praten.

'Kom, ze hebben iets gevonden.'

Pierijns zette het op een drafje. Lacoste slofte haar achterna. Ze wachtte tot de commissaris haar had ingehaald en toen doken ze samen onder het lint dat de graafplaats omspande. Toen ze op hun beurt in de kuil keken, zagen ze een paar schoenen uit de aarde steken. Mannenschoenen. Een deel van het linkeronderbeen was ook zichtbaar. De persoon die hier zijn graf had gevonden, droeg nog kleren, want ze konden een broekspijp onderscheiden. Lacoste snoof de lucht op.

'Die ligt hier al een tijdje, aan de geur te oordelen.'

De commissaris haalde zijn gsm tevoorschijn en vroeg om een wetsdokter. Hij wendde zich tot Pierijns.

'Delfosse heeft opnieuw gelijk gekregen, vrees ik. Hoe wist hij *au nom de dieu* dat iemand hier begraven lag?'

'Tja, dat is een lang verhaal. Ik geef u de details als we hier klaar zijn.'

'Een onderzoeksrechter van over de taalgrens en een lijk langs de andere kant. Dat wordt weer een kluwen vanjewelste. Je begrijpt dat ik een paar personen moet verwittigen.'

'Doe maar. Het is van het grootste belang dat we snel de identiteit van de persoon vaststellen.'

'We doen ons uiterste best. Met een beetje *chance* weten we het binnen het uur. Heb jij de lijst van vermiste personen?'

'De dader zal wel zo wijs geweest zijn om alle sporen te verwijderen. Ik verwacht niet direct een portefeuille in zijn jaszak.'

'Adjunct-commissaris Pierijns, je hebt geen idee wat moordenaars allemaal achterlaten. Laatst was er...'

De politievrouw onderbrak hem. Ze haalde melkwitte vinyl handschoentjes tevoorschijn. Annelies was allergisch voor latex.

Lacoste hield de handen in zijn zakken. Hij had niet de minste zin om zijn handen vuil te maken. Wat een ijverig meisje, en wat een sérieux spreidde ze tentoon.

'Je kunt iets nuttigs doen, commissaris: de eigenaar van dit pand opsporen. Asap?'

Lacoste zuchtte. Was deze vrouw in de leer geweest bij Delfosse?

Ze keken toe hoe het forensisch team het lijk uitgroef. Toen de foto's gemaakt waren en alles was opgemeten, klauterde Annelies in de kuil.

'Het lijk is gedeeltelijk in blauwe folie verpakt en op drie plaatsen dichtgebonden met koord', sprak Pierijns in haar gsm-dictafoon.

Ze veegde wat aarde van het gezicht en bekeek het hoofd van dichtbij.

'Moet je dit niet overlaten aan de wetsdokter?' merkte Lacoste op.

'*So what?* Ik wil geen weken wachten op een rapport. Kijk, hij heeft geen aarde in zijn mond en neusgaten. De man moet al dood geweest zijn voor hij begraven werd.'

Lacoste hurkte neer en keek in de kuil.

'Volgens mij is hij van Arabische afkomst. Zeker geen Kaukasisch type.'

'Gelijk heb je, Lacoste.'

Annelies doorzocht de zakken.

'Spijtig, alles leeggemaakt. Het kan even duren om zijn identiteit te achterhalen. Er staan een heleboel allochtonen op de lijst met vermiste personen.'

Een agent liep op de commissaris toe en fluisterde iets in zijn oor. Lacoste tuitte zijn lippen en floot.

'Merde alors!'

'Wat is er? Nieuws?'

'De minister van Binnenlandse Zaken is verdwenen. Spoorloos.'

Pierijns kon een rilling niet onderdrukken. Ze trok haar handschoenen uit en sloeg wat aarde van haar broek.

'Ik moet terug. Mijn voelsprieten zeggen mij dat dit iets met de zaak te maken heeft. Kun je hier een prioriteit van maken, Lacoste?'

'Ik wil wel, maar je moet me op de hoogte houden. In Wallonië gebeurt nooit iets, alleen corruptieschandalen en Dutroux.'

'Weet je wat, bel je oude vriend Delfosse. Je kunt hem het nieuws zelf vertellen, en dan hoor je ons verhaal uit eerste hand.'

Pierijns gaf hem haar kaartje.

'Kun je me bellen zodra je iets weet over de eigenaar? Ik reken erop, commissaris. Dan sta ik bij jou in het krijt.'

Lacoste begreep de uitdrukking niet helemaal. Annelies greep hem bij de schouder, schonk hem een brede glimlach en liep zonder verdere plichtplegingen naar haar auto. Lacoste staarde haar na. Toen ze wegreed, arriveerden gelijktijdig de mensen van het parket en de wetsdokter.

50

Van Sant stond dicht bij de telefoon. Hij nam op nadat hij één keer was overgegaan.

'Diane. Ja?'

De miljardair vermeldde nooit zijn naam aan de telefoon, iets wat mensen als Delfosse bijzonder irritant vonden.

'Voor jou. Het is Pierijns.'

Van Sant drukte op de luidsprekerknop. Delfosse sprong uit zijn zetel en nam de hoorn over.

'Ja, Delfosse.'

Adjunct-commissaris Pierijns kwam snel ter zake. Ze vertelde kort en bondig wat Lacoste en zij in Esneux hadden ontdekt. Toen ze vermeldde dat het lijk van Arabische afkomst was, hield Delfosse zijn hand op de hoorn. Hij wendde zich tot Van Sant.

'Zie je nu wel', zei hij triomfantelijk.

'Pierijns, van wie is het huis?'

'Je vriend Lacoste heeft het uitgezocht. Ik moest je de groeten doen. Hij is erg behulpzaam geweest.'

'Wie, Pierijns, wie is de eigenaar?'

'Volgens het kadaster is het eigendom van een Brussels advocatenkantoor. Maar het pand wordt al jaren verhuurd aan Mercom.'

Het bleef even stil.

'De firma gebruikt het huis voor opleidingen en teambuilding, maar alleen in de zomer.'

'Haha, een schot in de roos. Goed werk, Pierijns.'

'Ik vrees dat er een probleem is, commissaris.'

'Hoe, een probleem? Welk probleem?'

'Ik vrees dat je een bezoekje mag verwachten.'

'Een bezoekje? Van wie dan wel, als ik vragen mag?'

De adjunct-commissaris wilde het nog even uitstellen. Dit zou aankomen als een mokerslag.

'Kun je het niet raden, commissaris?'

'Nee, ik raad het niet. Voor de dag ermee, ik hou niet van dit soort raadseltjes.'

Annelies kuchte discreet, bang dat Delfosse zo dadelijk een kleine hartaanval zou krijgen.

'De onderzoeksrechter wil u op het matje roepen. De aanklacht, of beter gezegd: de lijst met aanklachten, is niet van de poes. Obstructie van het onderzoek, achterhouden van informatie, misbruik van politie-identificatie... Ik kan zo nog even doorgaan. De onderzoeksrechter tilt zwaar aan de zaak. Ik vrees dat je het bij Matthijsen zwaar hebt verkorven, commissaris... Hallo? Ben je er nog? Delfosse?'

Van Sant, die had meegeluisterd, zag hoe een vuurrode kleur uit de hals van de commissaris opsteeg. Hij merkte hoe de adamsappel van de man op en neer ging. Delfosse hield de hoorn op een afstand alsof hij niet besmet wou worden.

'Matthijsen heeft mij persoonlijk op de rooster gelegd. Hij weet alles, maar dan ook alles. Ik kon niet anders. Dat begrijp je toch, Delfosse?'

De commissaris herstelde zich. Hij gaf Van Sant een teken dat hij een borrel kon gebruiken.

'Bedoel je dat hij een combi stuurt om mij manu militari op te halen?'

'Ik vrees van wel. Hij was niet voor rede vatbaar. Hij was razend. Zo heb ik de onderzoeksrechter nog nooit gezien. Normaal is hij de vleesgeworden rust en kalmte. De hele verdieping stond in rep en roer.'

'Ik beloof je, Pierijns, het zal hem zuur opbreken. Ik laat me niet vernederen, zelfs niet door Matthijsen, hoor je?'

Delfosse gooide met een harde smak de hoorn in de houder en greep naar het glas cognac dat Van Sant intussen had klaargezet. Op dat moment werd er aangeklopt.

'Binnen.'

Dio kwam binnen.

'Er staat een politiecombi voor de poort. De agenten vragen naar meneer Delfosse.'

Dio sprak het woord 'meneer' uit alsof hij een nieuw scheldwoord had gehoord.

'Luister, Delfosse, ik verwacht Adriaan elk ogenblik terug uit de States.' Van Sant keek op zijn horloge. 'Misschien is hij al in Zaventem. Hij blijft een weekje hier op het kasteel. Bel hem zo snel je kunt. Je zult een advocaat kunnen gebruiken.'

'Advocaat, advocaat. Ik kan mijn eigen boontjes doppen. Zeg tegen Eleonore dat ik even weg moet. Of liever, zeg maar niets. Ik ben zo terug.'

Delfosse maakte aanstalten om naar de deur te lopen, bedacht zich, graaide de cognac van tafel, dronk de bel leeg en vertrok. In de deuropening draaide hij zich om.

'Als ze oorlog willen, zullen ze oorlog krijgen. Niemand loopt ongestraft over Delfosse heen.'

51

'GA TOCH ZITTEN, DELFOSSE. KOFFIE? Of liever een glas water?'

De ex-commissaris trok een vies gezicht. Onderzoeksrechter Matthijsen wist hoe Delfosse over water dacht: een vloeistof die hoogstens geschikt was om je te wassen en de planten te begieten.

'Cognacje dan maar?'

Delfosse keek verbaasd. Matthijsen had nooit alcohol in zijn kantoor bewaard. Toch niet voor zover hij wist.

Hij knikte vergenoegd. De onderzoeksrechter wees hem een stoel aan. Ze hadden op geen kosten gekeken in het nieuwe gerechtsgebouw. Een hemelsbreed verschil met de aftandse toestanden in het gebouw aan de Britselei. Toch was Delfosse op zijn hoede. Matthijsen had hem geen hand gegeven, en dat was een teken dat dit geen vriendelijk onderonsje zou worden.

'Geen Comité P deze keer, Delfosse, maar een burgerlijke rechtbank. Je perikelen kunnen je duur komen te staan. Dat besef je toch wel? Het zou me niet verwonderen als hier een paar jaar cel aan vastzat.'

De oud-commissaris keek naar het plafond.

'OK, Matthijsen, aan je toon te horen wil je het hard spelen. Desnoods ga ik naar de pers. Je bazen zullen je levend villen.'

Dat was de oude piraat. Direct in de aanval en bluffen. De uitval van zijn voormalige ondergeschikte verbaasde Matthijsen niet. De commissaris had zijn kunstjes nog niet verleerd.

'Nog altijd die agressieve toon. Hoelang ben je nu al op rust?'

Delfosse wierp zijn armen in de lucht.

'Heeft dat belang?'

Matthijsen stond op, liep naar het venster en keek uit over het Bolivarplein voor het justitiegebouw.

'Waarom, Delfosse?'

'Dat is toch duidelijk. Ik wil de moordenaar van Pieter achter de tralies. En van Mark.'

'Ik begrijp je frustratie. Maar dat willen wij ook. Jij begeeft je op verboden terrein. Gevaarlijk terrein. Ik weet dat je geen hoge dunk hebt van Justitie, maar dat is geen reden om het recht in eigen handen te nemen. Ik zal het niet langer dulden. Je dreigement om naar de pers te stappen, kan ik niet appreciëren. Het is ooit anders geweest, Delfosse.'

'De rit in de combi zal ik ook niet rap vergeten, Matthijsen. Nooit gedacht dat mij dit zou overkomen. De agenten waren niet bepaald vriendelijk. Een vernedering, een slag in mijn gezicht. Erger nog: er is blijkbaar al nagedacht over mijn straf.'

'Misschien heb ik mijn hand wat overspeeld. Maar ik zit ook tussen twee vuren. Ik wilde echt wel dat de boodschap overkwam. De mensen hogerop worden bijzonder ongeduldig.'

'Nooit anders gehoord, meneer de onderzoeksrechter. Ofwel proberen ze te scoren op andermans kosten ofwel spelen ze vuile spelletjes om elkaar het leven zuur te maken.'

Matthijsen kon een glimlach niet onderdrukken.

'Misschien vat je het goed samen. Maar er zijn nog gedreven mensen met plichtsbesef, Delfosse, en dat weet jij ook.'

De ex-commissaris keek Matthijsen recht in de ogen.

'U was een goede baas. Wat van weinigen in dit huis gezegd kan worden.'

'Soms denk ik dat de goede jaren voorbij zijn, Delfosse. Maar misschien verwar ik de goede tijd met de minst slechte. Kies zelf maar.'

De onderzoeksrechter had het weer klaargespeeld. Van een zwaar in de wieken geschoten ex-werknemer was zijn bezoeker opnieuw in een maatje veranderd. Een verwijzing naar oude toestanden en wat gesakker op de nieuwe situatie waren voldoende geweest om de oude rot tot bedaren te brengen. Het zette immers geen zoden aan de dijk om Delfosse in het harnas te jagen. Hij voelde instinctief aan dat de man meer wist dan wat hij kwijt wilde. Hij moest subtiel te werk gaan om Delfosse op andere gedachten te brengen.

'Wat denk je eigenlijk over Pierijns? Ik bedoel haar capaciteiten als politievrouw.'

Niemand dacht bij het zien van Annelies aan de geestelijke kwaliteiten van Annelies. Ook de commissaris niet. Zijn gulzige inname van cognac had hem wat euforisch gemaakt.

'De seks loopt er zo van af. De natte droom van alle mannen. Een naaktfoto van Pierijns om op te hangen in de lockers op onze verdieping, dat zou de max zijn. Gedaan met de gephotoshopte prentjes van pin-ups. Maar ze is ook een harde, slimme tante. Een onmogelijke combinatie. Ik geef haar nog een jaar of twee in het korps.'

'Spijtig dat je er zo over denkt. Persoonlijk meen ik dat ze een toekomst heeft op de Oudaan.'

Delfosse kreeg een droge mond. Hij had een branderig gevoel in zijn slokdarm. Hij zou straks de onverdunde alcohol moeten laten voor iets minder heftigs.

'Hou je nog informatie achter, Delfosse?'

'Aha, daarom moest ik naar hier komen! Ik dacht het wel. Nu gaan de poppen aan het dansen.'

'Ik zou willen dat je de ernst van de toestand besefte, Delfosse. De goegemeente staat in rep en roer. Er hoeft niet veel meer te gebeuren of de chaos is compleet. Je bewijst het land geen dienst door solo slim te spelen.'

'Ik heb alles aan Pierijns uitgelegd. Er is verder niets te vertellen.'

'De link, Delfosse, de link. Dat is waar het om gaat. De link tussen de aanslag in het Centraal Station en de twee vermoorde ministers. Ik twijfel er geen moment aan dat Theo Moerman ook vermoord is. We hebben geen lijk, maar dat is een kwestie van uren. Weet je dat er amper tien blanco minuten zijn geweest? Tien minuten in het tijdsverloop die we niet kunnen opvullen. Dan moet het gebeurd zijn. We hebben te maken met een vijand die alles weet, hoogst verontrustend.'

Delfosse besloot een stap in de richting van Matthijsen te zetten.

'De link is Mercom, meneer de onderzoeksrechter. Mercom wijst naar Coudron, het oude logevriendje van Van Sant.'

'Juist, tot die conclusie zijn wij ook gekomen. Het zwaard van Damocles hangt al een tijdje boven zijn hoofd. Ik hoor dat het onderzoek zogoed als afgerond is. Alleen is hij van de aardbol verdwenen. Hij staat nu internationaal geseind. Ik denk dat hij op dit ogenblik een van de meest gezochte personen is op de planeet.'

'Verdwenen? Een man als Coudron kan niet zomaar verdwijnen. De mensen uit zijn omgeving moeten daar meer van weten.'

'Toch is het zo. We doen ons best. Iedereen die ook maar de minste connectie heeft met Coudron wordt op de rooster gelegd. Tot nu toe zonder resultaat. Iedereen zwijgt als vermoord. De man heeft een plan, Delfosse. Ik hou mijn hart vast. Plant hij onze eigen 9/11? Ik voel dat er iets vreselijks op til is. Daarom is het zo belangrijk dat je ons alles vertelt.'

Matthijsen aarzelde, maar stelde dan toch de expliciete vraag:

'Weet je nog iets dat ons kan helpen?'

Op de telefoon van Matthijsen begon een rood lichtje te knipperen.

'Een ogenblikje.'

De onderzoeksrechter nam op.

'Matthijsen. Wat?'

Er verstreken tien seconden.

'Goed, ik vertel het hem. Slecht nieuws, Delfosse.'

'Welk nieuws, er is toch niets met Eleonore?'

'Het was Pierijns. Je huis staat in brand. Een uitslaande brand. Ik vrees dat er niets meer te redden valt.'

52

Eleonore was ontroostbaar. Het huis dat het koppel een paar jaar geleden gekocht had, was veranderd in een puinhoop van zwartgeblakerde bakstenen en verkoold hout. Ze had tijd en energie besteed aan de inrichting. Al wat haar dierbaar was, herleid tot as.

'Het is maar een hoop stenen', had haar echtgenoot geantwoord.

Een geïrriteerde Van Sant had hem van antwoord gediend.

'Ongevoelige ezel, zoiets zeg je toch niet.'

Waarop Eleonore in een huilbui uitbarstte. Van Sant had haar zachtjes de kamer uitgeleid, met zijn arm om haar schouders. Hij had ook zijn dochter opgetrommeld om Eleonore op te vangen. Mannen kunnen niet goed overweg met wenende vrouwen. Daar worden ze onzeker en hulpeloos van. Dat had hij zelf aan den lijve ondervonden. Het was een beetje gemeen van hem, maar deze ramp opende nieuwe perspectieven. Hij zag zichzelf al op huizenjacht gaan met Eleonore, nadat de toestand hier was opgeklaard. Als het van Van Sant afhing, mocht de crisis nog een tijdje blijven duren.

Een team in een politiecombi hield de ingangspoort van het kasteel in het oog vanaf de parking van restaurant De Eenhoorn. Matthijsen had aangedrongen op extra bewaking en Delfosse had uiteindelijk toegegeven. Toen de eigenaar van het restaurant had geprotesteerd, was de combi verhuisd naar de oprijlaan. De manschappen mochten van Van Sant het gerenoveerde bijhuis gebruiken, links naast de ingang. De kasteelvijver omsloot het grootste deel van de gebouwen. De gerenoveerde brug tussen park en kasteel werd afgesloten. Toegang vanuit het park bleef mogelijk, maar dan moest de indringer eerst het water in en daarna alpinistentoeren uithalen. Bonkers had niet vrolijk gekeken toen hij in de tweede linie werd gedropt, maar hij moest toegeven dat de situatie uit de hand gelopen was. Matthijsen had gebeld om te zeggen dat hij Pierijns om veiligheidsredenen van de zaak haalde. Van Sant had voorgesteld om haar onderdak te verschaffen. Tot grote verwondering van Delfosse had de adjunct-commissaris daar zonder de minste aarzeling mee ingestemd.

Adriaan Van Tichelt, de advocaat die het zakenimperium van Van Sant beheerde, landde te laat op Zaventem om Delfosse te kunnen bijstaan. Achteraf was het ook niet nodig gebleken. Het weerzien met de oud-commissaris was hartelijk en onder het genot van enkele glazen Leffe haalden ze herinneringen op. Doordat zij samen Laure uit de klauwen van haar kidnappers bevrijd hadden, weliswaar met de hulp van Bonkers, was er een band ontstaan tussen de advocaat en de politieman. Adriaan, zowat de aangenomen zoon van Van Sant, was een vriend geworden – eentje die de wereld rondreisde en een briljante zakenman bleek te zijn. Iemand die discreet op het achterplan bleef maar de touwtjes strikt in handen hield. Laure had ooit een poging gedaan om de jongeman in haar bed te krijgen, maar dat was op niets uitgedraaid. Laure had het pijnlijke voorval nog niet helemaal verteerd. Het had Van Sant veel verdriet bezorgd dat het niets was geworden tussen de twee jongelui. Adriaan was van nederige afkomst en Marie-José had hun verhouding dan ook nooit op prijs gesteld.

Voor Laure braken onverwacht moeilijke tijden aan. De komst van Annelies had haar euforisch gemaakt. Maar toen Pierijns en Adriaan blikken begonnen uit te wisselen en opvallend veel genoegen schenen te scheppen in elkaars gezelschap, werd ze van het ene moment op het andere stikjaloers. Dat Annelies biseksuele trekjes vertoonde, deerde haar niet. Maar in haar bijzijn verwachtte ze de onverdeelde aandacht van de politievrouw. Adriaan merkte wel dat er wat Annelies betrof een haar in de boter zat. Maar aangezien hij geen heil zag in een nieuwe verhouding die geen enkele toekomst had, was hij sowieso niet van plan geweest om verder te gaan dan wat oppervlakkig geflirt.

Delfosse nam het persoonlijk op. Hij ijsbeerde uren in zijn kamer, mompelend tegen zichzelf. Hij zwoer een dure eed tegen ieder die het horen wilde.

'Al wordt het mijn laatste daad, ik zal die vervloekte brandstichter vinden. Ik zweer het op het graf van mijn moeder. Laat die lui maar niet denken dat ze hun straf kunnen ontlopen.'

Het was de eerste keer dat Delfosse zijn moeder bij een zaak betrok.

In de week die volgde op de brand gebeurde er niets spectaculairs. Het land herstelde zich langzaam van de shock. De regering deed verwoed haar best om de draad zo snel mogelijk weer op te pakken. *'Back to normal'*, was de leuze. De media besteedden aandacht aan de nieuwe ministers die de lege plaatsen hadden opgevuld, wat schimmige individuen die weinig enthousiasme konden opwekken. Het waren overgangsfiguren die bij de volgende verkiezingen bedankt zouden worden voor bewezen diensten. Maar het was hun moment van glorie.

Toen er na die week nog geen spoor van de minister van Binnenlandse Zaken was opgedoken, begon het vermoeden te rijzen dat het regeringslid zelf zijn verdwijning in scène had gezet. Een klaar en duidelijk motief of een aanleiding daartoe werd niet gevonden. De man had aanzien genoten als een integer persoon, een idealist. Zijn eigen verdwijning organiseren zou een waar huzarenstuk geweest zijn, maar compleet in tegenstelling tot zijn persoonlijkheid. Niemand in politieke kringen geloofde in een dergelijke opzet. Zeker Justitie niet.

53

'ZO, OUWE VOS, JE HEBT JE DUS WEER IN DE NESTEN GEWERKT!'

Adriaan Van Tichelt had het hele verhaal aangehoord. Hij had erop aangedrongen om alles te horen uit de mond van de commissaris. Op zijn kamer, om niet gestoord te worden. Het had Delfosse twee Leffes gekost om er geen al te droge keel aan over te houden. Het glas van Adriaan was onaangeroerd gebleven.

'Daar maak ik mij niet druk over. Dat waait wel over. Matthijsen was de vriendelijkheid zelf.'

'Zo kan het toch niet verder. Je kunt toch niet eeuwig op Lissekerke blijven. Het kasteel begint op een asiel te lijken.'

'Waar moet ik naartoe, nu mijn huis in as ligt? Ik heb geen naaste familie en bij de familie van mijn vrouw ben ik al jaren niet meer welkom. Je hoort mij niet klagen over dit vijfsterrenhotel. Eleonore zeurt ook niet. Ze heeft in Van Sant een vriendje gevonden.'

'Wat bedoel je?'

'Wel, hij flirt met haar dat het een lieve lust is. Dat koppel heeft al meer tijd samen doorgebracht in één week dan wij in twee maanden.'

'Overdrijf je nu niet een beetje?'

'Ik, overdrijven? Ik, de man van feiten en bewijzen?'

'Je maakt je blijkbaar geen zorgen, commissaris.'

'Om de duivel niet. Ik ken Eleonore. Ze geniet van de aandacht. Ze laat zich dat alles welgevallen, maar daar eindigt het ook.'

Adriaan kon het wel begrijpen. Marie-José de Millecamps interesseerde zich alleen voor dingen waar Van Sant een hekel aan had. Van Sant leefde al langere tijd gescheiden van zijn vrouw, die haar tijd verdeelde tussen Cannes en andere mondaine oorden. Maar een officiële scheiding was nooit ter sprake gekomen.

'Om terug te komen op de zaak. Je denkt dus dat Coudron de sleutel is tot het mysterie?'

Delfosse keek gretig naar het volle glas van Adriaan.

'Drink je dat niet op?'

'Doe gerust, ik heb een beetje last van mijn maag. Jetlag, weet je wel.'

De commissaris liet het zich geen twee keer zeggen en nam een slok, met zijn ogen dicht.

'De stukjes van de puzzel beginnen in elkaar te passen. Ik ben ervan overtuigd dat de Arabier een specifieke opdracht had. De man maakte er, spijtig genoeg voor zijn opdrachtgever, een zootje van door een spoor achter te laten, toen hij zijn portefeuille verloor. Het geld in de kluis moet gediend hebben om de plannen van Coudron te financieren.'

'*Le grand complot?*' onderbrak Adriaan.

'Alles wijst in die richting. Na de miskleun moest de man met de moeilijke naam verdwijnen om alle sporen uit te wissen die naar Coudron konden leiden. Iedereen weet dat hij in moeilijke papieren zit. Die zaak van belastingsfraude is breed uitgesmeerd in de kranten. Coudron is altijd mediaschuw geweest. Met reden, zo blijkt nu. Dat hij aan de schandpaal is genageld, moet meer dan frustratie opgewekt hebben, en bovendien wacht hem een celstraf. Een deel van zijn lieve centen te moeten afgeven, is waarschijnlijk nog de minste van zijn zorgen. De rest van het geld zit veilig opgeborgen in een oord waar ze het woord "bankgeheim" niet kunnen uitspreken.'

'Heb je het er al met Van Sant over gehad?'

'Ik heb er met Van Sant over gesproken. Coudron is door iedereen in de steek gelaten, zelfs door de vrienden en kennissen die alles aan hem te danken hebben. Hij is erg gul geweest in de tijd toen het nog legaal was om partijkassen te spekken en kiescampagnes te financieren. Van Sant weet er alles van. Wist je dat ze op een bepaald moment logebroeders zijn geweest?'

'Ja, dat weet ik. Ze maakten deel uit van de ZIPPO-club, een elitair clubje van de drie rijkste mannen van het koninkrijk.'

'Een onwaarschijnlijk verhaal', zei Van Tichelt.

'Zeg dat wel.'

Delfosse zette zijn leeg glas neer.

'Dus het staat volgens jou vast dat Coudron achter de zaak zit, en dat hij uit is op wraak? Heb je daar harde bewijzen voor? Weet je wat ik zou doen als ik in zijn vel zou zitten? Gewoon de boete betalen en de straf uitzitten. Met een beetje geluk kan hij het met de fiscus op een akkoordje gooien en voorwaardelijk krijgen. Met een goed team slaagt hij er misschien zelfs in de feiten te laten verjaren. Er zijn voorbeelden legio.'

'Ben jij hier misschien de advocaat?! Bewijzen, vroeg je. Die komen wel aan de oppervlakte. Probleem is dat hij nu ergens ondergedoken is, God alleen weet waar. Waarschijnlijk op een ander continent, bij een bevriende dictator.'

'Tja, zo moeilijk is dat niet. De man beschikt over onbeperkte middelen. Het is kinderspel voor hem om op eender welk werelddeel in de anonimiteit te verdwijnen. Maar vertel eens, commissaris, heb jij misschien nog ergens een joker zitten?'

Delfosse verzonk in gedachten.

'Ik heb dorst gekregen van al dit gelul. Wat denk je van iets om de maag te verdoven? Het is vijf uur voorbij. Hoog tijd om de drankduivel los te laten.'

'Wel ja, waarom ook niet.'

Adriaan liep naar de deur. 'Ik haal wel wat. Wat wil je?'

'Een Leffe, wat dacht je.'

'Sorry, Delfosse, overbodige vraag natuurlijk.'

Toen de commissaris zijn vierde Leffe in een paar teugen soldaat had gemaakt, sloeg hij zich met de vlakke hand op het voorhoofd. Daarbij kwam er een restje bier uit het glas op zijn hemd terecht.

'Godverdomme, Adriaan, dat was ik helemaal vergeten. Hoe is dat toch mogelijk? Ja, ik heb nog een joker en die heeft de hele tijd in mijn portefeuille gezeten.'

'Heeft het ontbrekende stukje van de puzzel al die tijd in je jaszak gezeten? Zit meneer Alzheimer misschien al op je schouder? Zijn je hersenen een beetje beneveld geraakt?'

Delfosse plaatste een vingertop op zijn voorhoofd.

'Dat koppie hier is nog altijd *alive and kicking*, in tegenstelling tot de poreuze hersenkwabben van bepaalde collega's die ik niet ga noemen.'

Delfosse verdroeg geen opmerkingen over de gezondheid van zijn lichaamsdelen. Over geen van zijn organen, maar allerminst over de inhoud van zijn schedelpan.

'Ik heb het al zo dikwijls gezegd: het is een kwestie van training, Adriaan, je moet het lichaam aan het gif laten wennen. Langzaam, maar zonder onderbreking. Onthoud dat maar als je oud wilt worden, jongeman.'

'Ik zal je theorie eens voorleggen aan mijn huisarts. Benieuwd naar wat de wetenschap daarover denkt.'

'Weet je, jongen, je kunt zelfs immuun worden voor arsenicum. Het is allemaal een kwestie van dosering en van tijd. Er zijn in de geschiedenis genoeg voorbeelden te vinden.'

Delfosse was door de jaren heen een kei geworden in het vergoelijken van zijn afwijkingen.

'We moeten gaan brein... hoe noemt Matthijsen dat ook weer? Brainstormen? Thinktanken? Mijn kloten, ja. Hoe groter de groep, hoe kleiner het resultaat. Ik ben nooit een fan geweest van vergaderingen. Vergaderingen zijn een trucje om een probleem over veel mensen te verdelen. Ik heb ze altijd aan mijn neus laten voorbijgaan. Tot grote ergernis van Matthijsen. Die geloofde in die zwans. Al dat stomme gedoe van tegenwoordig. Ik ben een einzelgänger, Adriaan. Maar dit is iets anders, meer een denkoefening. Een soort van puzzel uit de krant. Vul jij kruiswoordraadseltjes in?'

'Nee, maar ik ben wel razend nieuwsgierig.'

'Helaas, je zult tot morgen moeten wachten.'

54

Tijdens de nacht van zaterdag op zondag woedde er een storm, de hevigste najaarsstorm in jaren. Het kasteel zuchtte en kraakte. Uit de oude gebinten dwarrelde stof. De ramen bolden onder de rukwinden. Het water van de vijver werd opgestuwd en sloeg over de rand. Enkele van de oudste bomen in het park begaven het onder het geweld. De overgordijnen lichtten rood op telkens als de bliksemschichten de lucht ioniseerden. De donderslagen vielen gelijktijdig met de bliksemflitsen. Een teken dat het onweer in de buurt raasde. Tjechov, de kasteelkater, lag met de helft van zijn lijf onder een kast. De zichtbare achterkant sidderde bij elke donderslag.

De avond voordien was alles nog in alle rust verlopen. Eleonore en Van Sant hielden filosofische gesprekken in de rookkamer. Delfosse vond het een beetje vreemd. Zijn echtgenote had een broertje dood aan rook van sigaren en sigaretten. In de kamer hing een penetrante rookgeur die Eleonore niet scheen te deren. Wat bij Delfosse het vermoeden deed rijzen dat niet alleen de hersenen maar ook de zintuigen van vrouwen naar believen uitgeschakeld konden worden.

De volgende morgen rond tien uur was iedereen aanwezig. Delfosse en zijn team hadden plaatsgenomen rond de grote eettafel. Iedereen die bij de zaak betrokken was, tekende present. Eleonore had eerst wat tegengesputterd, maar was uiteindelijk toch gezwicht.

'Let op. Het zal op een puzzeluurtje lijken', had haar echtgenoot er geheimzinnig aan toegevoegd.

'Wel, commissaris, je maakt ons weer razend benieuwd. Het zou me niet verbazen dat je ons een doorbraak kunt aankondigen.'

Van Sant stootte Adriaan aan, die aan zijn rechterzijde zat.

'Ik veronderstel dat je van alles op de hoogte bent?'

'Ik heb het relaas uit eerste hand. Ik heb de indruk dat de zaak behoorlijk geëscaleerd is.'

'Dat is het resultaat als iemand heimwee heeft naar de goeie ouwe tijd', zei Eleonore.

Ze keek boos in de richting van haar man. Delfosse trok zijn hoofd in zijn nek.

'Als jij niet je dikke speurneus had opgezet, was dit alles niet gebeurd. Maar je kon het niet laten en nu zitten we met de gebakken peren. Zie ons hier nu. Zonder huis, overgeleverd aan de goedheid van Victor. Delfosse, jij bent de oorzaak van alle ellende. Ik wil het hele gedoe zo snel mogelijk achter de rug hebben.'

'Kom, kom, dat is niet het einde van de wereld', suste Van Sant.

'Ik weet het, Victor. Zonder jou hadden we het niet gered.'

Van Sant smolt zichtbaar. Delfosse beet op zijn tong.

Annelies kreeg het op haar heupen.

'Kunnen we de verwijten en de complimentjes misschien achterwege laten, dames en heren?'

Er was werk aan de winkel. Laure kreeg pretoogjes. Ze keek haar minnares aan en dacht aan hun luidruchtige stoeipartij van de afgelopen nacht. Ze hadden zich aan het ritme van het onweer overgeleverd, wat iets exotisch gaf aan hun seksspel. Gelukkig had de storm het kabaal in Laures kamer gesmoord.

'Annelies heeft een punt. Ik mag toch Annelies zeggen?'

De afstand onder de tafel was te groot. Anders had Adriaan van Laure een stomp tegen zijn schenen gekregen.

'Laten we dan maar ophouden met het gezwets.'

Delfosse ging rechtop zitten. Hij haalde zijn portefeuille tevoorschijn en legde hem opengevouwen op de tafel. Het was een klein, zwart ding dat zijn beste tijd had gehad. Een jaar geleden gekocht op de zondagse rommelmarkt, voor de ingang van de voetgangerstunnel. Zijn andere portefeuille, een nieuwjaarsgeschenk van Eleonore van een duur merk, had Delfosse weggemoffeld in de bergruimte van de garage.

Iedereen keek hem afwachtend aan.

'Wel, komt er nog iets van?'

Eleonore had kennelijk genoeg van de vertoning.

'Ik begrijp nog altijd niet hoe ik het heb kunnen vergeten.'

'Wat dacht je van selectief geheugenverlies, de Delfossevariant van Alzheimer?'

'Rustig nu, Eleonore, laat hem toch uitspreken', suste Van Sant. Ze knikte en zuchtte.

Delfosse haalde uit een van de vakjes in zijn portefeuille een opgevouwen strookje papier. Iedereen boog zich eroverheen.

'Dit zat in de portefeuille van de Arabier.'

'Wat is het?'

Annelies kon haar nieuwsgierigheid nauwelijks bedwingen. Haar hartslag versnelde. Delfosse plooide het strookje open. Alle ogen waren op het papiertje gericht.

'Volgens mij is het een soort code.'

'Een code, je bedoelt een geheime boodschap?'

'Geef eens hier, Delfosse.'

Adriaan nam het papiertje en bekeek het aandachtig.

'Vierentwintig cijfers. In ogenschijnlijk willekeurige volgorde. Ik weet niet wat ik ervan moet denken.'

Hij gaf het strookje aan Victor.

'Geef maar door als je het bekeken hebt.'

Van Sant las de cijfers hardop. Daarna hield hij het strookje tegen het licht.

'Te lang voor een paswoord of een code van een kluis. Ik zou dit nooit kunnen onthouden. Het is geen telefoonnummer, dat is duidelijk.'

'We maken vorderingen. We weten in ieder geval al wat het niet is', zei Laure.

Delfosse trakteerde haar op een boze blik.

'Bespaar mij de kinderachtige opmerkingen, ja?'

Laure trok haar schouders op. 'Als er al niet meer gelachen mag worden...'

'Om verder te gaan met de redenering. Mijn intuïtie zegt dat er een eenvoudige sleutel bestaat om de boodschap te lezen. Iets poepsimpels dat zelfs een klein kind kan onthouden.'

Van Sant gaf het strookje door aan Annelies.

'Als er werkelijk een sleutel is, kan die achterhaald worden. Er bestaan krachtige algoritmes om dit soort geheimschrift te ontcijferen. Hoe noemt men dit soort puzzels ook alweer? Het woord schiet mij niet direct te binnen.'

'Enigma's. Is dat het woord dat je zoekt, Annelies?

'Dank je, Adriaan. Volgens mij kan een computer die klus klaren in enkele minuten.'

Delfosse kwam tussenbeide.

'Misschien, misschien. Maar ik zou toch eerst een poging willen doen om op eigen kracht het mysterie te ontrafelen. Ik ga ervan uit dat de oplossing eenvoudig is. We moeten enkel ons verstand gebruiken.'

'Dat had je al veel eerder moeten doen.'

Eleonore kon de sneer niet laten.

'Laat eens zien, dat papier.'

'Geacht gezelschap, mijn vrouw is een kei in het oplossen van puzzels en kruiswoordraadsels. De eerste puzzel die haar kan weerstaan, moet nog uitgevonden worden. Hoe moeilijker hoe liever, nietwaar?'

Hij bracht zijn kop koffie naar zijn lippen. De wenkbrauwen van Eleonore gingen de hoogte in. Delfosse deed een verwoede poging om te drinken zonder te slurpen.

'De koffie is koud. Is er niets anders?'

Tot zijn spijt kwam er geen reactie. Eleonore bestudeerde aandachtig het strookje. Haar interesse was nu duidelijk gewekt.

'Ze kan zich letterlijk vastbijten in een raadseltje. Soms duurt het dagen, maar ze vindt de oplossing altijd.'

'Wat spannend', zei Laure voorzichtig.

'De eerste acht en de laatste acht cijfers zijn random. De middelste acht zijn symmetrisch.'

'Kijk, zie je wel. Ze is al aardig opgeschoten. Een kwestie van tijd. We hebben hier geen computer voor nodig.'

Van Sant keek met bewondering naar de vrouw van de commissaris. Hij ontdekte elke dag iets nieuws aan haar. Wat een verspilling van talent en charme. Hoe had ze zich al die jaren kunnen tevredenstellen met het statuut van een ordinaire huisvrouw?

'Ik stel voor dat iedereen de reeks cijfers voor zichzelf opschrijft. Heb je wat papier en een pen, Victor?'

Van Sant toverde een blocnote tevoorschijn en haalde een bic uit zijn binnenzak. Hij scheurde er blaadjes uit en deelde ze rond.

'11 11. Dat is het signaal van de Engelen. Iets mythologisch, met midwezens. Ik heb dat al meer gezien in kruiswoordraadsels', opperde Eleonore.

'Kijk, er staat een punt tussen de twee elven. Dat splitst de code in twee stukken. De overige reeksen zijn iets raadselachtiger. We moeten iets vinden dat met tweemaal acht cijfers omschreven kan worden.'

Eleonore was nu helemaal in gedachten verzonken. De rest van de wereld bestond even niet.

'11 11. Is dat niet de datum van de aanslag op wolkenkrabbers in New York?'

'Nee, Laure, dat was op elf september. Je zit er twee maanden naast', verbeterde Adriaan.

'Oh, juist.'

'Ik stel voor dat ieder voor zich een poging onderneemt. Daarna kunnen we onze bevindingen op een hoop gooien', zei Delfosse.

'Zou je niet beter de specialisten inschakelen? Er bestaat toch zoiets als een cryptografische dienst? Annelies moet dat kunnen organiseren', zei Adriaan, die zoals gewoonlijk de zekere weg naar het resultaat verkoos.

'We hebben geen tijd te verliezen. Als wij er niet uit raken, kan dat nog altijd. Vergeet niet dat het zondag is en die lui zitten niet op een raadseltje te wachten.'

Er klonk ongeduld in de stem van de commissaris.

'Komaan, mensen, aan het werk. Degene die iets vindt, moet maar een gil geven. Dames en heren, succes. Laat die hersenen maar wat warmte produceren. Ik ga naar mijn kamer. Jullie weten me wel te vinden.'

Delfosse stond op en schoof zijn stoel achteruit. Halverwege de kamer keerde hij op zijn stappen terug en griste de bic van Van Sant van de tafel.

'Wacht eens even. Ik heb een idee.' Adriaan was de beste in de klas.

Delfosse keerde zich om. 'Laat horen, jongen.'

'Er schiet mij iets te binnen. Wie heeft er een draagbare gps?'

De vinger van Annelies ging als eerste de hoogte in. Van Sant en Laure volgden.

'Heeft het daar iets mee te maken, denk je?' Delfosse hield niet van die elektronische snufjes.

'Je kunt op verschillende manieren een bestemming ingeven. Tenminste op de mijne. Gaat er geen belletje rinkelen?'

De spanning was te snijden. Iedereen keek intens naar zijn papiertje.

'Ik denk dat Eleonore het bij het rechte eind heeft. De middelste cijfers vormen een datum en een uur. De ander reeksen zijn...'

Adriaan keek triomfantelijk naar Delfosse.

'Wat dan? Komaan, Adriaan, maak er geen quiz van.'

'Het zijn lengte- en breedtegraden. Die zijn onderverdeeld in minuten en seconden. Samen tweemaal acht cijfers. De eerste twee van elke reeks brachten mij op het idee.'

Het gezelschap was met stomheid geslagen.

'Briljant', zei Delfosse.

'Geniaal', zei Van Sant.

'Google Earth', zei Adriaan. Hij voelde zich opgetogen over de vondst.

'Wacht, ik haal mijn laptop.'

55

Terwijl ze op Adriaan wachtten, sloeg de wandklok in de eetkamer elf uur.

'Hé, elf uur. Welke dag is het vandaag?'

'De vijftiende, Delfosse. Ben je nu ook al je tijdsbesef kwijtgeraakt?'

Het moment dat Eleonore de woorden uitsprak, viel de puzzel in elkaar.

'Dat moet het zijn. Een datum en een uur. De vijftiende van de elfde maand, vijftien minuten over elf. Plaats, datum en uur. Het kan niet anders.'

Delfosse keek met opengesperde ogen naar zijn strookje. De rimpels verdwenen uit zijn voorhoofd.

'Godverdomme. Dat is over een kwartier.'

Van Sant keek op zijn horloge.

'Ja, commissaris, dat maakt het nu wel bijzonder spannend. Nu nog de plaats achterhalen. Wat spookt Adriaan toch uit?'

Adriaan Van Tichelt kwam weer binnen.

'Waar bleef je zo lang? We zitten hier met gierende zenuwen', zei Van Sant.

'Sorry, ik kreeg nog een telefoontje.'

Hij klapte zijn Acer open en drukte op de starttoets. Van Sant tokkelde met zijn vingers op de tafel. Hij had een minuutje om zijn ongenoegen te spuien.

'Ik heb nooit begrepen waarom dat opstarten zo lang moet duren. Die Gates heeft nog aardig wat werk. Vinden jullie ook niet dat de gebruiksvriendelijkheid veel te wensen overlaat? Wist je dat er bij Microsoft drieduizend mensen aan een softwareversie werken? En dan durven ze nog onbegrijpelijke boodschappen op het scherm te plaatsen als er iets fout gaat.'

De gastheer keek weer op zijn horloge. Hij wees naar de wandklok.

'Die loopt vijf minuten achter. Het is nu juist... bijna negen over elf.'

Adriaan was intussen druk met de muis in de weer.

'Ziezo, ik ben klaar. Wil iemand mij de coördinaten dicteren?'

Annelies las traag de cijfers voor. '505052014'. Ze pauzeerde even en vervolgde. '4213699'. De andere aanwezigen gingen in een halve cirkel achter de rug van Adriaan staan.

'Oei, de software vraagt lengte en breedte. Noord, zuid, oost of west? Noord is duidelijk, maar is het oost of west? Wie heeft er een idee?'

'Probeer Brussel eens?' suggereerde Van Sant.

Adriaan toetste Brussel in het zoekvenstertje. Hij klikte op het vergrootglas. De aardbol begon te bewegen, er werd op Europa ingezoomd en toen kwam België in focus.

'Het is noord en oost. Nu moet het lukken.'

Adriaan plaatste een N achter de eerste en een O achter de tweede groep cijfers.

'Hier gaan we.'

Toen het beeld tot stilstand kwam, zoomde hij nog wat in voor meer details. Een blauw ballonnetje met een 'I' in het midden verscheen over de tekst: 'Kathedraal Sint-Michiel en Goedele'.

'De laatste cijfers kloppen niet helemaal, Adriaan.'

'Dat zijn de seconden, commissaris, een kwestie van meters. Die kerk is tientallen meters lang. Ik ben er ooit geweest.'

'Lieve God, het Te Deum. Het is vandaag de dag van het Te Deum in de kathedraal.'

'En dan?' vroeg Laure aan haar vader.

'De viering van de koning. De kardinaal draagt een mis op en houdt een preek om de aanwezigen op hun verantwoordelijkheid te wijzen. Alles wat naam en faam heeft in het land zit in de kerk. Samen met de leden van de koninklijke familie. Dit jaar is een bijzonder jaar en zal de koning zelf aanwezig zijn, want dit is een jubileumjaar. De koningin is er niet bij, die ligt met griep in bed.'

Delfosse moest slikken. Het bloed trok weg uit zijn gezicht.

'Godverdomme, een aanslag', wist hij uit te brengen.

Hij keek op zijn horloge.

'Hemeltje, nog vier minuten.'

Delfosse haalde zijn mobieltje tevoorschijn. Hij dacht koortsachtig na welk nummer hij kon bellen. Het noodnummer maakte de meeste kans. Toen hij de cijfers intoetste, verscheen de boodschap: 'LOW BATTERY'.

'Shit, shit, shit!'

'Wat scheelt er?'

Delfosse toonde het scherm aan Van Sant.

'Hemel nog aan toe. Op dit moment... Godverdomme, godverdomme...'

Annelies en Van Sant haalden tegelijk hun toestel tevoorschijn.

'Nummer? Vlug.'

Het schermpje toonde de tijd. Twaalf over elf. Delfosse schudde zijn hoofd.

'Te laat, het is te laat.'

Hij zuchtte diep, liep met knikkende knieën naar zijn stoel en zakte onderuit. Op de gezichten van de rest van het gezelschap stond afgrijzen te lezen.

'*Holy shit*', zei Annelies.

56

Een man in een mosterdkleurige regenjas sloot aan bij de rij wachtenden. Hij had een paraplu bij zich. Het was niet droog gebleven, de naweeën van de storm zorgden om het uur voor een plensbui. Er was weinig volk. Achter de dranghekken stond een dubbele rij toeschouwers om straks een glimp op te vangen van de koninklijke familie. In feite waren het elk jaar dezelfde fervente royalisten die op de foto wilden met de prinses.

In zijn andere hand omklemde de man een gsm in zijn linkerzak. Hij liet zijn duim rusten op de toets die de voorgeprogrammeerde code zou verzenden. Onopvallend schoof hij langs de rij tot hij het dichtste punt bij de ingang van de kathedraal had bereikt. Dat was het probleem: de reikwijdte van het signaal was beperkt. Hij moest absoluut binnen een straal van honderd meter de code uitsturen. De man haalde zijn mobieltje tevoorschijn, wierp een blik op het schermpje en stak het toestel weer in zijn zak. Hij draaide zich om, telde tot tien en drukte op de knop.

De MX15 detonator van Israëlische makelij reageerde binnen de milliseconde op het signaal. De tweehonderd gram semtex in de uitgeboorde stoel van de koningin-weduwe explodeerde. Voorbijgangers buiten zagen hoe de glasramen van de kathedraal kort oplichtten, met een oorverdovende knal uit elkaar spatten en enorme vuurbollen en stofwolken uitspuwden. De grote ingangspoort van de kathedraal vloog uit haar hengsels. Oorverdovend krijsend stoof de menigte in paniek uiteen, duwend en stotend om van de plaats des onheils weg te raken.

57

Liggend op het kingsize bed in zijn Superior Suite in het Radisson hotel, Colonia del Sacramento, zapte Antoine Coudron naar CNN. De beeldkwaliteit liet wat te wensen over, maar dat was zijn minste zorg. Hij keek op zijn horloge. De wijzers van zijn Bulgari, die hij op de luchthaven aan het tijdsverschil had aangepast, stonden op tien minuten over zeven. Rekening houdend met een tijdsverschil van vier uur in Uruguay, was het nu elf uur en zeven minuten in België. Coudron voelde zich niet helemaal lekker. De halve fles Jack Daniels van de vorige avond had hem met een lichte kater opgezadeld. Hij overwoog om roomservice te bellen en zijn ontbijt te annuleren, maar bedacht zich. Coudron stond op en haalde een blikje Perrier uit de minibar. Na twee slokken zette hij het weg, want het ijskoude water maakte hem alleen maar misselijker. Hij ging op het bed liggen, sloot zijn ogen en luisterde gespannen. Hij meende een soort van gezoem in zijn hoofd te ontwaren, een aanhoudende lage toon. Coudron schudde zijn hoofd, maar het geluid liet zich niet verdrijven. Hij keek dan maar naar de slotkoersen van de beurzen, die alweer gekke bokkensprongen maakten.

De hotelbediende duwde zijn trolley uit de lift en door de gang naar kamer 402. Voor de deur keek hij op zijn bestelbriefje om zich ervan te vergewissen dat alles klopte. Met dit soort gasten was het oppassen geblazen. Eén fout en je kon de fooi op je buik schrijven. Stipt om kwart over zeven klopte hij discreet aan.

Coudron zwaaide zijn benen over de rand van het bed en stond op. De bruuske beweging maakte hem duizelig. Hij zette een stap voorwaarts. Het licht verdween uit zijn ogen. In het duister verschenen een miljoen lichtflitsen. De man voelde geen pijn. Verdwaasd stak hij zijn armen uit en tastte naar de muur, de deur... De schelle flitsen smolten samen tot een hel wit licht. Coudron zakte door zijn knieën en viel voorover. Hij was dood voor hij het tapijt raakte.

De hotelbediende hoorde een smak. Hij klopte opnieuw, harder.

'Mister Lopez? Is everything all right? Mister Lopez?'

Toen er geen reactie volgde, legde hij zijn oor tegen de deur. Hij hoorde niets. Aan de overkant stak een nieuwsgierige gast zijn hoofd in de gang.

Eerder verschenen in deze reeks:

Na een mislukte aanslag wordt Laure, de dochter van Victor Van Sant, ontvoerd. De kidnapper vraagt een miljard euro losgeld plus dertien kilo van haar vaders eigen vlees, het gewicht van een been. Commissaris Delfosse wordt in het geheim ingehuurd om Laure op te sporen voor het lugubere ultimatum is verstreken.

Ben Gates, de hitman die Van Sant moest uitschakelen, voelt de hete adem in zijn nek. Als ook de kidnapper in de tang genomen wordt, proberen beiden met een aantal brutale moorden de dans te ontspringen.

Dertien kilo - ISBN 978 90 209 0486 4